漳州作家丛书

陈燕松／主编

随缘

许初鸣／著

中国华侨出版社

·北京·

图书在版编目（CIP）数据

漳州作家丛书 / 陈燕松主编 .—北京：中国华侨出版社，2018. 10

ISBN 978-7-5113-7767-8

Ⅰ . ①漳… Ⅱ . ①陈… Ⅲ . ①中国文学—当代文学—作品综合集 Ⅳ . ① I217.1

中国版本图书馆 CIP 数据核字（2018）第 216910 号

漳州作家丛书：随缘

主　　编 / 陈燕松
著　　者 / 许初鸣
责任编辑 / 焕　章
责任校对 / 孙　丽
经　　销 / 新华书店
开　　本 / 670 毫米 ×960 毫米　1/16　印张 /324　字数 /4281 千字
印　　刷 / 三河市华润印刷有限公司
版　　次 / 2018 年 11 月第 1 版　2020 年 2 月第 2 次印刷
书　　号 / ISBN 978-7-5113-7767-8
定　　价 / 980.00 元（全 24 册）

中国华侨出版社　北京市朝阳区西坝河东里 77 号楼底商 5 号　邮编：100028
法律顾问：陈鹰律师事务所
编辑部：（010）64443056　　64443979
发行部：（010）64443051　　传真：（010）64439708
网　址：www.oveaschin.com
E-mail：oveaschin@sina.com

《漳州作家丛书》总序

漳州是中国历史文化名城，历史悠久，文化深厚。在文化的星空，群星璀璨，先后涌现出黄道周、林语堂、许地山、杨骚等文化名人，令我们引以为傲。

四十年改革开放，四十年风雨兼程。漳州土地，生机盎然，文学创作也迎来繁荣发展的春天。应是春风吹拂，应是文脉相承，一支包括了老、中、青三代作家的队伍正在悄然形成。2004年，漳州市委宣传部、漳州市文联编辑出版了第一套《漳州作家丛书》，有十二人，十二本。时隔十多年，在祖国改革开放四十周年的今天，漳州市委宣传部、漳州市文联再次编辑出版第二套《漳州作家丛书》，展现活跃在省内外文坛的二十四位当代作家的创作风采。十二到二十四，这不仅是作家作品数量的增加，更是漳州文学创作水平质的飞跃。

《漳州作家丛书》的出版，旨在展现漳州作家的创作成果和创造实力。以期让更多的人，通过这套丛书，了解漳州，关注漳州，热爱漳州。同时，我们也希望，通过这套丛书的出版，能够激发漳州作家深入生活，体验人生，潜心于文学创作，用更好的作品回馈家乡，回馈人民，回馈时代。

《漳州作家丛书》编委会

2018年10月1日

目 / 录

往事回眸

003 滚着铁圈去上学
005 井的故事
007 邻家的桑树
009 卖水车
011 难忘昔日乡情
015 “千里眼”的梦
017 师恩似海永铭记
020 我第一次收到稿费
022 我在乡下当民办教师
024 一张手表票
026 “移风易俗”的集体婚礼
028 永生难忘三十天
030 中山公园里那片草地
032 自行车传奇

书香弥漫

037　春节闲读
039　打开这扇窗，世界多斑斓
041　读文友的书
043　古籍读出味
045　每天都是读书日
047　随缘读书
049　享受

闲聊语堂

053　和乐语堂
055　抗日战争中的林语堂
061　林语堂的荔枝树
063　林语堂家教故事
065　林语堂女儿的寻根之旅
068　林语堂：深受欢迎的幽默大师
071　林语堂文化园：闲适的蕉园栈道风光
074　林语堂与苏东坡
077　灵山秀水孕大师
080　铭刻于心的“凤”字
086　用语堂眼光看树
088　语堂老乡是个运动员

名人名胜

093 蔡新与清泉岩
100 陈天定与花山书院
105 陈永华与台南孔子庙
110 郭有品与天一总局
116 黄道周与邺山讲堂
122 黄性震与诒安堡
126 蓝理与浦头大庙
130 林釬与万松关
135 林士章与乌石天后宫
140 林震与京元张氏家庙
145 沈有容与浯屿天妃宫
150 郑开禧与可园
155 周匡物与天城山
159 朱熹与白云岩

读山阅水

167 安吉竹海行
170 城里的水和树
173 澄澈
176 到澎湖看外婆
179 到素书楼听讲

182 感受客家首府
184 感受世博
188 高原明镜青海湖
191 古朴的成都
194 九寨归来不看水
197 哈尔滨中央大街——亮丽多彩的建筑艺术长廊
200 辽阔，辽阔
202 麻辣的成都
205 人鱼同乐浦源村
208 硕士导游
210 坛子岭遐思
213 万国建筑博览会——天津西式建筑巡礼
219 巍峨壮观清水岩
221 婺源，最美的乡村
225 邂逅美丽
227 一座洋楼和一座人桥
229 悠闲的成都
232 园林中的碑林
235 走在和顺小巷

心灵感悟

241 保存还是抛弃
243 步行上班
245 惭愧
247 春天在哪里
250 多彩善变郁金香
252 给观赏石起个好名字
254 观赏石贵在自然
256 何处听鸟鸣
258 花
260 可怜的孔子
263 孔融让梨
265 快乐没有标价
267 老婆还是自己的好
270 美景就在眼前
272 谜缘
275 木棉花开了
277 清明的色调
280 诗意盎然中秋夜

282　石狮岩上洗尘心
285　顺其自然
286　为自己活着
288　我装修新房的诀窍
290　幸福就这么简单
292　瀛洲亭前话文武
294　永远的走读生
296　永远“落伍”的地图
299　有情方丈夫
302　愚人多福
304　栀子花
306　总把新桃换旧符

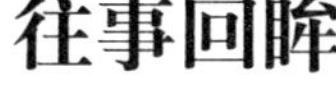

滚着铁圈去上学

现在看到满街拥堵的汽车，就会想起小时滚着铁圈去上学的情景。

当年上小学时，哪有像如今的小朋友拥有许多科技含量很高的各式玩具。我玩的玩具都是自制的，滚铁圈就是其中的一种。

铁圈是用铁丝弯成一个圆圈。铁圈越圆，滚得就越快。为使铁丝弯成的铁圈能更圆，我想了一个办法，就是用铁丝围绕着圆木桶，这样制作出来的铁圈当然就跟圆木桶一样圆了。制作铁圈的铁丝越粗越好，因为较粗的铁圈便于控制。铁圈既不能太小也不能太大，因为太小太大都不好控制，直径五六十厘米比较适宜。然后要制作一根控制铁圈滚动的家什，我称它为控制棍。控制棍就是在木棍或竹棍末端捆扎一根弯成U形的铁丝，能托住铁圈。铁圈滚动起来，用控制棍在后面控制，可以掌握滚动的方向和速度。

滚铁圈很快做成了，可以滚着上学，到学校跟同学比比看谁的铁圈做得好，谁的铁圈滚得快。那时的街道大多没有铺水泥，能铺上三合土就算是好的了。路面有些凹凸不平，但我们的铁圈还是在街上滚得很欢。街上基本上看不到汽车，就连脚踏车也很少见。人们出行都是步行，偶尔见到有人以人力黄包车代步。因此，没有人认为在街上滚铁圈是违反交通法规的行为。而且那时小学生的书包很轻，书包里无非就是《语文》《数学》两本课本和两三本练习簿，还有一两根或带橡皮头或不带橡皮头的铅笔，另外再加上一根小尺子或一块三角板，多数同学没有铅笔盒，所以背着书包并不影响滚铁圈。看到现在小朋友背着沉甸甸的书包，有的甚至用拉杆包，我觉得很同情又很无奈。

我班上有一个同学的铁圈不是用铁丝做的，而是一个旧脚踏车的钢轮圈，比较容易控制，滚的速度也比较快，引起小伙伴们的羡慕和妒忌。上课铃响之前，我们几个同学在学校操场上举行了一次滚铁圈比赛，在操场上绕三圈，看谁的铁圈滚的速度快。比赛当然有输赢。输的同学不服气，约定第一节下课以后再战。如果第一节下课后再战，有同学觉得还没有满意的结果，就要求放学后再战。那时，上学和放学都没有家长接送，小朋友们都自由自在，迟点回家也没关系。

学校老师对滚铁圈这种既有体育性质又有娱乐性质的活动，虽不反对但也不是很鼓励。不过，那时体育课多是上半节统一由老师上课，教跳高、跳远之类的田径项目，下半节就让学生自己活动。这时，学生玩起滚铁圈，老师也不反对，有时还在一旁观赏学生自己组织的滚铁圈比赛。

多少年过去了，滚铁圈的情景还时常在我的脑海中上映。当年的物质生活比较贫乏，但课业负担比较轻，课外活动也还蛮丰富的。虽然没有闲钱买高档玩具，但自制玩具可以让我们提高动手能力，回想起来还是蛮有意思的。

井的故事

现在，城里人家家户户都用上了自来水，谁还想起水井？

记得小时候我家的小院里有两口井，相距不过两米左右，但两口井的水质却大相径庭。南边的这口井水质澄澈甘甜，而且很少有干涸的时候；北边的那口井却较为浑浊苦涩，而且很容易就打完见底。

那时，住在院子周围的几家人形成一条不成文的公约，就是要洗漱、冲刷就打北边井里的水，要饮用、做饭才打南边井里的水。家家户户都有打水的吊桶。开头用的是木制吊桶，用一片圆形木板作底，七八片长条木板围合起来，再用竹篾箍紧。这种木制吊桶很容易腐烂或散架，后来改用铁皮制的吊桶。但用铁桶打水需要技巧，因为用井绳把铁桶放到井中以后，它总是平浮在水面上，水进不了桶中，必须摇动井绳，让桶倾斜才能吊到水。有时摇了大半天，吊桶还不倾斜，吊一桶水要好一会儿。有时井绳断了，铁桶会掉到井底上不来，这时就要用铁钩把桶钩上来。起初，井绳是麻制的，但麻绳浸水容易腐烂；后来，就改用棕制的，不容易腐烂，耐用多了。

水井成为人们交流沟通的一个重要平台。几家人在小院里，围着两口井，有的洗菜，有的洗衣，有的刷饮具，有的擦橱柜，在这里“张家长李家短”地交流信息，沟通感情。有时，有的人家拿着脸盆到井边才发现自己忘了带吊桶，向在井边洗漱的邻居借吊桶，邻居都很乐意把吊桶借给别人，因为自己有时也会忘记带吊桶，也需要向别人借用。有一对少男少女就是在水井边认识，从搭讪到热恋直到成亲。还有一家女人因为夫妻吵架寻死觅活要去跳井自尽，被人苦口婆心劝回家。我已经记不得在井边发生过多少悲欢离合的故事了。我中学毕业后被上山下乡的浪潮卷到乡下去了，与乡下的水井打交道了。只有城里家中小院的这两口井成为这些故事的见证人。

后来，家家户户用上了自来水，人们不到井里打水了。因为长时间没打水，井水从活水变成死水，逐渐发臭了。井被人们无情地废弃了。再后来，井被填掉了，只留下两个井栏表明它们曾经是两口井。再后来，房地产商看中了这个小杂院，把它拆了，建起了新的商品住宅。水井当然是不见踪影了。它在城里的同类，大多与它遭遇了相同的命运。

与煤油灯、花手帕、独轮车、纺纱机一样，水井被人们废弃了，遗忘了。作为人类最伟大的发明之一，水井曾与我们相伴几千年上万年，为我们默默输送生命之源，我们能忘记吗？！

邻家的桑树

小时住在市区的一条小巷里，如今这条藏匿过江西会馆和漳州目前现存唯一古戏台的小巷已从地图上被抹去，只作为漳州名小吃的店号仍存在于打锡巷小吃街，成为漳州美食的著名品牌之一。我家当时居住的二层楼房右侧是一个面积很大的平房群，杂居着许多人家，我的一个同班同学就住在里头。四面陈旧简陋的瓦房围起一个大约200平方米的园圃，种着几棵树、几畦青菜和一些花卉，其中我印象特别深的是一棵桑树。

这棵桑树高有四五米，树干直径五六十厘米，枝繁叶茂，树形美观，卵形而边缘有粗钝锯齿的叶子总是绿油油的。有了这棵桑树，我和我的小伙伴们就打起养蚕的主意，因为桑树为蚕宝宝提供了可靠的“粮食保障”。

我读小学时养过几拨蚕，每次蚕的来源都是向同学要。刚从蚕卵中孵化出来的蚕，身体的颜色是褐色或黑色的，长约2毫米，宽大约只有半毫米，很小很细，有点像蚂蚁。把蚁蚕放到废弃的纸盒里，把它作为蚕宝宝的家，就开始了我养蚕的趣味生活。蚕宝宝食欲很强，昼夜不停地吃桑叶。一个纸盒里放十多只蚕，蚕宝宝一起吃桑叶，我甚至可以听到它们吞食桑叶发出的声音。怪不得有个词叫“蚕食鲸吞”，把微小的桑蚕与庞大的鲸鱼相提并论，可见贪吃鬼的厉害。我每天放学都要到邻居的园圃里采摘桑叶。邻居大人对我们这些小伙伴都很热情，欢迎我们去采摘。因为有的桑叶生长在桑树的较高处，大人们还会拿出板凳，让我们站在板凳上采摘。

蚕宝宝因为食量大，所以生长得非常快。没几天时间，就从“黑蚂蚁”变成洁白柔软的小宝贝。蚕宝宝以后每过几天就蜕一次皮，蜕过四次皮后就会开始吐丝结茧。有一次，我在有养蚕经验的同学的指导和帮助下，让蚕把丝吐在预先编好的竹篾扇面上，竟然做成一把雪白漂亮的蚕丝扇。虽然那把扇有个小缺口，但这个并不完美的成果已经让我喜不自禁，内心充盈成就感。

到夏秋之际桑树开花结果时，那卵状椭圆形的果实，或红色，或暗紫色，挂满枝头，如同满树的小灯笼，很是诱人。贪吃的小伙伴就会爬上树去采果实吃，有的一个接一个地吃，把嘴巴吃成一圈紫红色，引得大家哈哈笑。后来，我读到鲁迅的《从百草园到三味书屋》，其中说到百草园里“紫红的桑葚”，就知道那就是桑树结的果实，感到格外亲切。

桑树有药用价值，桑叶可以抗病菌，降血糖。那时医疗条件差，大人常采桑叶来煎汤，让小孩喝，用于消炎解毒。有一次，我因为用脏手揉眼睛，引起眼睛红肿，母亲采了一些桑叶煎汤，放在小盆里，叫我低头靠近小盆上方，让桑叶汤的蒸汽熏眼睛，效果很好，两天时间眼睛就好了，不用找医生。桑树的用途还有很多，桑树木材坚硬，可以制作家具、农具、乐器、雕刻艺术品等，古代还用桑木做弓，叫作桑弧。树皮除了作药材，还可以造纸。桑葚还可以酿酒，称桑子酒。

《诗》云：“维桑与梓，必恭敬止。靡瞻匪父，靡依匪母。”中国人有在房前屋后栽种桑树和梓树的传统，因此“桑梓”成为故土、家乡的代名词。过去，漳州城里城外有许多桑树，我想这跟漳州月港曾经是海上丝绸之路的始发港有关。明朝后期，苏杭一带的丝绸运到漳州，通过月港销往南洋甚至转到欧洲。后来，漳州就自己发展养蚕业，生产蚕丝，纺织绸缎，称为漳丝、漳绸等，因此种了许多桑树，城内邑外形成几片较有规模的桑林。

可是，现在漳州城里已经难得见到桑树。每每回想起当年邻居的桑树，竟有隔世之感。现在植树绿化，是不是可以多种点桑树，来寄托“乡愁”，寄托人们内心深处永远的桑梓之情？

卖水车

卖水车是什么样子，现在的多数年轻人可能都没见过。然而，曾几何时，这种承载着生命之源的车，在漳州市区却是大街小巷到处跑，随处可见。因为那时漳州市区还没有自来水。

“自来水”这个词是小时候从老师那里听来的，在我心目中充满神秘感：自来水，自己来的水，好神啊！哪天才能用上“自来水”？

我小时候住在一个大杂院里，院里有两口井，相距不过两米左右，但两口井的水质却大相径庭。南边的这口井水质澄澈甘甜，而且较少有干涸的时候；北边的那口井却较为浑浊苦涩，而且很容易就打完见底。那时，住在院子周围的几家人形成一条不成文的公约，就是要洗漱、冲刷就打北边井里的水，要饮用、做饭才打南边井里的水。然而，由于用的人太多，井水还是经常不够用，特别是到干旱的时候，需要买水来补充。

卖水车跟一般的小板车差不多，或者说实际上就是小板车改造而成的。用长条木板钉成一个长方体的容器，也就是水箱。长条木板之间用油灰填塞抹平，以防水箱漏水。水箱上面有一个洞并加盖，可以把水从洞口倒入水箱里。后下方有一个孔，接着一根橡皮管，用一个大铁夹夹住，要放水出来时就把大铁夹打开，水就从水箱里经橡皮管流出来。卖水的人每天拉卖水车到南门溪（九龙江西溪）边，从河里挑水把水箱灌满，然后拉进市区，沿街叫卖，每担两桶两分钱。买水的用户有相对固定的，也有临时需要的。卖水车到哪一条街巷、哪一个角落，时间也相对固定。有的人家每天到一定时候就到门口迎候卖水车的到来。到买水人家门口，卖水的人就把水箱里的水放出来，装满两桶，挑来倒在买水人家的水缸里。卖水的人总是夸耀自己的水从南门溪运来，多么清澈甘甜，泡茶特别香，特别甜。其实，那种水没有经过任何处理，从今天的眼光看来，水质肯定是很成问题的，至少是不符合饮用水标准的。可是，当时的人哪里有这种卫生意识？

后来，漳州市区有了自来水。不过，刚开始时，自来水没有直接通到居民家中，而是在居民比较密集的街区，每隔一定距离设立一个街头供水站。那时，市民家家户户备有水桶，每天下午4点左右，街头供水站开始卖水。挑着空水桶来买水的居民常排成长队，这成了当时漳州街头的一大景观。一担担等着盛水的木桶，就像一双双睁大的眼睛，传递出对水的期盼和渴望。这种街头供水站出现以后，对卖水行当是一个很大的冲击。街头巷尾的卖水车渐渐少了。

再后来，改革开放了，自来水行业发展了。自来水通过水管通到千家万户，不用走出家门，打开水龙头，清澈的水就哗哗地流出来，供人们享用。这时，我才真正懂得“自来水”是怎么一回事。其实自来水并不“自来”，天然水从取水口进到用户的水管，其间要经过许多人工的处理，来确保水质，确保饮用水安全。自来水进入千家万户以后，街头巷尾的卖水车更少了，渐渐地不知不觉地淡出了我们的生活。

我曾经问了好多人，但没有一个人说得清卖水车是哪一天突然绝迹的。城市居民每天生活无法离开的卖水车就这样走啊走，走进历史的深处，让我们看不见它的踪影。

当我在电脑前敲打键盘写这篇文章时，才想起这个久违了的“古董”，竭力要把卖水车从尘封的记忆中“挖”出来。当时人们焦急地等待卖水车到来的情景还如昨天一样历历在目，而且耳边似乎响起当年卖水人的叫卖声。沧海桑田，变化真快，让人感叹。

我参观了不少民俗博物馆，但没有看到卖水车，总觉得是一种缺憾。因为这毕竟是一个时代的生活印记，博物馆应该有它的一个位置。

难忘昔日乡情

虽说是“瞎忙”，毕竟也是忙。每天夜晚入睡前总觉得还有许多书要看，还有许多文章要写，没有空闲拣拾记忆的碎片。直至知名老照片收藏家冯水国先生把他的一叠反映上山下乡生活的照片递到我面前时，那浸透着当年汗水、荡漾着青春气息的画面才渐次跳入脑海中。冯先生是我当年落户那个乡镇的知青带队干部，但当时我并不认识他，可见我这个“书呆子”太不懂人情世事，连自己的顶头上司都不认识，更不用说去“套近乎”了。现在，我要感谢他的老照片勾起我对青春年华的回忆，对第二故乡的回忆。

难忘人生新课。到农村后住村里（当时称生产队）安排的房子，有政府提供的竹床、草席、棕衣、斗笠等生活用品和锄头、扁担等基本农具，第一年有政府每个月 8 元钱的生活补贴和 30 斤的粮食供应，其中第一个月可以到农民家中吃“派饭”，每天轮一家。农民会尽其所有，给我们准备较好的饭菜。第二个月开始就要自己开伙食了，第一次使用砖砌的柴火灶，连生火都不会，热情的农民兄弟就来手把手教我们。生活上的困难一个接一个，我们面对艰苦的生活环境开始了人生全新的一课。我现在还清楚地记得第一次用吹火筒向灶膛里吹气，结果不但没把火吹旺反而被呛了一鼻孔烟灰的情景。

难忘田园风光。我所在的村子地处公路边，屋前一片平畴良田，视野十分开阔，肉眼可以看到几公里远的另一个村子，那个村子叫“雪美”，很有诗意。抬头就可以看到小山坡上的镇政府（当时称公社）办公楼，不到 200 米处就是镇里的“圩”（集市），供销社、邮电局等都在圩里。下乡之前我对自己会被分配到哪个村子一无所知，听天由命，后来与其他知青比较才知道自己所在的乡村简直就是“世外桃源”，生活条件很是优越。不过，当时农活太劳累，没心思去欣赏那田园风光。那时，根本没有“环境保护”的概念，却到处蓝天白云、青山绿水，山花是那样的绚烂，草木是那样的繁茂，溪流是那样的清澈，井水是那样的甘甜。我现在还清楚地记得农民兄弟不听我“讲究卫生不喝生水”的“说教”，用手掬起水稻田边小水沟里的水来就喝，还连声说“好清凉甘甜”的情景。

难忘纯朴农哥。不知是不是我特别幸运，我所在的村子的农民可说是世界上最纯朴的人。有人说称农民兄弟为“农哥”是带有轻视的意味，但我却觉得这个称呼很亲切。村长，当时叫生产队长，是一个中等身材偏瘦的汉子。他看我身体瘦弱，每天派工时总是安排我干比较轻松的活，比如在晒谷场看管稻谷这类半劳力的工作。但我总要求安排比较重的活儿，不是强劳力至少也是一般劳力的活儿，让我锻炼锻炼。有一天下午，生产队长安排十几个强劳力上山，每人要挑一担谷子到本生产队的耕山队，然后再从耕山队挑一担柴火下来。我们的耕山队在一个叫岭脚的小山头上，离生产队队部大约八里路。生产队长安排我到生产队的粮仓里去帮助仓管员整理仓库，但我强烈要求上山。生产队长劝说无效后只好安排我挑比较轻的担子，跟其他农民一起上山。别的劳力挑百来斤的谷子，却只让我挑五六十斤的谷子。开头一里多走的是平路，我硬撑着跟大家走在一起，一路上还有说有笑。接着开始沿着羊肠小道攀登，我就觉得担子逐渐沉重起来，跟不上大家的步伐，与大伙的距离越拉越大。不久，生产队长发现我掉队了，立即放下自己的担子往回走，硬把我的担子接过去，健步如飞地往前走，走到他刚才放下担子的地方，把我比较轻的担子还给我，又挑上自己比较重的担子，和我一起走。他安慰我：没关系，第一次挑担子走远路，挑不动时就歇歇。山路越来越陡了。没过一会儿，我又掉队了。抬头看着走在前面的挑担长龙，个个身轻如燕，我既羡慕又惭愧。走在挑担长龙的最后一个农民兄弟歇息往回看时看到我，赶紧放下自己的担子，往回走半里多路，又帮我把担子挑到他刚才放下担子的地方。我这样咬紧牙关，走走停停，不知歇了多少次，终于看到耕山队的茅草屋就在头顶前方不远处了，心里有一种从没有过的胜利感觉。下山时，生产队长不安排我挑担，让我空手下山。我说，我多少还是挑一点吧。大伙七手八脚帮我捆了两小捆柴火，我们便一起挑着柴火担子说说笑笑往山下走。我向大伙说，我走得比较慢，你们尽管走你们的，不用管我。下山的路不见得比上山容易走，我走走停停，越走越慢，越歇越想歇。天已经黑下来了，我还没走到平路，估约离生产队队部还有两里路，我心里有点急，有点慌。这时，生产队长出现了，他二话没说，就把我的柴火担子往自己肩上一搁。我借着朦胧的月光，一脚深一脚浅地跟着他的身影朝生产队队部走。我现在还清楚地记得这个当年我最需要时就出现的身影，这个我心目中魁梧高大的身影。

难忘可爱村童。参加两年的农业劳动后，我被推荐到学校当民办教师。当时民办教师每月补贴 16 元（公办教师每月工资也不过三四十元），村里（生产队）分口粮等待遇还照样有。我吃住都在学校，可以说全身心扑在工作上，教学十分认真。在教中学，在学中教，“教学相长”，还是蛮有趣味的。当时没有实行计划生育，受“多子多福”“人多力量大”思想的影响，农民家庭子女多。因为家长要出工，家里小孩没人带，总是大孩带小孩。有的学生带着弟弟妹妹来学校，上课时弟弟妹妹就在课桌边的小凳上坐，必然影响课堂纪律和教学效果。有时小孩子上课时在教室里哭闹，课根本无法上下去。我开头很不适应，后来也就慢慢习惯了。这种情形在现今真是无法想象。我教语文，课余时间办黑板报，每一周或两周出一期，由我确定内容，让学生用粉笔写在黑板上。我在黑板报上开设“文字医院”和“病句诊所”两个专栏，把学生作文中的错别字和有语病的文句拿出来点评，对学生提高语文水平有很大帮助，很受学生欢迎。农民的孩子到冬天还穿着单衣单裤、赤着脚。我还清楚地记得下课时学生抱小弟弟小妹妹在操场上游戏、晒太阳的情景。

时光不会倒流，青春不会再现。但人是情感动物，无论时光的流水如何冲刷，青春的记忆总是不肯淡出，铭刻着自己金色年华的乡村生活经历更是如此。

"千里眼"的梦

我最初有关电视机的知识是从一本科普书上得来的。这本书说，人类很久很久以前就有"顺风耳"和"千里眼"的梦想，后来因为发明收音机而实现了"顺风耳"的梦想，又因为发明电视机而实现了"千里眼"的梦想。但，电视机是什么样子，却一直无缘相见。

20世纪70年代，我上山下乡在一个乡村学校当民办教师，听一位同事侃他香港亲戚家的电视机，说是一打开电视机就像看电影一样可以看到世界各地的新闻，把这"千里眼"吹得神乎其神，让我和其他同事都羡慕不已，对这位见多识广的侨属同事也敬重三分。我和同事们经常议论到哪年哪月才能亲眼看到电视，有的说10年，有的说恐怕要20年吧。

我第一次真正看到电视机大约是在1975年。那时，我任教学校的所在公社（现在改为镇）的一座大山上建起了漳州市第一个电视转播台，接收和转播从福州鼓岭传来的电视信号。"近水楼台先得月"，于是，公社机关有了第一台电视机（也许是全县第一台），黑白，12英寸。公社机关办公楼就在我们学校边的小山坡上。从此，每到星期六晚上，公社机关的干部们，也包括我们这些享受干部待遇的学校教师，就都早早来到公社会议室，等公社办公室管理人员开电视给大家看。公社会议室门口总是围着一大群农民兄弟和他们的子女，但公社办公室管理人员说："人太多了，坐不下。"便把门关了。我们这些干部和准干部们才有享受观看电视的特权！

那台电视机是公社机关最贵重的财产之一（那时公社还没有汽车），除了会操作电视机的那个公社办公室管理人员，谁也不准去碰那珍贵的玩意儿。那时的电视信号极差，虽然公社办公室建在小山坡上，还架起了高高的接收天线，但还是不行。电视影像模模糊糊，跳动不已，有时干脆就是雪花或水波纹，什么都看不见。而且经常根本收不到，也不知是转播出故障还是转播台没转播，公社办公室管理人员在电视机上拨弄来拨弄去，我们在电视机前足足等了一个小时，还是没影子，只好“散会”，打道回府。当时从电视上看到什么，我现在已经没有多少印象，大概是有关全国各地大好形势的报道，还有“样板戏”片段之类的。

1976 年，我回城了，好久没有看到电视。后来，工作单位也有了一台电视机，但也只是每星期六晚上才开放一次，而且经常因为管理人员没来开门操作，让想看电视的人白跑一趟。到了 20 世纪 80 年代初，中国女排打了“中国大球的翻身仗”，夺得“三连冠”。我有一个好朋友是东南亚归侨，家里有一台从国外带来的电视机，每逢有转播女排比赛就会热情邀我去他家看电视。这个朋友很是热情好客，总是把电视机抬到家门口的院子里，还准备了一些小凳子，让邻居一起来享受看电视的快乐。

80 年代中期，我搬迁新居，很想买一台电视机，可那时的电视机十分紧缺，要凭票供应，单有钱也买不到。听说买一台 18 英寸的电视机要 500 份侨汇特供证，我在热心人的指导和帮助下，用 500 元人民币买了 500 份侨汇特供证，连同 1350 元，总共花了 1850 元，才买到一台 18 英寸的福日牌彩色电视机。这是当时“家庭建设”的一个“重大项目”，心里别提有多高兴了。为了摆放（准确点说是“供奉”）这个“千里眼”，还专门去定做了一个电视橱。这台电视机跟我很有感情，用了 10 多年，到 90 年代末家里又买了新电视机还仍然新旧并用，直到前不久电视实行数字化才依依不舍地把它淘汰。

现在，“千里眼”已经进入千家万户，许多人家里甚至有两三台电视机，而且电视机荧屏越来越大，功能越来越多，价格越来越便宜。我在想，家里的“千里眼”是不是也该更新换代了？

“千里眼”从梦想到现实，而且还在不断进步，促成新梦想的萌生，这些往事回想起来也真的像一场梦。

师恩似海永铭记

脑海中的许多记忆画卷在时间潮水日复一日无情的冲刷下逐渐模糊甚至湮灭，随着年龄的增长和记性的减退更是如此。然而有些记忆画卷在时间潮水的冲刷下不但没有模糊消退，反而越发清晰和鲜明，因为时间潮水冲刷掉的只是蒙在这些记忆画卷上的灰尘。

我的脑海中有一幅记忆画卷就是如此，历久弥新，永不消退。画卷的背景是山上建有三座亭子的风光秀丽的芝山，芝山脚下是雄伟气派的新华楼，新华楼两侧分布着三好楼、卫国楼、劳动楼和五爱楼等几座教学楼、宿舍楼，新华楼前面是一条笔直而有坡度的校道直通校门，校道两侧有几棵挺拔伟岸的玉兰树。背景前的主角是一群忙碌的身影，有人把这些人比喻为辛勤的园丁，有人把这些人说成灵魂工程师，我则觉得这些人如同可亲可敬的父亲母亲。这些人有一个共同的名字：教师。

我对这所学校和这所学校的教师的记忆太深刻了。因为我和我的妻子、我的女儿都曾就读于这所学校，都是这所学校的毕业生。漳州一中的老校长郑老师曾半开玩笑地对我说，漳州一中校友会可以在你家建一个校友小组了。是的，有时我们一家三口围坐下来会一起追忆芝山脚下的金色年华。虽然在校的时间不同，但我们的交流可以相互印证，相互补充，加深了解，加深记忆。

我印象最深的是刚考进这所重点中学的那段时光。从小学到中学是人生中的一个转折，学校的规模扩大了，学习的课程增加了，接触的师生更多了，视野也更加开阔了，需要有一个适应的过程。我读的是俄语班，上俄语课总觉得俄罗斯人（当时还叫苏联人）真奇怪，讲话舌头老是卷个不停，而我的舌头老不听使唤。下午最后一节是自由活动，可以在学校操场进行体育锻炼，也可以到图书馆看书。我找到俄语课郑老师请求帮助，郑老师很耐心地辅导我读俄语字母和单词，一对一、面对面反复示范口型，纠正读音，直到我能比较准确自如地读出这些字母和单词。那时的老师都喜欢学生来找他们辅导功课，却从来没有任何收费的念头。我当时心里一直在担心郑老师会不会嫌弃这个笨学生怎么舌头老是卷不好，但郑老师诲人不倦，自始至终没有一点不耐烦的情绪，他有的只是对学生的慈爱和对工作的负责。时过几十年，他当时那种认真、耐心的神情仍然让我记忆犹新，如在昨天。

要说到老师对我的爱，语文课胡老师就更绝了。胡老师讲课有激情，富于感染力，经常在课堂上介绍中外文学名著，增长我们的见识，开拓我们的视野，让我们听得如痴如醉。我特别喜欢胡老师上课，因此语文也读得比较好，每次语文考试对我来说都跟平时作业一样，对我没有什么压力，总是很快做完全部题目，提前一二十分钟甚至半个小时走出教室。这时，胡老师就会轻轻抚摸我的小脑袋，然后把我抱起来在教室外的走廊上来回走动，同时从窗门望进教室执行他的监考任务，直到考试结束。老师抱着我时虽然没有说话，但从他的眼神可以看得出他是多么喜欢我，让我觉得很不好意思。老师们经常说，作为老师，特别喜欢学习认真、成绩突出的学生是理所当然的。

数学课李老师是我们的班主任。他讲课深入浅出，条理清晰，把枯燥无味的数学课讲得风生水起、异彩纷呈。李老师爱生如子，用爱的雨露滋润每一个学生的心田。当时，我在学校寄宿，晚上就在明亮的教室里自习，李老师经常到教室里来看我们，遇到学生自习中有疑难问题就会坐下来耐心答疑解惑。还经常询问我们在学校的寄宿生活，饭吃饱了没有，棉被暖不暖，眼中充满父母般的慈祥，常常问得我泪水在眼眶里打转。

学为人师，行为世范。老师教书育人，对我们的影响不单是在课堂上教我们做人的道理，更重要的是他们以自己的行为举止为我们做出最好的榜样。郑老师辅导我读俄语时，我就想我以后一定要像老师一样对工作认真负责。胡老师、李老师关爱我，我就想我以后一定要像老师一样关爱他人。老师播撒在我心中的爱，已经扎进我的心底，融入我的血液。现在每当回想这些往事，重温这些恩情，依然会有一股感动，感激的热流在我的全身涌动。

师德如山，师恩似海。老师在我心目中的形象永远是那么圣洁，那么高大，这是我从自己的亲身经历中感受到的，这种印象和情感发自我的内心深处，因此是刻骨铭心、无法磨灭的。天长地久有时尽，师恩绵绵无绝期。

我第一次收到稿费

我第一次收到稿费是在读初中一年级的时候。

那时，学校每学期都会组织学生看两三场电影，一般是安排在星期六下午。因为与现在每周只上五天课不同，当时每周上六天课，不过星期六下午一般是安排自习课，寄宿的学生每周才回家一次，在星期六下午也可以提前一节课回家去。当时课余、业余没有什么娱乐活动，看电影成了人们最主要的娱乐方式。但学校组织看电影可不是单纯让学生娱乐，而是要让学生在看的过程中接受教育。因此，语文课经常布置作业，看完电影要写观后感，作为作文上交。

我当时看的什么电影，观后感写的什么内容，现在都忘了。只记得当时的电影多是战争题材，许多镜头都是“冲冲冲，杀杀杀”，要学生学习影片中人物的勇敢精神。我的胆子比较小，大概在观后感中表达了以后要加强锻炼、壮大胆子的意思。观后感作为作文上交以后，语文老师把它作为范文在课堂上念。我平时作文就比较好，作文被当范文是常事，所以也没觉得这事有什么特别。

一个星期后，我突然接到一张稿费单，觉得有点莫名其妙。请教语文老师才知道，老师没有征求我的意见就把我的观后感投给大众电影院办的《影讯》月刊，这是一份主要刊登新片预告、剧情简介和电影评论的刊物。大众电影院很快采用了我的稿子，并立即给我寄了稿费。稿费是两张电影票，凭稿费单可以到影院售票窗口领取任意场次的电影票两张。当时电影票每张一角五分，两张三角钱，也就是说我的第一笔稿费是三角钱。我把稿费单子带回家给爸爸妈妈看，他们也很高兴，并拿它到电影院售票窗口换了两张他们喜爱的片子的电影票。

三角钱在现在看来真是微不足道，但在当时，特别是在一个小孩子看来就不算少了。更重要的是它提起了我对文学评论、对艺术理论的兴趣。人生有很多“第一次”，有的“第一次”对自己人生的影响很明显甚至是巨大的，而有的影响则是不知不觉的。后来，我先后发表两三百篇文学评论，也许跟这“第一次收到稿费”有关。

我在乡下当民办教师

看着近40年前拍摄的这张老照片，照片上的一些人似乎会动起来，20世纪70年代在乡下当民办教师的情形像电视连续剧一样又在脑海中一幕一幕地掠过。

1969年2月，我上山下乡到长泰县陈巷镇夫坊村（当时叫陈巷公社夫坊大队），两年后即1971年2月到夫坊小学教书，一直到1976年9月回城为止，共当了近6年的民办教师。当时小学实行5年制，学校每个年级1个班，共5个班。教室就在一座古大厝里面，许多房间连在一起，6间大房间中的5间当教室，剩余的1间就做教师办公室，另外还有几间小房间就作为教师宿舍。

我吃住都在学校，可以说全身心扑在工作上，教学十分认真。在教中学，在学中教，“教学相长”，还是蛮有趣味的。当时没有实行计划生育，受“多子多福”“人多力量大”思想的影响，农民家庭子女多。因为家长要出工，家里小孩没人带，总是大孩带小孩。有的学生带着弟弟妹妹来学校，上课时弟弟妹妹就在课桌边的小凳上坐，必然影响课堂纪律和教学效果。有时小孩子上课时在教室里哭闹，课根本无法上下去。我开头很不适应，后来也就慢慢习惯了。这种情形在现今真是无法想象。我教语文，课余时间办黑板报，每一周或两周出一期，由我确定内容，让学生用粉笔写在黑板上。我在黑板报上开设“文字医院”和“病句诊所”两个专栏，把学生作文中的错别字和有语病的文句拿出来点评，对学生提高语文水平有很大帮助，很受学生欢迎。

当时照相机是十分罕见的奢侈品，县城才有一家照相馆，学校里在每年学生毕业留影时才会专程去县城请照相馆的师傅来拍照。我在夫坊小学教书近 6 年，留下来的只有这一张照片。几十年没回第二故乡长泰陈巷夫坊了，不知当年那些教室、宿舍是否还在，学校变成什么样子了？当年的那些老师同事和学生朋友天各一方，现在在哪里？只能对着这张照片展开想象的翅膀了。

一张手表票

年轻人一看这个题目，会莫名其妙：手表票，什么玩意儿啊？因为他们没有经过物资匮乏的计划经济年代，不明白什么叫手表票。

20 世纪 50 年代至 70 年代，由于物资匮乏、供应紧张，光有钱还买不到东西。除了钞票，还需要另一种票，就是供应票。买米、买肉要票，买油、买盐要票，买煤、买柴要票，买布、买衣被、买鞋袜也要票，有人经过粗略统计，说当时的票证达数十种之多，因为柴米油盐、衣食住行，购买任何日常生活用品，几乎没有什么不需要凭票的。生活用品分生活必需品和奢侈品两类，必需品的供应票每年或每月按人或按户发放，而奢侈品的供应票特别稀缺，每个工作单位或居民小组只有一两张，通过抽签方式发到个人手中。什么是奢侈品？手表、脚踏车、缝纫机之类在当时就算是奢侈品了。

故事就发生在 20 世纪 70 年代初期，大约是 1973 年或 1974 年。那时，我上山下乡在农村学校当民办教师，除了在生产队（相当于现在的村）按全劳力记工分外，每月由国家补贴 16 元，也算是“吃皇粮”的。公办教师则每月有三四十元的工资，经济待遇与民办教师差不了多少。我们学校有 10 多个老师，在公社（相当于现在的乡镇）里算是“吃皇粮”最集中的单位之一了，每年可以从公社供销社争取到 1 张奢侈品的供应票，如果头年是 1 张手表票，次年就换成 1 张脚踏车票，再隔年可能改成 1 张缝纫机票。也就是说，学校 10 多个老师几年才能得到 1 张手表票或 1 张脚踏车票，几年轮转一次。供应票如此稀缺，抽签时的那种紧张气氛就不用提了。那一年，我手气很好，手表票被我抽到了。同事们在祝贺我的同时都有一种沮丧感，因为票只有 1 张，你有了，别人就没有。

我的同事庄老师的失落和难过更是鲜明地写在脸上。他是本省南安人，从小失去父亲，母亲含辛茹苦把他养育成人，而且有幸进入福建农学院（现农科大），靠助学金完成学业，毕业后碰上史无前例的“文化大革命”，到部队农场锻炼几年后分配到我们学校，总算有了一份稳定的工作。他的母亲在老家替他找了一个“对象”，催他赶紧办喜事。手表、脚踏车、缝纫机是当时人人梦寐以求的家庭“三大件”，要结婚如果不是三样齐全，也总需要其中一至两件才有面子，尤其是对于他这样“吃皇粮”的人，在贫穷的乡村里也算个人物了。他急切希望得到这张手表票的心情是不难想象的。

庄老师是一个十分诚恳朴实的人，他不好意思当面向我表达他的愿望，而是通过另一个同事试探性地问我是否能够把这张我并不急用的供应票让给别人。我听了这个同事的话后，毅然决然把这张手表票送给他。我到现在还记得清清楚楚，他用双手接过我送给他的手表票时，手有些颤抖，眼眶里似乎还有泪花。第二天，他用这张手表票并花 120 元钱（相当于他 3 个月的工资）到公社供销社把那块他日思夜想的奢侈品带回了宿舍。

那是一块上海生产的“全钢”手表。那时，全国生产手表的工厂没几家，上海“全钢”手表是质量最好的国产表。庄老师的学生说，这几天老师的精神特别好，袖子也挽得特别高，好像是有意让人看到他手腕上戴了块新手表。几天以后，他回南安老家办喜事。临走前，他送给我的喜糖是 8 颗，比别人多一倍。他说：很抱歉，买不到“龙虾酥”，这种本地产的糖果，硬邦邦的，没办法，不好意思。

后来，我也买到了一块手表，那是上海手表二厂生产的，“解放”牌，“半钢”的，每块 85 元，质量要比上海手表厂生产的次多了。那是父亲出差到上海，费了九牛二虎之力，在上海亲戚朋友的大力帮助下好不容易才买到的。不过，有了手表以后，我估约时间的能力反而下降了。因为我没有手表之前上课凭感觉就能恰到好处地在下课钟响起时把课讲完。这是后话。

我在电脑前边敲键盘，边回忆手表票的故事，心里什么滋味，自己也说不清楚。

“移风易俗”的集体婚礼

20世纪70年代末，“四人帮”已经倒台，“文革”也已经结束，但人们的思维惯性还在继续，大街小巷还随时随地可见大红色的“革命标语”。“破四旧”是停止了，但还要“移风易俗”。而我恰恰在这时要办理人生大事。

我与女朋友去办结婚登记，先到双方所在的居委会“初审”，居委会主任（俗称街长）就明确告知，办了结婚登记后自己不能举办婚礼，要等市里统一举行集体婚礼，通知中还带有威胁的口气，意思是如果不遵从就要受到处分。到派出所办理登记手续、领取结婚证时又一次得到同样的通知。我想，大概不止我们两个，本市最近要结婚的年轻人都得到了同样的通知。

举行集体婚礼的时刻到了。我们被通知到市体育场集中。大概是积累了几个月时间，一起结婚的年轻人有近百对。集中以后，市领导给新人们戴上大红花，然后向大家发表“重要讲话”，讲些什么现在都忘了，大意是向大家表示新婚的祝福，说举行革命化的集体婚礼是为了“移风易俗”，很有意义等。

接着，市里统一安排了七八辆车，让新郎新娘们乘车在市区绕了一圈（我们戏称为“游街”），以此来宣传“移风易俗”。然后送大家到西溪桥闸去参观，接受教育。西溪桥闸是新建的一个水利设施，对防洪、抗旱都将发挥作用，是“农业学大寨”的一个“重要成果”。参观以后，车子送大家到市政府食堂去聚餐，并送每对新人一套“毛选”和统一印制的国画“四条屏”。聚餐时还郑重通知，举行集体婚礼以后，大家回去就不要再私自举办婚礼了。不过，听说后来还是有新人“冒天下之大不踸”，偷偷摸摸自己再举办了一次婚礼。

那是一个物资匮乏、商品紧张的年代，要买较好的糖果很困难。当时时兴一种厦门产的叫“龙虾酥”的糖果，大家认为能买到这种糖果送给亲友是很有面子的事。我们想办法托人买到几斤，分给亲友每人四个或八个，算是让大家“吃甜”，大家向新郎新娘“恭喜”。

回想起集体婚礼的往事，说不清心里是什么滋味。只是想，这样的事情今后再也不会发生了，因为历史不会简单地重复。

永生难忘三十天

四川汶川“5·12”特大地震已经过去三年了。但当年我在援建工地的所见所闻，至今依然历历在目，任凭时间的潮水怎样拍打冲刷，也不会淡去。

那是永生难忘的三十个日日夜夜啊！2008年5月28日，地震刚发生半个月，漳州市就派出两名专业精通、经验丰富的高级建筑工程师赴四川彭州，参与过渡安置房的规划设计等前期工作。经过10天紧锣密鼓的筹划，漳州市建设局副局长陈文和带领有关科室负责人和部分建筑施工企业总经理以及大批建筑工人，于6月8日就正式开赴四川，投入过渡安置房建设工作中。

我是紧急援建开始近一个月后才到达彭州的。虽然去迟了，但也在那里住了一个月，直到过渡安置房建设任务完成后才与援建大军一起凯旋。在紧急援建的两个月时间里，漳州市组织5家资质高信誉好的建筑施工企业、3000多名工人，共投入挖掘机18台、装载机26台、运输车60余台，在四川彭州地震灾区援建过渡安置房。经过2个月的艰苦努力，共在4个镇21个安置点建成4182套轻型钢结构彩板房，总建筑面积8.78万平方米。

当时遇到的困难和问题是难以想象的。漳州市负责安装的过渡安置房4000多套分散在4个镇20多个安置点。轻钢结构彩板房结构复杂，重量大、间数不便增减、配件零散，每一幢八间要锁10280个螺丝钉，工艺复杂，安装难度极大，其安装的工作量是其他活动板房的4倍，只要一个螺丝没有锁紧，就会影响活动板房质量。时间紧，任务重。援建人员每天起早贪黑，披星戴月，天刚亮就开始紧张的工作，要忙到晚上

9点多才能吃上晚饭，中午在工地简单地吃一下盒饭，没有午休，就紧接着干活，每天工作10多个小时，衣服脏了也没有时间换洗，但大家都毫无怨言，个个斗志昂扬，夜以继日地奋战在安装第一线。

彭州天气潮湿炎热，虽然漳州援建工程指挥部把许多防暑降温的药品和凉茶送到工地，但由于工人露天作业，体力透支，中暑的人还是很多，仅7月6日那天就有近50人中暑。中暑的工人经过简单治疗，稍事休息后又投入紧张的工作。大家深深地感到自己肩负的崇高使命，特别是看到灾区的不少民众现在还住在简易的帐篷里，十分着急，都表示：为了让灾区人民早日住进温馨舒适的“新家”，再苦再累也心甘。灾区民众被援建者的精神和行动所感动，纷纷自发以各种方式到工地慰问。

三个月能完成过渡安置房建设任务就算是奇迹，可是援建者在确保工程质量的前提下硬是提前提前再提前，最后终于提前一个月完成紧急援建任务，让倒房灾民在最短时间内住进了崭新舒适的钢结构彩板房，受到四川省有关部门和灾区民众的充分肯定和热情赞扬。分管这项工作的彭州市领导说：漳州安装的活动板房质量好，彭州人都爱住漳州人安装的活动板房。我们的援建队伍不愧为一支特别能战斗的铁军，获得福建省政府和四川省政府的表彰，有的援建人员还被彭州市授予荣誉市民称号。

我的工作一直平平淡淡，没有什么惊天动地的事迹可以回忆，但有幸参与赴川援建工作，总算有了一段刻骨铭心的经历可以引以为自豪。

中山公园里那片草地

每次到中山公园，我总会不由自主地把目光朝向公园北面的那块草地，有时还会凝视好一会儿。这时，心田里会涌起一丝温馨甜蜜的感觉，脑海中会映过一串历久弥新的镜头。

位于漳州市旧城区中心地带的中山公园经过多次改扩建，虽然基本格局没有多大变化，但有的建筑已经不复存在。公园的北面原来有一个戏台，戏台背后就是公园小学（现改名芗城区实验小学），而戏台前面有一片草地。这里每逢周末常有电影公映，可供市民免费观看，有时则有戏曲或其他文艺演出。现在戏台没了，戏台前面的草地经过几轮绿化、美化，变得更加花团锦簇、艳丽多彩了，不似当年的自然生态美。

那时，“文化大革命”结束没多久，改革开放也才刚刚拉开序幕，可供市民休闲的公共场所很少，中山公园是整个市区唯一的公园。每当夜幕降临，公园北面戏台前的这块草地上总是东一撮西一撮地围坐着许多休憩谈天的人。草地前面有一长排宣传栏，挡住了公园甬道电灯的光线，草地上若明若暗的，更是初恋年轻人钟爱的地方。

我当时经亲戚介绍认识了一个后来成为我妻子的女朋友，两人要找个地方交流沟通、相互了解，中山公园的这块草地当然是最好的选择，约个时间到这里闲聊。那时电话还不普及，多数家庭没有电话，工作单位才有电话，要约会有时只能通过单位电话。因此，为了“保密”，在电话中往往只能语焉不详。有时，干脆就在约会临结束前就约定下一次约会的时间。

约会时，开头照例是自我介绍，谈自己个人的情况、家庭的情况、亲戚的情况、同事的情况，还有个人的兴趣爱好，最近看了些什么书之类的。抚摸着柔软的草地，仰望着闪烁的星空，觉得这个世界就像这里的空气一样清新，像这里的环境一样优雅。聊天越聊越多，越聊越广，越聊越深。讲文学是我的"强项"，一谈到中外文学名著，口若悬河，滔滔不绝。我说到巴金，她说读过《家》《春》《秋》；我说到老舍，她说读过《骆驼祥子》；我说到曹禺，她说读过《雷雨》。我说到莎士比亚、托尔斯泰、巴尔扎克，她说听说过，但没有读过他们的作品。这就很不错了，我们觉得有了共同语言。她说她喜欢唱歌。我说唱什么，她说随便吧。于是就轻声哼起《敖包相会》："十五的月亮升上了天空哪，为什么旁边没有云彩？我等待着美丽的姑娘呀，你为什么还不到来哟嗬？如果没有天上的雨水呀，海棠花儿不会自己开。只要哥哥我耐心地等待哟，我心上的人儿就会跑过来哟嗬。"我静静地欣赏，觉得那歌声比任何歌星唱的都要优美。往草地上一躺，仰望苍穹，觉得此时的月亮也格外亮。在今天看来，真是土得掉渣，这算什么"谈情说爱"。然而在当时，我觉得已经是如同普希金笔下描绘的那样浪漫了。

初恋的感觉的确是一种奇妙的感觉，那是刻骨铭心、终生难忘的。著名作家梁实秋年轻时在北京与程季淑谈恋爱，中山公园的四宜轩留下他们相依相偎的倩影。过了60多年，梁实秋还深深记挂着当初他们的定情之地。他女儿梁文蔷回忆说，按照父亲的要求，她于1987年借到北京开会之机，专程到中山公园拍了许多四宜轩的照片，带回给父亲。但父亲还是不满足，说想要一张带匾额的全景。可惜四宜轩房屋尚在，匾额早已无影无踪。后来大姐文茜又去照了许多，托人带给父亲。父亲一见照片就忍不住落泪，只好偷偷藏起来，不敢多看。

我初到北京游览中山公园，没注意到里面有个四宜轩。后来，读了梁文蔷的回忆文章，有机会再到北京游览中山公园时才特意去寻访这个让梁实秋念念不忘的地方，发现其实那是一个很不起眼的建筑小品，但它却深深地铭刻在这位大作家的记忆中。因为它与一段难忘的往事联系在一起。人真是奇怪的感情动物！

自行车传奇

20世纪70年代初，中国还处于计划经济时期，物资匮乏，多数食品和日常用品都要凭票购买。那时自行车属于奢侈品，可以分配的购买票就更少了，一般一年才发一次，每个工作单位或居民委员会只有一两张，通过抽签方式发到个人手中。抽到自行车购买票概率如同现今买彩票中大奖一样小。

我们家有5个兄弟，很需要一部自行车，无奈总是得不到自行车票。那时，上海是中国最重要的工业品生产基地，全国各地民众购买使用的日用工业品大部分是上海生产的，手表、自行车、缝纫机之类的高档日用工业品更是如此。恰好我们家在上海有一个亲戚，在自行车产地得到自行车票要比我们这样一个小城市相对容易些。因此，我们就写信请他们想办法帮我们争取一张自行车票。这位亲戚经过多方努力终于得到一张自行车票，并来信告诉我们。得知这个好消息，我们全家高兴了好几天。然而，这张自行车票必须在上海当地买，不能带回漳州，怎么办?

幸好，当时父亲是一家大型商业公司的业务员，经常有机会去上海出差。于是，他利用到上海出差的机会，找到这位亲戚家，取了这张好不容易得到的自行车票，到当地指定的一家五交化商店买了自行车，然后把自行车送到附近一家自行车装配维修店，让工人师傅把自行车拆开。工人师傅觉得奇怪，好好的一辆自行车怎么要拆呢?父亲把实情告诉他们，他们才按照父亲的要求，把自行车拆成几个部分，分装在三个纸箱里：两个车轮一箱，车把车身一箱，脚踏板和其他零部件一箱。其中两箱送到上海火车站办理托运，一箱作为随身行李携带上火车。那时运力紧张，火车拥挤，带那样沉重的东西挤上火车，一路风尘，实在不容易。父亲回到漳州后，和我们兄弟一起借了一辆三轮车到漳州火车站托运取货处把两箱自行车部件领了出来，连同已经先到的部件送到市区一家自行车装配维修店去请工人师傅安装起来。工人师傅对父亲千里迢迢从上海带回自行车十分佩服。父亲只是淡淡地说："那有什么办法。"

当时，上海产的自行车有凤凰和永久两种牌子。街上的自行车很少，一骑上街，路人都会投来羡慕的目光。我们买的是凤凰牌，价格100多元，父亲的月工资不过50来元，买这部自行车足足花去父亲大约三个月工资，成为全家最贵重的家当。我们都对这部被爱称为"铁马"的奢侈品爱护有加，每天都仔细擦拭，让它乌黑发亮，每周还彻头彻尾、彻里彻外地认真打理一遍。这不但因为它价格高，更因为它的经历不平常：买了拆，拆了运，运了装，行程数千公里，几经周折，几经折腾，凝聚了多少心血，充满着传奇色彩。

书香弥漫

春节闲读

春节长假七天，天天下雨，气温又低，除正月初一上午去向父母拜年并与向父母拜年的亲友聊天、初六上午参加石魂诗韵诗词吟诵会外，大部分时间蜗在家中。屈指算来，除了吃饭睡觉之外，主要就是看书上网，此外还用电脑敲出三篇短文。

假日看书是没有计划没有目标的闲读，多数时间沉浸在史籍中，主要看《二十五史》和《漳州府志》。自从有了一套电子版的《二十五史》以后，纸质的《二十五史》就被我束之高阁，寂寞地竖在书橱里了。电子版的《二十五史》查阅、摘录太方便了，写文章需要引用时只要复制、粘贴就行了，连抄也不用抄。有时重要引文对电子版的准确性不放心，才想到要翻阅纸质本核对一下。七天长假，有时间摸摸厚重的纸质本，看看竖排的繁体字，像见到久违的老朋友，倒觉得蛮亲切的。想起当初用自行车把一大纸箱砖块般的大部头从书店运回家，着实让妻子吃了一惊，说我运其他东西没力气，运书倒是有干劲。俗话说："一部二十五史（二十四史），不知从何读起（说起）"。因为是闲读，就从头到尾随意乱翻一气。说从头到尾，其实主要读头部和尾部，就是《史记》和《清史稿》。就连《史记》也没全读，只挑其中自己觉得最精彩的部分读着玩。如《项羽本纪》那跌宕起伏的情节、波澜壮阔的场面，不管读过多少遍，每读一次都会被司马迁笔下的悲剧英雄所感染，为司马迁的神来妙笔拍案叫绝，真是一种莫大的精神享受。

读《清史稿》，主要翻翻其中漳籍历史人物的传记，如蓝理、蓝鼎元、蓝廷珍等。读蓝理小传时与《漳州府志》卷四十九、《台湾通史》卷三十的相关记载对照着看，读蓝鼎元小传时与《漳州府志》卷三十二、

《台湾通史》卷三十四对照着看，读蓝廷珍小传时与《漳州府志》卷三十二、《台湾通史》卷三十对照着看，慢慢咀嚼，颇有味道。《清史稿》的文笔比司马迁他老人家差多了。不过，看看古时老乡的生平事迹总有一种亲切感。

读《漳州府志》虽也是闲读，倒有意外发现的惊喜。近日搜集有关石狮岩的资料，翻到卷四十《古迹》，看其中介绍石狮岩等内七首岩的文字，突然有两个字跳进眼中，让人心扉一震。啊呀，这个名胜又与一个名人沾上了边。书中记载：“明季里人张燮开山得之，中有洞，洞口一石屏大书大隐屏三字。”虽然过去看过一些有关张燮的人物介绍和诗文作品，但没有注意到张燮曾经在石狮岩隐居的事。急忙找来其他书来印证这个过去被忽略的史实。查到新编《漳州市志》等书都有相关的记载，如《漳州市志》卷五十说：“张燮晚年隐居漳州城南石狮岩‘万石室’。”这样，我正在写的《城南名胜石狮岩》可以添上一段，我所描绘的石狮岩就更有人文内涵和史迹价值了。

当然，也读点其他闲书。如把《莎士比亚十四行诗》不同翻译家的中译本拿来对照着读，也蛮有意思的。我存有屠岸、梁宗岱、杨熙龄等人的译本，加上梁实秋翻译的《莎士比亚全集》中的“十四行诗”，译者译风不同，各具特色，遗憾的是自己没有读原作的英文水平，无法判断谁的译文更接近原作的意思和风格。

七天长假就这样在漫无目的的闲读中不知不觉过去了，没有“悬梁刺股”的辛苦，只有“遨游书海”的快乐。

打开这扇窗，世界多斑斓

有一句谚语说:“书籍是知识的窗户。”我喜欢这扇窗。打开这扇窗，世界多斑斓。通过这扇神奇的窗户，可以打破人生的局限，穿越时空的隧道，跨海越洋，上天入地，阅古览今，观近望远，可以展开想象的翅膀，在虚拟世界里尽享自由翱翔的快乐。当我打开外国文学名著这扇窗，总会眼睛一亮，它让我看到许多熟悉而陌生的地名：巴黎、枫丹白露、马赛、罗马、威尼斯、佛罗伦萨、雅典、圣彼得堡；让我看到许多古怪而亲切的人名：安娜卡列尼娜、聂赫留朵夫、罗密欧、朱丽叶、堂吉诃德、爱丝米拉尔达；让我看到许多曲折而感人的故事：木匠的儿子于连在上流社会中饱受压抑而又极力抗争最后走向毁灭的悲剧，避难乡间的十个男女青年讲述的大故事套着小故事、一个接一个既有联系而又独立成篇的长篇故事集，冒险家鲁滨孙不甘安逸出海闯荡、充满传奇色彩的经历。

我常惊异于文字的魅力。在作家的生花妙笔下，情节可以演绎得如此曲折生动，故事可以讲述得如此引人入胜，人物可以塑造得如此栩栩如生，情感可以渲染得如此令人痴迷，内涵可以蕴含得如此深刻妥帖，让人如临其境，让人如见其人，让人痴迷发呆，让人不思茶饭，让人深陷其中而难以自拔。怪不得有一个文学大师说，他小时曾把书对着太阳光，希望能从作品的字里行间参透出什么秘密。我常遗憾于自己不懂外语，英文和俄文只有幼儿园水平，要是能够读懂原版著作那该有多好。

我感谢在漳州一中读书时我的语文老师经常在课堂上离开课本介绍外国文学名著，许多世界文学大师的名字就是从他那里听来的。然而限于当时的条件，中小学阶段我只读过《安徒生童话选》、《格林童话选》、

《伊索寓言》、《木偶奇遇记》、儒勒凡尔纳的科学小品等不过几十本外国作品。在“文革”失学和上山下乡期间，我在夹缝中读书，偷偷读了许多当时所能寻觅到的书，但主要是中国古典文学，虽然断断续续看了巴尔扎克、托尔斯泰、莎士比亚等名家的一些作品，但都是支离破碎、很不系统的。20 世纪 80 年代，改革开放迎来了读书人的黄金时代，外国文学名著陆续出版，堂而皇之地登上新华书店的柜台。人们的精神饥渴太久，以致每次书店发行出售新版的外国文学名著都会引来一条购书长龙，这种盛况在当今真是不可思议。我也经常加入书店门前等候购买外国名著的队伍。我发疯般地购买，发疯般地阅读，以弥补我多年来渴望阅读而不可得的遗憾，这是饥渴过度留下的后遗症。

外国文学名著许多都是大部头，动辄几十万字上百万字（以译成中文的字数计），而且人名都很长，故事情节又十分繁复，让不少人望而生畏。我对付这个问题没有诀窍，用的完全是笨功夫、土办法。“文革”失学和上山下乡期间我读中国古典文学，因为书多是借来的，边读边抄，抄了几十大本，《唐诗三百首》《古文观止》《千家诗》等都有了自己的手抄本，这是从古人那里学来的土办法。而读外国文学名著，我主要是做笔记，写故事梗概、内容提要，把它作为化繁为简、以简驭繁的办法，这样就能很快厘清脉络，把握全书。这些笔记如果经过适当整理可以编写成世界名著缩写本，可惜我大多写在普通笔记本甚至废旧稿纸上，常常是随写随扔，现在都找不到当年勤奋攻读的印记了。《战争与和平》《基督山伯爵》《约翰·克利斯朵夫》等许多鸿篇巨制，就靠这种笨功夫啃下来的。虽然当时阅读的功夫、办法是那样的笨拙、原始，但我却没有一点枯燥无味的感觉。我始终是那样的兴趣盎然，那样的劲头十足，因为我面对的这个精神世界是那样的斑斓多彩，那样的奥妙无穷。

读文友的书

家里藏书中有不少是文友赠送的他们自己写的书，立在书橱内、书架上，如同一群亲密的朋友陪伴着我。我时不时会取出任意一本翻翻，感受一下与他们促膝谈心的亲切和快乐。

文友杨少衡为我们讲述的多是官场故事，从《秘书长》《县长故事》到《两代官》《底层官员》，那些有血有肉、活灵活现的官员形象一个个出现在眼前，其中既有市、县级的，也有乡、村级的。杨少衡既描绘出他们的言行举止，又披露了他们的隐秘内心，刻画得可谓入木三分，人物形象个个跃然纸上，呼之欲出。今声为我们讲述的多是凡人小事，《陌生的朋友》其实我们并不陌生，《负重的岁月》让我们感受到社会底层小人物生活的艰辛。方达明写出生活的荒诞和滑稽，《海拔 3658》是拉萨市区地面的高度，这是一个圣洁的数字。我曾问过这位年轻的文友，他说他没去过西藏，我读这本书时惊讶于他没到过雪域高原却能够写出那样的圣洁。张亚达为我们展示生活的真善美，无论是《独步》《追日》《心迹》，还是《钟情》《写意》，总让我们的内心充满阳光。林铁鹏则是亮开嗓门歌唱生活，歌唱爱情，他的诗集就叫《亲爱的情诗》，很干脆，很直露。

文如其人，各有其面。杨少衡的官场小说里没有大善大恶、大爱大恨，然而在他那轻松、诙谐、幽默的笔调的后面我分明看到睿智的目光和深思的头脑。今声运用错位的叙述、陡转的情节、虚幻的描绘，使得短小的篇幅中能容纳丰富的内涵，给人以螺蛳壳里做道场的感觉。方达明的小说中似乎没有人物刻画和情节铺叙的传统技巧，却给人留下极大的想象空间，让读者与作者共同完成形象的描绘和故事的叙述。张亚达的散文和散文诗意境美，韵律美，语言也美，特别是那唯美的文字抑扬顿挫，缓急相间，起伏涨落，回环反复，一咏三叹，给人以赏心悦目的阅读快感、精神享受。读张亚达的作品，他那淳朴的笑容和优雅的风度总会浮现在脑海中。翻开铁鹏的诗集，在书的扉页上，“某某雅正”的下面是作者署的笔名：“黑枣”，“黑”字的两点画成了两只眼睛，让人联想到顾城著名的诗句。黑枣用黑眼睛在平凡的生活中寻找诗意，酿为诗句，结成诗集。我翻开他的诗集，当然也就沉醉在诗的意境中。

“养心莫善寡欲，至乐无如读书。”读书乐，读文友的书更快乐！我衷心感谢写书为公众的文友，更感谢送书给本人的文友。

古籍读出味

许多人总觉得古籍离我们太远，读起来味同嚼蜡。其实，关键要看读什么样的古籍，读谁解说的古籍。有的古籍读来有滋有味，让人兴趣盎然，不忍释卷。

近日得空，随意翻看《论语精华研读》，进入一种十分放松的状态，没有设定任何目标，就是所谓的“闲读”。翻着翻着，却觉得如嚼橄榄，口齿生津，越嚼越有味，合上书还让人回味无穷。这本在厦门大学有40多年古汉语教学经验的老师许锡昌写的书，从《论语》中撷取259章，大概占这部儒学经典二分之一的篇幅，都是书中最精彩的章节，千百年来传诵不辍，影响深远。由于作者功底深厚，注释精当，译文精确，解说精彩。不像国内有些学者还没有真正把《论语》读懂、读通，就信口开河，随意解读，误人子弟。

《论语》开篇第一章就是“学而”：“子曰：‘学而时习之，不亦说乎？有朋自远方来，不亦乐乎？人不知而不愠，不亦君子乎？’”这是老幼皆知的名句。但是要准确解释其含义可就不那么容易了。“学而时习之”的“时”是什么意思？许多人都把它说成“时时”的意思。这种说法其实从朱熹老先生就开始了。他的《四书章句》就是这样解说的。其实，准确的解释应该是“按时”。许锡昌先生在他的这本书里告诉我们：“时”的本义是季节，如“农时”。这里用作状语，指按时，用的是引申义。因此这句话正确的解释应该是“学习而且按时复习它”。过去，我们读古籍，只是知道一个大意，似懂非懂，不求甚解。读了《论语精华研读》，我们就知道“时”应该解释为“按时”，而且知道“时”为什么要解释为“按时”了。这本书纠正了古汉语词语注解中许多似是而非的错误，迷津指路，释疑解惑，让人豁然开朗，让人会心一笑，这就是我们读书得到的快乐。

本书的作者把一些古词义的解释编成顺口溜，可以用来说唱。如“人与民，不同义，人是贵族民奴隶。恭与敬，有差异：恭是外表懂礼仪，敬从内心表诚意。疾与病，分等级，重病为病轻称疾。”读了这段顺口溜，我们就记住了在古汉语里“人”与“民”的不同、“恭”与“敬”的差异、“疾”与“病”的区别。这么枯燥无味的文言文词汇知识，就这样在我们兴趣盎然地诵读顺口溜中被牢牢记住了。这是古汉语教学中的一种创新，这种创新让我们读古籍不再是一种折磨，而是一种享受，得到心灵的愉悦，何乐而不为呢？

每天都是读书日

说实在，我对 4 月 23 日是世界读书日并不在意。经常需要经过别人提醒才记起有这么一个节日——读书人的盛大节日。我总觉得，对我来说，每天都是读书日。读书已经和吃饭、睡觉一样，成为我生活必不可少的部分。我没有哪一天不读书。我们常常对朋友说："祝你快乐！天天快乐！"其实，"至乐无如读书"，要天天快乐，就要天天读书。

读书，乐在无须任何讲究。读书不拘时间地点，不拘姿态形式。有人说读书要沐浴焚香，正襟危坐，开卷凝神，掩卷沉思，十分神圣，十分庄重，十分严肃。我可没那么讲究。早晨读，午间读，夜晚也读；有时坐在书桌前，有时蜷在沙发里，有时躺在床铺边，有时站在阳台上，都可以读得津津有味，就是在嘈杂的火车上我也可以读得入神。家里藏书较多，书房里有书，卧室里有书，客厅里有书，饭厅里也有书，书橱里是书，书桌上是书，床头也是书，到处是书，随手拿一本翻翻，不看就放回去，再换一本。曾国藩曾说："苟能发奋自立，则家塾可读书，即旷野之地、热闹之场亦可读书，负薪牧豕皆可读书。苟不能发奋自立，则家塾不宜读书，即清净之乡、神仙之境皆不能读书。"我的看法是"心静书自香"，随时随地可以进入书籍为我们构筑的精神世界。这样的随缘读书，还能像举行盛大典礼那么讲究吗？

读书，乐在没有功利目的。古人有云："书中自有黄金屋""书中自有颜如玉""书中自有千钟粟"。我不相信这话。古今中外，尤其是改革开放之初的中国，恰恰是那些没有读过多少书的人发家致富，拥有黄金屋，拥有颜如玉，拥有千钟粟。我从不指望从书本里翻出黄金屋、觅见颜如玉、淘到千钟粟。我认为，像苏秦之流那样为求取功名而"头悬梁、锥刺股”的人，可说是不懂得读书的人。书本不是敲门砖，读书没有目的就是目的。快乐来源于没有目的、没有压力的随缘阅读。抛弃功利目的的读书，不会觉得苦，只会觉得乐。

读书，乐在不时有所发现。读书如同猴子在树林里游荡戏耍，逍遥自在，如能遇上美味的野果当然有意外的惊喜。书海遨游，其乐无穷。即使阅读在有些人看来枯燥无味的工具书，我也兴趣盎然，因为我经常在“啃”这些砖块般的大部头中有所发现，经常会为在书海航行中发现“新大陆”而兴奋得手舞足蹈。刚买到新版《辞源》的那个星期天，我把自己禁闭在家中，从清晨至深夜整整翻阅了10多个小时，三餐都只草草扒几口饭了事。不少过去不明出处的名句典故，通过这部工具书都找到了，“踏破铁鞋无觅处，得来全不费工夫”。心中的愉悦真是难以言表，怪不得古人说读书“每有会意便欣然忘食”。

读书，乐在心灵对话沟通。读书就是与智者高人进行心灵的对话。翻开《罗密欧与朱丽叶》，就听到莎士比亚在吟唱永恒的爱情；翻开《梦的解析》，就看到弗洛伊德在兜售他的精神分析学；翻开《吾国与吾民》，就感到乡贤对中国传统文化了解之深入。无论是慷慨激昂的演讲，还是娓娓道来的心音，良师益友的话语都会在内心深处荡起阵阵涟漪。找到交流的对象，找到知音的感觉，会让人身心俱爽，物我两忘。

林语堂说：“读书是文明生活中人所共认的一种乐趣，极为无福享受此种乐趣的人所羡慕。”天天读书，天天快乐。

随缘读书

谈到读书，许多学者总是告诫我们，本事贵精，学问贵专，要读名著，少读杂书。按照自己的感受和体会，私下以为，其实读书不必局限于名著，大可多读杂书。这正如按照现代饮食观念，不必专吃精米细粮，大可来些五谷杂粮。

笔者的这个意思，鲁迅早有过论述。他说:“爱看书的青年，大可看看本分以外的书，即课外的书……譬如学理科的，偏看看文学书；学文学的，偏看看科学书，看看别个在那里研究的，究竟是怎么一回事。这样子，对于别人，别事，可以有更深的了解。”他还说:“必须如蜜蜂一样，采过许多花，这才能酿出蜜来，倘若叮在一处，所得就非常有限、枯燥了。”

读书是人的一种生活方式、一种个人行为。虽然有时读书是为了考职称、写论文，目的性十分明确，功利性非常浓厚，但最理想的读书方式应该是无目的、非功利的，是一种随缘读书。一般人读书不是为了成为作家、学者，读书往往只不过是想放松一下，松弛被繁杂生活绷紧的神经，翻翻书，看个新鲜，图个清静。如同爱不需要理由一样，一个人喜欢上一本书，倾情于一本书，也不需要什么理由。这种无目的、非功利的读书，你喜欢就好，你能读下去就好，你觉得有趣就好，完全随心所欲。有人认为这是不懂得读书。其实，从某种意义上说，这才是真正的读书，才是读书应有的心态，才算真正进入读书的境界，而读书的乐趣在这样的情况下也才能淋漓尽致地显示出来。

无目的的、不经意的阅读并不是时间的浪费、生命的消耗，因为读书本身就是一件无心插柳柳成荫的事，不能急功近利，不图立竿见影。书本对人的影响是润物细无声式的潜移默化，书本对人的回报是长期的、持续的、你难以感知的。林语堂就提倡快乐读书、随缘读书，他反对“悬梁刺股”式的苦读，他认为：“读书是文明生活中人所共认的一种乐趣”。“悬梁刺股”式的苦读太没意思了。“一个人在读书的时候，正当那古代的聪明作家对他说话时而忽然睡去，他应当立刻上床安睡。用锥刺股或用婢叫醒，无论做到什么程度，决不能使他得到什么益处。这种人已完全丧失了读书快乐的感觉。”他还说：“凡是有所成就的读书人，决不懂什么叫作‘勤研’或‘苦读’，他们只知道爱好一本书，而不知其然地读下去。”

林语堂酷爱读书，一生手不释卷，广泛涉猎，博览群书，学贯中西。他曾说自己“生平无书不读”。他曾经这样表达自己的美好向往：“换上便服，带一渔竿，携一本《醒世姻缘》，一本《七侠五义》，一本《海上花》，此外行杖一枝，雪茄五盒，到一世外桃源，暂作葛天遗民，‘领现在可行之乐，补平生未读之书’。”你说他想带的这几本书中有哪本是某些专家学者心目中的“名著”？

世上的书有千千万，世上的人有万万千，既然是无目的、非功利的读书，萝卜白菜，各有所爱，尽管各取所需好了。古语说“开卷有益”，只要你打开你喜爱的书本，不管是哪个方面的书，不管是哪种形式的书，不管是名著还是杂书，都各有各的特色，各有各的妙处。人与书是一种精神的沟通、心灵的默契。我们读书，既是求知，更是求乐。与书本对话，你有没有收获，有多少收获，就看你的造化，就看你与这本书的缘分了。这与你读的是名著还是杂书无关。

享受

星期天早晨，把躺椅和小茶几搬到阳台上，然后随意从书架上抽出几本书，搁在小茶几上。这样就算一切准备就绪，可以静静地斜躺在躺椅上，开始享受遨游书海的快乐。

先拿起一本许地山的小说集，翻到目录页快速地扫视后，并不从第一页读起，而是翻到第196页，看看已经读过多遍的《春桃》。快速浏览一遍后，回想起曾经给这篇小说写过的评论，今天算是“温故而知新”，觉得蛮亲切的。再拿起《林语堂名著全集》第16卷，看看他晚年写的散文。过去虽然翻阅过，但读得不细，今天可以“咬文嚼字”，慢慢咀嚼，仔细揣摩一下他晚年写的散文与他年轻时的作品有些什么变化，看看能否嚼出点味来。读了几篇，坐直起来，想象这位也是老乡的文学大师坐在台北阳明山居所的阳台上构思美文的情景。想着想着，情不自禁地站起来，放眼观赏阳台前面的绿地。尽情品鉴一番后才又躺下来继续安心读书。一读入神，差点忘了吃早饭。好，暂且放下书本，吃了早饭再来。看书看倦了，站起来伸伸懒腰，喝几口清茶，再接着看。一会儿翻翻这本，一会儿看看那本，有时聚精会神，有时心不在焉。这几本翻阅过了，再到书架上去换几本。读读停停，停停读读，一个星期天很快就这样打发过去了。不为应付考试，不为准备论文，这样漫无目的地随意翻阅，真是一种难以言表的精神享受。

读书很是平常，读书并不神圣，读书就是生活的一部分。据说古时有人把读书看得十分庄重，要沐浴，要焚香，要正襟危坐，简直把读书这种平常事硬搞成一种仪式。我承认自己是俗人，读书没有这些讲究，不拘时间，不拘地点，不拘场合，想读就读，想搁就搁，随心所欲，顺其自然。我觉得这样读书才能从中得到真正的享受。

现代人讲究生活质量，讲究精神享受。周六周日，有的爱好下象棋、打麻将，有的喜欢逛公园、游郊野，有的选择上酒吧、进歌厅。切不可认为读书这种精神活动比喝酒唱歌、下棋打牌、游览玩乐更高雅，更有品位。各人有各人的兴趣爱好，有权选择自己精神享受的方式，各种爱好、各种选择之间不必分什么雅俗、高低、优劣。只是爱读书人的会觉得，读书可以享受到不读书享受不到的乐趣。当然，喝酒唱歌、下棋打牌、游览玩乐也有乐趣，有读书享受不到的乐趣。人各有志，不可强也。欢喜就好。我享受读书这种乐趣。

闲聊语堂

和乐语堂

天宝林语堂纪念馆里有一幅题为“林语堂的幽默”的照片特别能引起参观者的兴趣。说是一幅，实则一组，是九幅林语堂头像组成的，这九幅头像虽然各有差异，但都同样闪烁着智慧的目光，流露出洒脱的神情，体现了这位幽默大师的精神风貌。我从他的笑脸上读到快乐，自己的心也跟着快乐起来。

大师说自己是个乐天派，而对他快乐观的形成影响最深刻的是他的童年时代。他认为:“童年之早期对我影响最大的，一是山景，二是家父，那位使人无法忍受的理想家，三是严格的基督教家庭。”漳州是大师人生的出发点。在这里，他有着一个快乐的孩童时期——充满爱的和睦家庭和堪称美的自然环境。

大师出生的家并不富裕，却充满温馨。他的父亲叫林至诚，是漳州市芗城区天宝镇五里沙人，家境贫寒，从小肩挑糖果、豆仔酥，四处叫卖，没有上过学，靠自学当上牧师，年轻时就被派到百余里之外的平和坂仔传教。大师之父“是个无可救药的乐观派，锐敏而热心，富于想象，幽默诙谐。”他用闽南语布道，亲切而又生动，即使没有文化的农民也都爱听。他走到哪里，哪里就会飘荡起一阵开心的笑声。林语堂后来回忆说:“我记得他最分明的，是他和朋友或同辈分的牧师在一起时，他那悠闲的笑声。”在他以后的人生道路上，父亲的笑容时时浮现在他脑海里，铭刻在他心灵中，永远无法抹去。

林至诚把笑声带回家里，他“幽默成性，在讲台上说笑话，在饭桌上也和孩子谈笑。”这是一个热闹、快乐的基督教大家庭，家中洋溢着平等、民主和宽松，父亲让子女们从小在自由自在的氛围里无拘无束地成长。林语堂在兄弟中排行第五，原名和乐，四个哥哥分别叫和安、和风、和清、和平，都有一个“和”字。这不仅透露出大师之父的美好愿望，也体现了漳州人特有的平和闲适、乐观旷达的文化性格，当然也体现了“和”为贵的中国传统理念。

林语堂在他的自传里用许多动人的故事来描绘这个虽不富裕却很快乐的家庭。如说到父亲在上午布道吃点心时，常留下半碗猪肝面线，叫他进去吃。林语堂后来回忆说：“我从来没吃过味道那么美的猪肝面。”因为那是搅和着父爱的美食。林语堂在外地求学，每年放假回到坂仔，远远看到了家门，便激动地跳上岸，一边狂奔一边大喊：“阿妈，我回来了！”有时则走到家门边捏着嗓子，假冒乞丐的声音说：“牧师娘，行行好，给点水喝吧。”平时，他经常和二姐向妈妈说些荒唐故事，以逗妈妈为乐。

林语堂特别爱他的二姐。二姐比他大四岁，是他的顾问，也是他的伙伴。他和二姐一块儿玩，玩得很快乐，并不觉得二姐比自己大。林语堂小时爱淘气。有一次，家里关上门，不许他回家，他忽然想出一个妙计，因为他知道二姐必须洗衣裳，就躺在泥里耍赖，说：“现在你得给我洗衣裳了吧。”二姐出嫁的前一天，从身上掏出四毛钱对未来的大师说：“和乐，你要去上大学了。不要糟蹋了这个好机会。要做个好人，做个有用的人，做个有名气的人。这是姐姐对你的愿望。”林语堂深深感到她那几句话简单而充满了力量，重重地烙在自己心上。他觉得自己仿佛是在替二姐上大学，因此时时记挂着她，写文章也经常提到她。

和谐乐天的理念与漳州坂仔的山水一样已经融入他的血液中，这是大师快乐人生的起点，也是他快乐人生观的源泉。正是有这样的思想理念，大师能以超人的智慧、豁达的胸襟消解悲剧，善处人生，把每一天都过得那样快乐。窃以为：有爱才能和谐，和谐才能快乐。面对林大师快乐的笑容，我欣慰地告诉他：如今我们已经告别了“阶级斗争天天讲”的日子。现在，人人在为构建和谐社会而努力。应该像大师那样，每天都有一个好心情，读书快乐，工作快乐，生活快乐，天天快乐，永远快乐。

抗日战争中的林语堂

现代著名作家、学者、翻译家林语堂是享誉世界文坛的幽默大师。然而，“文章可幽默，做事须认真”。（林语堂语）在关系民族生死存亡的中国抗战时期，这位幽默大师坚定地站在民族正义立场上，义正词严地揭露和抨击日本侵略者，满怀豪情地激励中国军民抵御侵略，真诚热切地呼吁国际社会援助中国正义事业，并具体地参与到支援祖国抗战的伟大斗争中，为维护民族尊严、取得抗战胜利做出了自己独特的贡献，体现了一个爱国文人的鲜明态度和坚定信念。

撰写鼓舞抗战的文章

1937 年 7 月 7 日卢沟桥事变后，抗日战争全面爆发。远在大洋彼岸的林语堂 8 月 29 日就发表了《日本征服不了中国》。那时，美国《纽约时报》大楼的屋顶上用霓虹灯显示屏滚动播报来自中国的事态最新进展。林语堂牵肠挂肚，忧心如焚，每天带点简单的食物，从早到晚坐在时代广场的台阶上满脸焦虑地等待最新的电讯，他的心和祖国紧紧连在一起。林语堂奋笔疾书，写成这篇极有分量的文章，揭露日本侵略罪行，分析中国抗战形势，断言日本征服不了中国，胜利一定属于中国，先发表在极具影响力的刊物《时代周刊》上，后来又寄回国内发表。为了更好地争取美国的支持，他多次写文章批评美国所谓的“国际友谊”和“中立”态度，刊在《纽约时报》《美亚》《新共和周刊》等发行量大、影响面广的报刊上。他是美国当红的作家，说的话有分量，有名人效应。中国驻美大使王正廷在华盛顿召开记者会，就是请林语堂去讲述中国抗日的坚定立场。

这时，他那部轰动美国和世界文坛的著作《吾国与吾民》（也译为《中国人》）再版，林语堂特地夜以继日地赶写了80多页，题为《中日战争之我见》，作为这部书的第十章，气势磅礴，语调铿锵，再次表明了中国必胜的坚定信念：“这样一个四万万人团结一致的国家，具有如此高昂的士气……绝不会被一个外来势力所征服。……最后是我对最终胜利的预见——中国最终将成为一个独立和进步的民主国家。”

欧洲战争爆发后，林语堂又发表了《真正的威胁不是炸弹，是概念》一文，指出法西斯再凶狠，战争再暴虐，也不能毁灭人类的文明。他在世界笔会上发表题为《希特勒和魏忠贤》的演讲，说：“当今有德国人以希特勒喻耶稣，就像中国有一位儒者提议擅政独裁的魏忠贤和孔子应当有同样的地位。唯有这么歌功颂德，才能保住差事，而反对他的官吏给残杀了。但是魏忠贤虽是声势显赫，却免不了人民的暗诽，其情形与今日之德国如出一辙。魏忠贤后来迫得只好自杀。自杀乃是独裁暴君的唯一出路。”一语成谶，5年之后，战争狂人希特勒果然饮弹自杀了。

林语堂在美国，发表文章和讲话批评美国政府对中国支持不力，努力争取美国人对中国的同情和支持，这是文化名人才能做到的。林语堂的老朋友徐訏就曾回忆说：当时日本舆论界觉得他们以没有一个林语堂这样的作家可以在世界上争取同情为憾事。

发挥文学服务现实的功能

林语堂认为，知识分子在国难当头时应该把自己的命运与祖国人民联系在一起，而作为一个作家，最有效的武器是作品，而“入人之深，不如小说”，“欲使读者如历其境，如见其人，超事理，发情感，非借道小说不可”。1938年，林语堂决定借鉴《红楼梦》的艺术形式写一本反映中国现代生活的小说，这就是他的第一部长篇小说《京华烟云》。

他在给郁达夫的一封信里披露了这部巨著的创作动机：是为“纪念全国在前线为国牺牲的勇男儿，非无所为而作也”。有人认为，这是一部写“才子佳人”的小说，完全是一种误解。林语堂自己就说：“弟客居海外，岂真有闲情谈说才子佳人故事，以消磨岁月耶？但欲使读者因爱佳人之才，必窥其究竟，始于大战收场不忍卒读耳。”这正是林语堂的良苦用心。他在书稿扉页上特地写上：“谨以1938年8月至1939年8月期间写成的本书献给英勇的中国士兵，他们牺牲了自己的生命，我们的子孙后代才能成为自由的男女”。小说结尾的那句歌词“不到山河重光，誓不回家乡”正是林语堂此时的心声。而这部伟大的作品使得林语堂获得诺贝尔文学奖的提名。

林语堂的第二部长篇小说《风声鹤唳》，更是以抗日战争为背景，描述了中华儿女在民族解放的洪流下获得新生的故事。小说描写不同身世的三个人物，主要写其中一位历尽苦难的少女，在战争暴风雨磨炼下精神世界的升华。小说中有抗战第一年战况的描写，特别是以义愤填膺之笔描写日军进入南京后施行惨无人道的大屠杀。小说第13章写道：“上帝造人以来，人也从来没见过狂笑的士兵把婴儿抛入空中，用刺刀接住，而当作一种运动。也没有遮住眼睛的囚犯站在壕沟边，被当作杀人教育中的刺刀练习的标靶。两个军人由苏州到南京一路追杀中国的溃兵，打赌谁先杀满一百人，同胞们一天天热心写下他们的记录。武士道的高贵，连中古欧洲的封建社会也做不出来；连未开化的蛮人也做不出来。人类还是大猩猩的亲戚，还在原始森林中荡来荡去的时候，就已经做不出这种事了。猩猩只为雌伴而打斗，就是在文明最原始的阶段，人类学中也找不到人类为娱乐而杀人的记录。”还在抗战期间，这样震撼人心的描写就出现在世界文学大师的作品中，真是对侵略者血淋淋的控诉，历史事实是任何人无法抵赖的。

参与组织募捐、支援抗战的活动

林语堂不仅写文章参与到抗战中，而且还积极参加实际活动。在美国，他经常参加华侨的各种抗日救亡集会，鼓动和支持妻子参加救亡工作。一向不关心国家大事的廖翠凤在林语堂的支持下，出任了纽约华侨妇女组织的中国妇女救济会副会长。她每天到救济会办公室办公，常常加班到深夜，完全是义务的，没有任何报酬。三个女儿对翠凤说："妈啊，你安心地忙，我们会自己洗衣服、做饭，把爸爸照顾得好好的。"

救济会的主要工作是向美国公众宣传中国人民抗日的正义斗争，并募集资金，资助国家。在美工作的华人女工、超市店员、开饭馆的小老板……只要是中国人，都站起来，走上街头，有的发传单，有的唱京剧，有的在美政府门前喊口号，数百万的旅美华侨劲往一处使，为守护家园用尽每一份力量。救济会募捐到的资金一毫不差地汇到中国。

林语堂在《海外通信》中记录了这些动人事迹："三月来美国华侨所捐已达三百万元，洗衣铺、饭馆多按月认捐多少；有洗衣工人将所储小币将全数交给中国银行，精神真可佩服。所望何为？岂非中国国土得以保存？国若不存，何以为家？此华侨所痛切认识者。"

林语堂不仅为国内抗日救亡捐款，还在 1938 年旅法期间捐赠 4320 法郎，承担抚养六个中国孤儿的义务。他说："金钱藏在我们自己口袋里而不去帮助别人，那钱又有什么用处呢？金钱必须要用得有价值，又能帮助人。"

捐献私宅支持抗日

抗战期间，1940 年 5 月至 8 月、1943 年 9 月至 1944 年 3 月，林语堂两次回到炮火连天、硝烟弥漫的祖国。他坚持宣传中国必胜，并痛斥卖国汉奸。

1940年5月，在香港，他对记者说：广州、武汉相继失守之后，美国人以为中国不行了，可是中国人越战越勇，美国人也改变了看法，美国的很多官方报道说，日本已经陷入山穷水尽。当时，香港的《立报》《大公报》《星岛日报》《国民日报》都对此有详尽报道。

他还痛斥汪精卫汉奸伪政府，指出："汪精卫是个什么东西？有学问见识的美国人都晓得他不过是日本枪尖上的傀儡！最近本人曾和《纽约时报》的一位评论家聚餐，原来打算揭露一些汪精卫伪政府的情况，使国际舆论了解真相，谁知道，坐下来一聊，发现我的计划完全多余，因为这位评论家对汪精卫的了解，比我更加清楚。"

林语堂到重庆，刚下飞机就听见学生们在唱歌："起来，不愿做奴隶的人们！把我们的血肉，筑成我们新的长城！中华民族到了最危险的时候，每个人被迫着发出最后的吼声，起来，起来，起来！我们万众一心冒着敌人的炮火，前进，前进，前进！"他觉得自己胸中荡起一股热浪，激动不已。

林语堂一家住在离重庆市中心20公里的北碚，第三天就赶上了日军的大规模空袭。林语堂和普通老百姓一起，跑警报，躲防空洞，也看到了中国空军的勇敢无畏。他写信给宋美龄，认为他在国外宣传抗日救国效果可能更好，征求她的意见，宋美龄肯定他的看法。离开重庆之前，林语堂把北碚的私宅捐给了中华全国文艺界抗敌协会。林语堂抗战期间第二次回国时特别活跃，在重庆、宝鸡、西安、成都、桂林、衡阳、长沙、韶关等地之间，参观、访问、发表演讲，曾到抗日前线军队中去演讲。林语堂两次回国后又到海外去宣传抗日救亡，虽然受到一些人的非议，但还是得到多数人的肯定。郁达夫认为林语堂"在国外宣传的成功"，"为我国尽了一份抗战的力"，"总而言之，著作家是要靠著作来证明身份的，同资本家要以财产来定地位一样。跖犬吠尧，穷人嫉富，这些干尧的本身当然是不会有什么损失，但可惜的却是这些精力的白费。"其实，当时就有人认为，作为一个文化名人，与其在重庆天天跑警报，还不如在国外为祖国奔走呼号。这一点，林语堂在为捐赠私宅而给文协写的信里就说得很清楚："鄙人虽未得追随诸君之后，共抒国难，而文字宣传不分中外，殊途而同归。”

林语堂作为驰名中外的文学大师，在国难当头之际以各种方式支持和参与祖国的抗日救亡，做出其他一般人无法做出的巨大贡献。七八十年过去了，他当年的爱国举动、民族信念和高尚情操人们永远不会忘记，也不应该忘记。

林语堂的荔枝树

我每次到位于天宝镇五里沙村的林语堂祖居厝，总会转到故居屋后，去看看当年林语堂曾在其荫庇下嬉戏的那一株老荔枝树。

林语堂故居是一座闽南乡村常见的单层砖瓦房，悬山双坡顶，坐北朝南，具有典型的闽南民居特色。屋前有砖埕，屋后有树木，这也是乡村人家常见的建筑格局。漳州是荔枝的主产地之一，荔枝树在漳州乡村是再平常不过了。而林语堂故居后面的这株荔枝树有些特色，特别就特别在因为曾遭雷击，树干被劈成空心，虽饱经沧桑，历尽磨难，至今却仍枝繁叶茂，郁郁葱葱，洋溢着生命活力，在蓝天白云的映衬下显得格外古老苍劲。我们读过林语堂的《自传》和《八十自叙》等书，知道林语堂的父亲是一个“无可救药”的乐天派，全家生活清贫而快乐。在这株老荔枝树下，我们似乎还可以看到林语堂兄弟姐妹以及邻居小朋友在这里捉迷藏的身影，听到他们呼朋唤友、嬉闹欢笑的声音。而如今“树在人不见”，令人感慨不已。

林语堂热爱大自然，喜欢树。他在《生活的艺术》一书中专辟一章《享受大自然》(第十章)，其中第四节专论“石与树”。他说：“房屋的四周如若没有树木，便觉得光秃秃的如男女不穿衣服一般。树木和房屋之间的分别，只在房屋是造的，而树木则是生长的。凡是天然生长出来的东西总比人工造成的更为好看。”这就是一个文学大师的审美观。其实，对于这一点，只要拿城区鳞次栉比的水泥匣子与乡村树木掩映中的民居农舍稍做比较，就不言而喻了。

荔枝是漳州的六大名果之一，用白居易的话说，“树形团团如帷盖”，果汁“甘酸如醴酪”；简而言之，其仪表可饱眼福，其果实可饱口福，因此在我们的乡贤林语堂眼中，占有特别重要的位置。他在 76 岁高龄时写的《我的家乡》一文中就说:“我的家乡充满了自然美，像院子旁种着龙眼树、荔枝树、柿子树，引得我们做小孩子的经常用目光在树梢上摸索。”后来，他在《八十自叙》一书中又深情地回忆了童年时从家乡乘小木船经水路到厦门鼓浪屿去读书的情形，说：船到漳州，“视野突然开阔，船蜿蜒前行，两岸群山或高或低，当时光景，至今犹在目前，与华北之童山濯濯，大为不同，树木葱茏青翠，多果实，田园间农人牛畜耕作，荔枝，龙眼，朱栾等果树，处处可见，巨榕枝柯伸展，浓荫如盖，正好供人在下乘凉之用，冬季，橘树开花，山间朱红处处，争鲜斗艳”。他在描述这些情景时情不自禁地感叹“令人毕生难忘”。从林语堂反复提到荔枝树，我们就可以感受到这位乡贤对家乡常见树种的格外器重，对家乡一草一木的深挚热爱。

又有多时没有去五里沙看林语堂祖居厝了，那株与林语堂缘分不浅的老荔枝树还依旧生机蓬勃、青春焕发吗?

林语堂家教故事

我是中国人

1936 年，林语堂举家迁往美国。那时的中国连年内战，积贫积弱，日本人乘机入侵，占去北方大片领土，中国饱受外国欺侮，在世界上的地位很低。在美国，法律上仍保留有排华法案，中国人受到严重歧视，许多中国人在国外都不敢说自己是中国人。林语堂却教育子女说："你们在外国不要忘记自己是中国人。外国人的文化与我们不同，你可以学他们的长处，但绝对不要因为他们笑你与他们不同，而觉得自卑，因为我们的文化比他们的悠久而优美。无论如何，看见外国人不要怕，有话直说，这样他们才会看得起你。"在美国旅居的那些日子，林语堂时时都在教子女们学习中文和了解中国文化，妻子则依她娘家的家教教导孩子们。

人要有梦想，才会有进步

"人要有梦想，才会有进步"，这是林语堂经常教育子女的一句话。林语堂的父亲林至诚是长老会牧师，没有受过正规教育，小时做过卖糖饼的小贩，也挑过重担卖竹笋和米，他深知穷苦的滋味，24 岁入教会的神学院，会读书全靠自修。那时他每月收入大概 20 块银圆，却梦想送儿子到上海，甚至到世界最好的大学念书。他常鼓励孩子们要有奋斗精神，努力去追求自己的梦想。在他的鼓励和鞭策下，林语堂和他二哥、六弟都先后出国留学。

整个社会就是大学堂

林语堂教育子女们要注意社会实践，他认为“整个社会就是大学堂”，从校外所见所闻得到的知识远比学校里学到的东西多得多。他反对那种死读书，读死书的学习法，主张多到社会实践，边学习边实践。他希望孩子们养成爱读书的好习惯，他说，有一部字典在手，凭自修，什么学问都能学到。

林语堂女儿的寻根之旅

2002年4月1日，文学大师林语堂的女儿林太乙、林相如回到故乡漳州市芗城区天宝镇五里沙村，为父亲的雕像郑重揭幕，为在此长眠的祖父母敬献鲜花，圆了她们隐藏心底多年的寻根梦。

林语堂有三个女儿，老大林如斯年轻时就不幸离世，而老三林相如是大学理科教授。只有老二林太乙继承林语堂的衣钵，曾任美国《读者文摘》中文版总编辑，著有《林语堂传》《林家次女》等多部著作。在林语堂忌日（3月26日）后几天，中国传统的清明节即将到来之际，应漳州林语堂纪念馆的邀请，她携丈夫黎明和三妹林相如来漳共同完成她们的寻根之旅。

天宝香蕉林环抱中的林语堂纪念馆，是中国大陆第一家纪念林语堂的专馆，2001年10月8日建成开馆，主体为半圆形二层建筑，借鉴台北林语堂故居的建筑格局，西式门窗上覆盖着中式琉璃瓦，反映了林语堂中西合璧的思想。馆舍正面墙上，中国书法家协会主席沈鹏题写的“林语堂纪念馆”六个金色大字在阳光下熠熠生辉。纪念馆展出的图片、书籍、研究资料及林语堂生前用过的一些实物中有不少就是林太乙、林相如姐妹捐赠的。2002年，纪念馆前新建一尊林语堂坐式全身青石雕像，形神兼备，体现出先生乐观幽默、闲适自在的性格特征。先生从容悠闲地倚坐在藤椅上，身着长衫，脚穿皮鞋，一手拿着烟斗，一手轻放在扶手上，面带微笑地环顾家乡如诗如画的景色，似乎又在构思一篇美文。雕像由全国著名雕塑家李维祀和他的得意门生共同创作。这次，林语堂的两个女儿林太乙和林相如就是专程来为父亲的雕像揭幕的。当她们轻轻揭下覆盖在父亲雕像上的大红绸布时，双眼噙满激动的泪花。

纪念馆后不远处就是林语堂父母的合葬墓，墓碑上正中竖刻着“龙溪林公至诚牧师暨淑配杨夫人之墓”16 个大字。右侧记载着其父母的生卒年月。左侧镌刻着子孙辈的名字。林语堂父母的长眠地（合葬墓）经历半个多世纪特别是“文化大革命”动乱岁月而毫发无损，说明家乡人民对林语堂的敬重，弥足珍贵。林太乙凝视着祖父母的长眠地，感慨地说：“祖父是这里农家出生的孩子，没上过学，小时候常挑水果、柴禾到漳州换点零花钱。后来祖父靠自修当了村里的牧师。没上过学的牧师却发誓要让自己的孩子读最好的大学，父亲林语堂果然没有辜负祖父的希望。”林太乙 5 岁时曾回到天宝五里沙看望生病卧床的祖母，如今自己已经 76 岁了，祖孙已经阴阳相隔。

林太乙姐妹对家乡怀着深厚的感情，离开家乡几十年了，还会说一口流利的标准的闽南话。林太乙到林语堂纪念馆前，下了车对前来献花的儿童的第一句话就是：“你会讲闽南话吗？”当看到这个儿童点头说“会”时，她欣慰地笑了。后来在与乡亲的座谈中，林太乙时而用普通话，时而用闽南话，显得格外亲切。她说，虽远在大洋彼岸，乡音却是不会忘记的。

在林语堂纪念馆建设过程中，姐妹俩曾万里迢迢寄来弥足珍贵的照片和书籍。这次，她们又为纪念馆带来了礼物：一幅林语堂手书的立轴，南宋词人辛弃疾“七八个星天外，两三点雨山前”的小词正是大师闲适性情的写照；一部林语堂翻译，中英文对照的《道德经》珍藏版；两片收藏有林语堂著作和照片的光盘。林太乙女士把一本她的著作《林家次女》送给笔者，在书的扉页上竖写着“某某先生指教”六个大字，后面工工整整地署下了自己的名字。

其实，林太乙在这次寻根之旅之前就知道自己得了胰脏癌。是林语堂纪念馆吸引她回故乡的。她在这次回乡后写了一篇长篇散文，就叫《寻根之旅》。文中写道：“去年，漳州芗城区天宝镇两级政府花了 160 多万元人民币（5 万元是当地乡民所捐）在五里沙村的香蕉林里，在祖父母长眠的虎形山上，建造了林语堂纪念馆。我知道了不免感到既惊又喜。……因为父亲的成就在中国大陆终于有了纪念地标。祖父在天之灵如果知道，会怎样的高兴和骄傲！”接到漳州林语堂纪念馆的邀请后，“外子黎明、妹妹和我决定从定居地美国飞到台北，然后飞香港，换机飞厦门，再到漳州五里沙。父亲在两岸都有纪念地标，中国文人享有这样的荣耀恐怕寥若晨星”。林太乙在文中还想象林语堂回乡的情景，说：“啊呀！父亲如果能亲自回来，看见他们，不知道要多么高兴！‘你们好吗？’他会问，‘生活过得怎样？香蕉收成好吗？收入够用吗？拿条香蕉给我吃吃，看甜不甜。’”

林太乙把这次寻根之旅看成是晚年最开心的一件事。她抱病回乡，妹妹林相如半途突发急性盲肠炎，到厦门中山医院开刀，因此中断旅程，一星期后即搭机飞到香港，再飞台北，后飞旧金山，旅程近一万里。她说“飞得晕头晕脑，回家之后许久才能校正时差，搭上这里昼夜的拍子。头脑清醒过来之后，我仿佛感到在旅程中拾回一段时光，拾回一部分的自己。”次年，即 2003 年 7 月 5 日，她就在美国弗吉尼亚州水晶城寓所病逝，享年 77 岁。

林语堂：深受欢迎的幽默大师

我们的乡亲林语堂是中国现代文学史上著名的幽默大师。他最早把英文“Humour”一词译为“幽默”，创办中国第一个提倡幽默的半月刊。林语堂是幽默文学的提倡者，又是幽默文学的实践者，不仅发表了许多论述幽默的文章，而且创作了许多特色鲜明的幽默作品。

20 世纪 30 年代他在《论语》《人间世》杂志上发表的许多文章，如《论政治病》《母猪渡河》《中国究有臭虫否》等，在时过半个多世纪的今天读来，读者仍会忍俊不禁，发出会心的微笑。60 年代，他写的 200 多篇散文小品，从人文风情到花鸟虫鱼，取材广泛，自由抒发。《无所不谈合集》的确无所不谈，旁征博引，妙趣横生，充分体现了他独抒性灵的幽默风格。

林语堂不仅文章幽默，演讲也幽默。他是一个杰出的演说家，每次演讲总是妙语连珠，赢得满堂喝彩。林语堂从小便有了登上讲台的愿望，当时有人问他长大之后要做哪一种行业，他的回答是：一、做一个英文教员，二、做一个物理教员，三、开一个“辩论商店”。所谓开一个“辩论商店”，就是组织辩论，如参加论战的一边故意称一件白东西为黑，或称一件黑东西为白，向对方挑战，也就是分正方和反方进行辩论。林语堂的口才在上大学以后更显突出，在上海圣约翰大学读二年级时，他带领一支讲演队参加比赛，击败了不少对手，一人独得了三种奖章，讲演队获银杯。

林语堂的演讲幽默风趣，受到听众欢迎，有很高的知名度。有一次，林语堂到一所大学去参观。参观后，校长请他到大餐厅和学生们共餐。校长认为这是一次难得的机会，就临时请他给学生发表演讲。林语堂虽然喜欢演讲，但遇到饭后被拉去做临时演讲则是深恶痛绝。现在饭是吃了，盛情邀请无法推辞，无奈之下，就讲了一个笑话。他说：罗马时代，皇帝残害人民，时常把人投到斗兽场中，给猛兽吃掉。这实在是一件惨不忍睹的事！有一次皇帝又把一个人丢进斗兽场里，让狮子去吃。这个人胆子很大，看到狮子却不十分害怕，走到狮子身旁，在狮子耳边讲了几句话，那狮子掉头就走，不吃他了。皇帝觉得很奇怪，狮子为什么不吃他呢？于是又让人放一只老虎进去。那人还是毫无惧色，又走到老虎身旁，也和它耳语一番。说也奇怪，老虎也悄悄地走了，同样没有吃他。皇帝诧异极了！怎么回事？便把那人叫出来，盘问道："你究竟向狮子和老虎说了些什么，竟使它们不吃你呢？"那人答道："陛下，很简单，我只提醒它们，吃我很容易，可吃了以后，你们得演讲一番！"说罢就坐下了。哗，顿时全场轰动，得到一个满堂彩！校长却被弄得啼笑皆非。

有一次，纽约某林氏宗亲会邀请他演讲，希望借此宣扬林氏祖先的光荣事迹。这种演讲吃力不讨好，因为不说些夸赞祖先的话，同宗会失望；若是太过吹嘘，又有失学人风范。当时，林语堂不慌不忙地上台说："我们姓林的始祖，据说是有商朝的比干，这在《封神榜》里提到过；英勇的有《水浒传》里的林冲；旅行家有《镜花缘》里的林之洋；才女有《红楼梦》里的林黛玉。另外还有美国大总统林肯，独自驾飞机飞越大西洋的林白，可说人才辈出。"林语堂这一段简短的精彩演讲，令台下的宗亲雀跃万分，禁不住鼓掌叫好。然而，我们细细体会他的话，就会发现他所谈的都是小说中虚构的人物，或是与林氏毫无关系的美国人，并没有对本姓祖先进行吹嘘。

林语堂先生对于祖国永远怀着一颗赤子之心，旅美三十年，他对于外国人讲中国文化，更多的是表达出对民族文化和祖国人民的深情厚谊，有时还会过分美化中国文化中不该美化的地方。林语堂在美国经常赞颂中国事物，而且还要用中国文化来补救美国的精神危机。有一次，一位女学生沉不住气了，举手发问："林博士，你好像说什么东西都是你们中国的最好，难道我们美国没有一样比得上你们中国吗？"说完自信地等着回答。讲台上的林语堂寻思片刻，悠然回答："有的，你们美国的抽水马桶要比中国的好。”幽默巧妙的回答引得哄堂大笑，那位女学生却窘得脸红到耳根了。

还有一次，他参加一个学校的毕业典礼，在他说话之前，有好多长长的演讲。轮到他说话时，已经十一点半了。他站起来说：“绅士的讲演，应当是像女人的裙子，越短越好。”大家听了一发愣，随后哄堂大笑。

林语堂认为，幽默“乃天性使然”，幽默文学“以自我为中心，以闲适为格调”，就是用自己的语言表达自己的意趣，体现冷静超逸的观察和淡然处之的态度。林语堂把幽默视为一种心境，一种人生态度，一种美学风格，他曾说：“世事看穿，心有所喜，用轻快的笔调写书，无所挂碍，不作滥调，不忸怩作道学丑态，不求士大夫之喜誉，不博庸人之欢心，自然幽默。”他的散文幽默风趣，富于个性特征，是渊博学识的无意体现，是超然心境的自然流露，总之，是智者的心灵妙语。

在民生艰难的年代，幽默的确还是一种奢侈品，而在社会和谐的今天，幽默成了生活的需要。因此，幽默大师林语堂的作品，在环境宽松的现代社会受到人们的重视和欢迎，也就毫不奇怪了。

林语堂文化园：闲适的蕉园栈道风光

漳州市芗城区天宝镇五里沙村是世界文化大师林语堂的祖籍地，这里有林语堂祖居屋和林语堂父母的长眠地，有2001年始建、2007年扩建的林语堂纪念馆。2012年，这里又新建成占地面积45公顷的林语堂文化园，成为目前国内独一无二的打上林语堂文化印记的蕉园观光旅游园区。

林语堂文化园是漳州市郊野公园重点项目之一，是漳州市建设“田园都市、生态之城”的一个重要举措。项目目前已经投资7000万元，采取BT投资模式进行。文化园建设遵循“以水为脉、以绿为韵、以文为魂”的郊野特色风貌的总体基调，以“世界语堂、语堂故里”为设计主题，融入语堂文化、香蕉观光、玉尊朝圣三大独创元素。工程于2012年6月正式开工，由于科学安排，合理组织，仅用半年时间就建成，于当年12月正式对外开放，并在这里隆重举办首届天宝香蕉文化节。

林语堂文化园各个景点通过呈“8”字形的双环状回路观光栈道串起来。木栈道全长2.65公里，宽3米，净宽2.5米，登山道长1.48公里。栈道有水平栈道、缓坡栈道、登山栈道三种类型，架高在1至5米之间，全线设置出入口6处，配套天宝阁、悠然亭、烟云茶馆、语丝咖啡等景观节点16处，为游客提供短暂休憩、观景休闲等综合服务场所。观光栈道宛如一条长龙，在青翠欲滴的万亩蕉园中蜿蜒起伏，导引游客漫步游览。

东大门是文化园的主大门，这个大门连同门口的广场占地面积1856平方米。以语堂先生的散文《我的家乡》为引子，将漳州风土人情融入广场设计之中。这里的大樟树、竹篱笆、鹅卵石，以及小桥流水小鱼，都极具闽南乡村特色，与周围的自然景观相得益彰。东大门设有游客休闲中心，为远道而来的游客提供一个落脚休息的好地方。

进了东大门，走过 50 米长的贴地栈道，就来到快哉亭。这是一座具有中国传统建筑风格的钢筋混凝土框架结构的建筑小品。快哉亭得名于林语堂“不亦快哉”的提法，林语堂有一篇脍炙人口的散文《我来台后二十四快事》，体现了先生崇尚自然、乐享自由的生活哲学，林语堂文化园的建设者们希望园区的“水脉、绿韵、文魂”能够让中外游客流连忘返、不亦快哉。

从快哉亭向西是和乐园。和乐园的命名寓意林语堂的快乐人生观，占地 2788 平方米，种植了香樟等名贵树木，处于整个文化园的中心位置。这里有林语堂先生少年、青年、中年、老年四个时期的雕像，分别是“山乡孩子”“携侣游学”“名扬宇内”和“情系桑梓”。第一座雕像是少年林语堂与父母在一起。少年时代的生活经历对先生一生的写作产生了重要的影响，使先生一生保持自然和谐的生活风格。闽南的山川风情给少年林语堂留下深刻的印象，他说自己的“天真、率直、自然”的人格来自大山，因此自称是“山乡的孩子”。第二座雕像反映林语堂携夫人廖翠凤赴美留学，林语堂先后获美国哈佛大学硕士、德国莱比锡大学博士学位，这座雕像让人感受到林语堂夫妇之间的深挚感情。第三座雕像展示的是林语堂学成归国又走向世界，融贯东西文化，向世界传播中国传统文化。这座雕像神采飞扬，刻画出语堂先生在人生巅峰时期的一种精神面貌。林语堂先生晚年思乡情切，选择定居于台湾，因为台北的阳明山貌似闽南故乡的山景，在这里他可以听到亲切的闽南语，就如置身于景色秀丽的漳州老家。第四座雕像神情自若，表现出了先生晚年的思乡之情。

天宝阁是整个文化园的最高建筑，成为园区的标志性建筑，是远眺全园的最佳地点。登楼远眺，可将文化园的十里蕉林尽收眼底。天宝阁高 21.6 米，3 层，各层四面都有窗可供观景。建筑采用仿木形式，内饰门窗、栏杆均用红木制作，屋檐翘角直插云天，飞檐凌空挑出，飞腾之势与敦实稳重的阁楼相得益彰。天宝阁的门窗装修的红木不同于木栈道的南方松防腐木，它采用的是菠萝格。

在天宝阁与月牙湖之间的登山道边的蕉林中有一个亭子称天风台，亭名出自林语堂早年在美国与人创办的《天风》杂志。《天风》倡导民主自由，宣传爱国爱教，以其独特的办刊风格和清新的文风，赢得众多读者青睐。游客可以在这个亭子稍做休息，向上可仰望天宝阁恢宏气势，向下则俯瞰月牙湖秀丽美景。月牙湖面积 1131 平方米，原来是一个小水库。湖底铺河沙，湖水清澈见底，湖边则用自然山石收边，岸边铺设一条环湖鹅卵石步行道。附近有乐享亭和存真亭等建筑小品，体现林语堂乐亨生活和存真保诚的生活理念。

烟云茶馆是园区内占地面积最大的建筑，建筑面积 836 平方米，高 12.8 米，设有一部疏散楼梯。架空层 1 层，楼层 2 层，其中架空层为停车场，一层为旅游科普、咖啡吧，二层为咖啡吧包厢。

林语堂文化园设计融入语堂文化、香蕉观光、玉尊朝圣三大独创元素，就是通过观光栈道在观赏蕉林美景过程中把林语堂纪念馆、天宝玉尊宫庙两大主要景点串起来。数十个品种的香蕉树连成一片，天宝高蕉、天宝矮蕉、粉蕉、美蕉、柴蕉、红皮香蕉、贡蕉、佛手蕉、台蕉 2 号、角蕉，每个品种前面，都配有品种说明。

林语堂纪念馆是中国大陆第一家林语堂纪念馆，主体是一座二层半圆形建筑，融合中西建筑风格，馆前安放一尊林语堂坐式雕像，纪念馆附近坐落着林语堂故居、林语堂双亲合葬墓等。玉尊宫是两岸民众交流的重要场所，殿宇金碧辉煌，气势雄伟，每年都会迎来数以千计的台湾信众。

林语堂文化园距离市中心不到 10 公里，乘公交车只要 15 分钟，吸引了众多漳州市民和国内外游客，每天前来游览观光的民众络绎不绝。

林语堂与苏东坡

苏东坡是古代最富人格魅力的文人之一，林语堂是现代最富人格魅力的文人之一。这是两个极其相似几乎完全叠合的灵魂，尽管他们相距大约 900 年。

正因为他们是那样的相似，所以林语堂在苏东坡身上发现了自己，“如面对自己的肖像一般”；正因为他们是那样的相似，所以林语堂在许多文章里反复提到这位放任不羁的天才；正因为他们是那样的相似，所以林语堂在 20 世纪 30 年代去美国时舍弃许多贵重的东西却带上 100 多本苏东坡的著作和研究苏东坡的资料；正因为他们是那样的相似，所以林语堂以充满激情的笔调写出他的得意之作《苏东坡传》。

一个在古代，一个在现代，林语堂与苏东坡的共同点在哪里？他们是怎样进行跨越时空的对话的？首先不可否认的是，他们都是天分极高、才华横溢、富于创造力的人中之杰。苏东坡诗、词、文、书法、绘画，样样精通，颇多创新，在文学史上、艺术史上写下辉煌的篇章。而林语堂在文学、历史、语言学和中外文化交流等众多领域都取得巨大成就，产生深远影响。然而，更重要的原因还不在这里。因为像苏东坡这样在文学史上、艺术史上拥有崇高地位的天才并不是绝无仅有，应该说还有一些。林语堂就承认“李白更为崇高，而杜甫更为伟大——在他伟大的诗之清新、自然、工巧、悲天悯人的情感方面更为伟大。但是不必表示什么歉意，恕我直言，我偏爱的诗人是苏东坡。”由此可见，林语堂对苏东坡倾心仰慕的更重要的原因是他们在性格情趣、人生哲学和生活态度上“心有灵犀一点通”。

苏东坡（1037—1101），名轼，字子瞻，号东坡居士，眉州眉山（今属四川）人，曾因反对王安石变法被贬，后又因反对尽废新法而被贬，受到许多小人的诬陷迫害，一生大起大落，仕途曲折坎坷，但他性格开朗，坦荡乐观，对生活采取一种超然物外、与世无争的态度，始终“载歌载舞，深得其乐，忧患来临，一笑置之”。林语堂在《苏东坡传》的序中连用19个“是”来概括描绘苏东坡的“画像”后说：“这些也许还不足以勾绘出苏东坡的全貌”。这19个“是”的第一个是“秉性难改的乐天派”。林语堂接着分析说：“一提到苏东坡，在中国总会引起人亲切敬佩的微笑，也许这话最能概括苏东坡的一切了。”“他保持天真淳朴，终生不渝。”“苏东坡一生的经历，根本是他本性的自然流露。”苏东坡一生真诚乐观，这就是林语堂特别喜欢苏东坡的主要缘故。

而林语堂自己又何尝不是如此。他在晚年写的《八十自叙》开头罗列自己身上存在的一系列矛盾现象，说自己是“一团矛盾”。而正是一个“诚”字把儒与道、中与西、传统与现代各种思想奇妙地糅合在一起。他曾说：“孔孟之道与现代思想融洽无间的就是‘诚’之一字。”他任性率真，他风趣幽默，他平和宽容，无不是“诚”字的体现。林语堂被称为幽默大师，而幽默“乃天性使然”，源于本性，发自内心，是渊博学识的无意体现，是超然心境的自然流露。他认为：“世事看穿，心有所喜，用轻快的笔调写书，无所挂碍，不作滥调，不忸怩作道学丑态，不求士大夫之喜誉，不博庸人之欢心，自然幽默。”他自始至终葆有一颗赤子之心。

林语堂与苏东坡心心相印，因此虽然他们生活在不同的时代，面临迥异的现实，却能进行顺畅的沟通、亲密的交流。当然，林语堂眼中和笔下的苏东坡，是林语堂化了的苏东坡，他是以今人的眼光来审视古人，这从《苏东坡传》的材料取舍和是非褒贬就可以看得出来。世间再坚固的物质也可能损毁，只有精神可以永生。处于不同时空的这两个历史伟人正是通过精神这种特殊纽带，突破了时空的阻隔，实现了心与心的沟通与交流。

林语堂和苏东坡都是著作等身的文化巨人，创造了大量珍贵的精神财富。林语堂曾用诗的语言赞颂苏东坡：“他的肉体虽然会死，他的精神在下一辈子则可成为天空的星、地上的河，可以闪亮照明，可以滋润营养，因而维持众生万物。”赞颂者与他的赞颂对象一样，林语堂与苏东坡都是天空的星、地上的河，他们留下的文化遗产永久地照亮着我们的心扉，滋润着我们的心田。

灵山秀水孕大师

我已经记不清自己来平和坂仔多少回了。然而，却从来没有因为来得频繁而产生腻烦的感觉。每次来都有新的感受，永远保有一种难以言喻的亲切感，可谓是常来常新、越来越亲。

在坂仔林语堂故居前，我有时会坐在树下的石凳上发呆，有时会站起来眺望远处连绵起伏的山峦，有时会透过清新透明的空气仰望蓝色穹宇中飘荡的云朵，有时会来到院子里的那艘五篷船前抚摸竹篾编成的船篷，有时会来到花山溪边漫步遐思，有时会走下溪岸捧起一掬清澈的溪水。这里值得回味的故事太多，值得咀嚼的情感太多，值得遐思的梦幻太多。

这是林语堂十分留恋的家乡，这是林语堂无比牵挂的山水。离开自己的家乡，告别这里的山水，走出国门、走向世界以后，家乡成为林语堂内心深处挥之不去的神圣景观。他在自传和许多著作中一再提到家乡，满怀深情地描绘家乡的山光水色和风土人情。他 76 岁时写的《我的家乡》中说:“家乡的景色，是我在纽约的高楼大厦之间听着车马喧嚣，恍然若有所失，我经常思念起自己儿时常去的河道，听河水流淌的声音，仰望高山，看山顶云彩的变幻。”“儿时我常在高山上俯瞰山下的村庄，人们像是蚂蚁一样小，在山脚下那方寸之地上移动着。后来我每当看见人们奔忙、争夺时，我就觉得自己是在高山上看蚂蚁一样。”他在许多文章里一再认为“山的力量巨大得不可抵抗”，说自己的“天真、率直、自然”的人品来自大山，并自称是“山乡的孩子”。

是这里灵秀的山水孕育出这位世界文学大师。漳州是一方秀美丰饶的神奇土地，一座魅力独具的文化名城。漳州地处闽南金三角南端，地理环境和自然条件十分优越，气候温和，雨量充足，江河湖泊交织融会贯通，九龙江横穿而过，是个有山有海有江有平原的富庶宝地，终年花果飘香，素有“鱼米花果之乡”的美誉。由于造物的特别钟爱，漳州风光秀丽，景观奇特，“山野皆为画，溪流尽是诗”。这里的山水得天独厚，与其他地方的山水有着不同的特色。无论是谁来到这里都会对这里的山水喜爱有加，流连忘返。

坂仔地处闽南金三角腹地，四面青山环绕，中部一水纵贯，花山溪正是九龙江西溪的支流，山水相依，风光秀丽。林语堂出生的家庭正是以这样的灵秀山水为背景，和睦家庭与灵秀山水可谓相得益彰。林语堂的父亲是基督教牧师，又酷爱中国传统文化，乐观和善，爱说爱笑。在这个中西合璧、和睦快乐的家庭里，一家子总是有说有笑，其乐融融，从不拌嘴吵架。而这时林语堂的名字就叫“和乐”，他就生活在这样轻松活泼、无拘无束的家庭氛围中。因此，林语堂晚年回忆说：“童年之早期对我影响最大的，一是山景，二是家父，那位使人无法忍受的理想家，三是严格的基督教家庭。”坂仔的山水已经融入林语堂的血脉中，铭刻在林语堂的心灵里。

林语堂晚年曾到香港其二女儿太乙处小住。女儿认为落马山一带是香港的风景区，就带他到落马山游览。这里有一片片田地和薄雾笼罩的山丘，林太乙以为这样美丽的山水会引起父亲的喜爱和愉悦。可是，林语堂却只是眯起眼睛望了望，说：“这不够好，这哪比得上我坂仔的山，我此生没有机会再看到那些山了。”他站在新界落马洲的山上深情地眺望着祖国大陆。他根本不听女儿对香港山水的介绍和赞扬，只是不停地说：“家乡的山是青山，有树木的山，高大的山，不像香港的山光秃秃的，好难看。”是的，世界上有哪一处山水比陪伴林语堂成长的坂仔山水更美丽？有哪一处山水能取代坂仔山水在林语堂心目中的神圣地位？什么是乡愁，我想这就是对乡愁的最深注解、最好诠释。

林语堂不吝用激情澎湃、文采飞扬的笔调来描绘和赞美家乡坂仔的灵秀山水。他曾这样写道：“前后左右都是层峦叠嶂，南面是十尖（十峰之谓），北面是陡立的峭壁，名为石缺，狗牙盘错，过岭处危崖直削而下。日出东方，日落西山，早霞余晖，都是得天地正气。说不奇就不奇，说奇是大自然的幻术。南望十尖的远岭，云霞出没。幼年听人说，过去是云霄县。在这云山千叠之间，只促少年孩子的梦想及幻想。”随着年龄的增长，他的这种乡愁愈加浓烈，对家乡的印象丝毫没有淡化。他在《八十自叙》里对家乡的描绘仍是那样细腻、那样鲜明：“坂仔村之南，极目遥望，但见远山绵亘，无论晴雨，皆掩映于云雾之间。北望，嘉溪山矗立如锯齿状，危崖高悬，塞天蔽日。冬日，风自极狭窄的狗牙谷呼啸而过，置身此地，人几乎可与天帝相接。”每次来到坂仔，我都会一次又一次地温习这位文学大师这些饱含深情的文字，获得一种心灵的放逐、情绪的愉悦、精神的享受，又怎么可能产生腻烦的感觉。

平和坂仔是林语堂的出生地，而芗城天宝是林语堂的祖籍地，奇妙的是两个地方都在漳州的母亲河九龙江西溪之畔，都是山明水秀，风光绮丽，环境宜人，而且两个地方都盛产香蕉，都是中国香蕉之乡。当年，林语堂从坂仔到厦门鼓浪屿读书，到上海圣约翰大学读书，走的就是水路，沿着九龙江西溪航行，都要经过他的祖籍地天宝五里沙。

过去经常听老一辈人说：“穷山恶水出刁民。”而我在坂仔感受到的却是“灵山秀水孕大师”。

铭刻于心的“凤”字

在台北林语堂故居，在故居餐厅里，我轻轻地、久久地抚摸着餐椅的靠背，这些餐椅靠背上都刻着一个大大的篆体“凤”字。这是这位文学大师别出心裁的独特创意。刻着“凤”字的餐椅靠背似乎还保有林语堂的体温。林语堂的一家子似乎还和和美美地围坐在一起用餐，不时发出爽朗快乐的笑声。

林语堂先生与他的夫人廖翠凤，在半个多世纪里风雨同舟，相濡以沫，共同创造了美满的生活，结成了令人羡慕的“金玉良缘”。1966 年，一直想着落叶归根却由于种种原因无法回到家乡漳州的林语堂决定在台湾定居，因为这里能够看到与家乡山水相似的自然景观，能够听到让他倍感亲切的闽南乡音。台北林语堂故居是他人生最后 10 年的住所，占地面积 1000 多平方米，建筑面积 300 多平方米，是他亲自设计的，采取中国四合院的结构模式，结合西班牙式的设计风格。故居外墙依山而建，上面满是镂雕花纹。蓝色的琉璃瓦搭配白色粉墙，意境典雅精致。餐厅中的餐桌、餐椅都是林语堂自己设计的，每张餐椅靠背上都雕刻上篆体“凤”字，以表达对夫人廖翠凤的深深情意。

然而，最初占领林语堂内心的并不是“凤”字，而是“C”字，这是林语堂在他的回忆文章里用来指代“陈锦端”的字母。

当然，要追溯到他的少年时代，则还要提到一个绰号“橄榄”的山村女孩赖柏英，这是林语堂的第一个恋人，后来成了他自传体小说《赖柏英》里的主人公。他在晚年写的《八十自叙》里还深情地提到：“赖柏英是我的初恋情人。”林语堂的祖籍是漳州市天宝镇五里沙村，他的父亲是个穷牧师，后来被派到平和坂仔传教。1895 年，林语堂就出生在这里。坂仔山清水秀，温润淡雅。林语堂最初的恋人就生活在这群山夹峙的小溪边。赖柏英的母亲是林语堂母亲的教友。林家住在谷底，赖家住在半山腰，相距较远，但由于双方父母关系亲密，这对少男少女接近的机会较多，从“两小无猜”逐渐发展到相爱。“情人眼里出西施。”在林语堂眼里，赖柏英真是美极了。这个小女孩鸭蛋脸，有一双沉思的眼睛，很迷人，稍微偏瘦，被小朋友们称作“橄榄”。她的声音十分美妙，林语堂每天早晨都听到赖柏英婉转动听的声音从山上悠然飘来。林语堂常和她一起捉鱼虾。她蹲在小溪里等着蝴蝶落在她的头发上，然后轻轻地走开，居然不会把蝴蝶惊走。林语堂看着这个站在蓝天大山之间的赤足女孩，深深为她着迷。他曾借《圣经》的语言由衷地赞叹赖柏英：“她的脚在群山之间，是多么美丽。”

赖柏英是一个有主见的女孩，但却与林语堂的思想观念、价值取向有很大的差异。林语堂认为外面的世界很精彩，对此充满好奇心；而赖柏英却认为漳州最美好，什么都有，而到外面将一无所获。特别是她祖父双目失明以后，赖柏英更是坚持要在家乡侍候爷爷，而且决心十分坚定。林语堂在《八十自叙》里无奈地说：“她坚持要留下来侍候她失明的祖父，我却想出国留学，我们只好分开。”林语堂要远走高飞了，赖柏英去送他，这对少男少女依依不舍，情意缠绵，在景色秀丽的山路上走了一程又一程。

“橄榄”，这个女孩的外号，在林语堂的心里不知咀嚼了多少年。林语堂把这种绵绵无绝期的感情珍藏在自己心灵深处，与坂仔的青山绿水一起构成了他对家乡永不磨灭的眷念，也成了他顽强生命和炽烈情感的源头。

林语堂的第二个恋人是陈锦端。林语堂在上海圣约翰大学读书时，与厦门人陈希庆、陈希佐是同学，他们经常在一起玩。有一天，陈氏兄弟的妹妹陈锦端突然出现在林语堂面前。陈锦端是大家闺秀，天真烂漫，纯洁清澈，有一双秋水般的眼睛和一头瀑布般的秀发，她那柔弱的身躯映在蓝天下。林语堂从来没见过这样美丽的姑娘，一下子惊呆了，脸上立即红起来。林语堂在《八十自叙》里说：“我从上海圣约翰大学回家之后，我常到一个至交的家里，因为我非常爱这个朋友的妹妹C。”

陈锦端有很高的艺术天赋，她到上海是学美术的，爱美，追求美，她在林语堂眼里就是美的化身。林语堂对陈锦端说，这个世界属于艺术，艺术家创造了这个世界，一个人活着不是单纯为了生存，而应该为艺术。他们坠入了爱河。林语堂在学校读书成绩骄人，在一个典礼上，他连续四次上台领奖。锦端也为他骄傲，为他倾倒。

然而，陈家是厦门有名的大富豪，陈锦端的父亲认为出身贫穷的林语堂配不上他的掌上明珠，为让林语堂死了这条心，还亲自做媒把邻居廖悦发的女儿许给林语堂。林语堂精神上受到极大的打击，垂头丧气地回到老家坂仔，哭得全身瘫软。他大姐瑞珠却骂他欲娶巨富的千金简直是“想吃天鹅肉”，这伤害了他的自尊，把他带回到严酷的尘世。林语堂失恋之余，只好与廖家女儿翠凤结婚。然而，林语堂对陈锦端的爱情始终没有熄灭。因为这次失恋对他心灵造成的创伤太重太深，他在自己的文章里没有提到陈锦端这个名字，但在《八十自叙》中他情不自禁地写道：“我从圣约翰回厦门时，总在我好友的家逗留，因为我热爱我好友的妹妹。”林语堂逝世几个月前，身体衰弱，行走不便，住在香港干德道女儿林相如家里。有一次，陈希庆太太也就是陈锦端的嫂子来访，林语堂问起陈锦端，听说她还住在厦门，高兴极了，说：“你告诉她，我要去看她！”这样一位世界名人还像小孩一样天真可爱。廖翠凤说：“语堂，你不要发疯，你不会走路，怎么还想去厦门？”

当年，陈锦端的父亲陈天恩为了棒打陈锦端与林语堂的恋爱，采取了“金蝉脱壳”的“妙计”，将隔壁富商廖悦发的女儿廖翠凤介绍给他。对这门亲事，林语堂没有兴趣，但林语堂的大姐瑞珠却很满意，她说廖翠凤一脸福相，五官端正，举止大方，皮肤白皙，眼睛大而明亮，鼻梁高高的，人中很长，耳朵大而厚，嘴唇红而薄。廖翠凤对林语堂非常满意，她知道林语堂在圣约翰大学读书时多次上台领奖，很有才华。当廖翠凤的母亲问她为什么愿意嫁给一个穷牧师的儿子时，廖翠凤说了一句她以后经常重复的经典语言：“没有钱不要紧。”1919年1月9日，林语堂与廖翠凤结婚。从此，“凤”字就深深地铭刻在林语堂的心中。

我多次到厦门鼓浪屿漳州路44号廖宅，现在这座掩映在古榕和香樟树中已显破旧的欧式建筑被挂上“林语堂故居”的牌子。在鼓浪屿旅游地图上，漳州路44号也被标上“林语堂故居”的字样。我想，要是当初廖家小姐没有嫁给林语堂，这里就成不了名人故居了。历史就是这样的发人沉思。

林语堂婚后，他在征得廖翠凤的同意后，将结婚证书烧掉了，他说“结婚证书只有离婚才用得上”。烧掉结婚证书，表示了他们永远相爱、白头偕老的决心。可见，从结婚那天开始，林语堂这个讲信用、富于责任感、让妻子放心的男子汉已经把“凤”字铭记在心了，只是因为还没有把它镌刻在餐椅上而已。

林语堂与廖翠凤不仅是先结婚后恋爱，而且一个内向，一个外向，性格差距很大，他们的孩子都说：“世上找不到两个比爹妈更不相像的人。”但是，他们却通过互补而结合得更紧密。在林语堂的眼中，廖翠凤质朴厚道，热心温柔，吃苦耐劳，又能容忍他在床上抽烟的缺点；而在廖翠凤的眼中，林语堂才华出众，风度翩翩，胸有大志，又能真诚地爱她。林语堂说过，“翠凤属于接纳万物、造福人类的‘水’质”，而自己“属于凿穿万物的‘金’质”，金水互补，相得益彰。

在家里，廖翠凤是“总司令”，以洪亮的声音发号施令，指挥一切，连林语堂也得听她的话。一个星期来一次大清扫的女人推着真空吸尘机像坦克车般轰隆轰隆地向各房间“进攻”时，连在书房写作的林语堂都必须让她进来。有时，他说：“啊呀，凤呀！等我写完再让你清理书房，可以吗？”廖翠凤没有商量的余地：“不行，吸完尘灰之后要洗厨房的地板。”林语堂也只好让步。

林语堂的女儿回忆说：妈妈(廖翠凤)爱热闹，常请客。她大量买菜，大开伙食。她烧出大锅大锅的厦门卤面，焖鸡和清蒸白菜鸭尤其拿手。林语堂是“廖翠凤迷”，有时会在廖翠凤烧饭时站在旁边观赏，他说，“看呀！一定要用左手拿铲子，炒出来的菜才会香。”廖翠凤不会欣赏这种话：“堂呀，不要站在这里啰唆，走开吧！”林语堂就乖乖地走开。他对孩子们说：大家都要听妈妈的话。林语堂有时在饭后会帮忙洗碗碟，不过太太对丈夫在厨房里的大动作，打碎碗碟的声浪，既惊且怕，但念及丈夫体贴的心意，就由他去表演了。

廖翠凤喜欢谈论家事，回忆过去，检讨生活，所以林语堂最能博得太太欢心的表现，便是坐在椅子里，不看书报，只抽着烟斗，也不要有任何声音，静静地听她说话。林语堂在海外留学时，有一段时间他们生活拮据得没有钱去看一场电影，但林语堂却说也可以去图书馆借回一叠书，两人守住一盏灯相对夜读，其乐不改。他认为，穷并不等于“苦”，自己从来没有“苦”的感觉；世俗所谓的“贫穷夫妻百事哀”的逻辑，完全被他推翻了。林语堂曾经说过：“只有苦中作乐的回忆，才是最甜蜜的回忆。”

夫妻之间难免有不愉快的时候。遇到廖翠凤生气时，林语堂一句话也不说，保持沉默。倘若真的吵架了，也是吵过就算了，他的绝招是“少说一句，比多说一句好；有一个人不说，那就更好了”。有一次，廖翠凤说她有个朋友生了“两个双胞胎”。林语堂说：“你不应该说‘两个’双胞胎。双胞胎的意思就是两个了。”廖翠凤辩解说：“当然，双胞胎是两个，有什么错？一对不是两个是什么？”林语堂不说话了。林语堂认为夫妻吵嘴，无非是意见不同，在气头上多说一句都是废话，徒然增添摩擦，毫无益处。这是幽默大师应用幽默来“调和阴阳”的绝招。而“调和阴阳”，也正是他一篇演讲词的题目。他说：“有句话可以告诉先生们，怎样做个好丈夫？就是太太在喜欢的时候，你跟着她喜欢，可是太太生气的时候，你不要跟她生气。”

廖翠凤最忌讳别人说她胖，最喜欢人家赞美她又尖又挺直的鼻子；所以林语堂每逢太太不开心的时候，就去捏她的鼻子，太太自然就会笑起来了。林语堂和一般懂得体贴太太的丈夫一样，对女人爱穿着打扮的方面，表现得毫不吝啬；他知道太太讲究穿鞋，每次经过鞋店，总是鼓励太太进去选购，自己则带着孩子在外面耐心等待。廖翠凤看到林语堂写作的时间太长，十分心疼，就会在一旁提醒他文章“别写太长，太长了，人家不爱看的”。

在他们夫妻50年的金婚典礼上，林语堂把刻着不朽名诗《老情人》

的勋章送给爱妻，诗中写道：

同心相牵挂，一缕情依依。
岁月如梭逝，银丝鬓已稀。
幽冥倘异路，仙府应凄凄。
若欲开口笑，除非相见时。

正如林语堂在《八十自叙》中说的，“爱情在婚姻中滋长，而不是一开头就以善变的爱情为基础，年岁激增，我们学会珍惜可贵的一切”。

我在刻着“凤”字的餐椅前逗留了很久很久，陷入了深深的思索。林语堂夫妻虽然未能像赵明诚李清照那样达到共读诗文共赏古董的理想境界，但却以独有的温柔和真诚缔造了恒久稳定的恩爱生活。实事求是地说，林语堂更欣赏的是陈锦端那样的诗意才女。最理想的婚姻当然是建立在性格一致、兴趣相同、爱情深挚基础上的婚姻。但世事无常，这种美好境界往往是可遇而不可求。由于林语堂对婚恋采取了一种十分通达的现实态度，尽管他一生中有三个恋人，但能把他的第三个恋人也就是他的妻子的一生照顾得甜甜美美，共同创造了令人羡慕的美满生活，这既反映了他提倡的女性崇拜，也体现了他高超的人生智慧。

我呆着，我在想象林语堂夫妻（有时还有来串门的女儿女婿）坐在刻着“凤”字的餐椅上吃饭的情景。一直到同行叫“吃饭了”，才想起我自己该吃晚饭了。我们的晚餐安排在林语堂故居现在附设的营业性咖啡厅里进行。我在吃饭时还一直想着这个镌刻在餐椅上，也铭刻在林语堂心中的“凤”字。

用语堂眼光看树

近日，一遍又一遍地阅读我们乡贤林语堂的著作，特别是读到他的《生活的艺术》，引起许多共鸣，觉得林语堂看世界、看人生的眼光很独特，却很实在，很容易被理解，很容易被接受。

要是林语堂与我们一起到林下林场参观游览，看到这里3万多亩600多种数以十万株的树木，肯定和我们一样会陶醉在树的自由世界里，因为这里的树没有如同现今许多公园里的树木那样经过修剪，而是顺其自然地随意地生长，自由自在，无拘无束，该长多高就长多高，该长什么样就长什么样，洋溢着生机，充满着野性，展示着大自然的原生态。

林语堂在《生活的艺术》这部轰动美国和整个世界的名著中专门写了一节，叫《论石与树》。他对树木“用剪子修整，使它们显出我们人类所认为美丽的形式”这种现今司空见惯的做法十分不以为然。他说：“我们现在种花，每每种成圆形，或星形，或字母形。如若当中有一株的枝叶偶尔横叉出齐整线之外，我们便视之如西点（WestPoint）学兵操练时当中有一个学兵步伐错误一般的可怕，而赶紧要用剪子去剪它下来。”他对这种所谓“人类的光荣和权力”进行了辛辣的嘲讽和强烈的批评。

林下林场的树是幸运的，它不会因为它的姿势不符合人们的需要而惨遭刀剪之灾。看，黄花槐汪洋恣肆地开放着，把艳丽的花朵挂满枝头，几乎把树叶都遮住了，似乎在展示自己的青春活力。三角梅伸展着自己的枝条，枝条伸展到哪里，或鲜红或深红的花就开到哪里，就这样爬过棚架，爬上屋顶，把花也开到屋顶。大叶榕霸气十足地把自己超大的树冠撑开来，而且从粗壮的树枝上伸出气生根向大地扎去，然后又以此为基础继续扩展自己的地盘，怪不得被称为“独树成林”。金丝楠作为珍贵的树种，树干高大伟岸，叶子较小却色泽翠绿有光泽，木质坚硬耐腐，不怕蛀，有幽香，纹理细密瑰丽精美而且带有金丝，并因此得名，在万木丛中显示出自己的贵族身份。黄花梨是我在海南旅游时见过的珍贵树种，据导游说，海南黄花梨因为极其稀少，因而价比黄金。在林下林场，我又与黄花梨重逢，因为这是在家乡的邂逅，情绪一下子兴奋起来，然而端详半天却看不出什么名堂，只知它木质坚重，纹理致密，是上等家具之良材，而且有香味，可作香料。就在黄花梨周边，许多不知名的树并没有因为身份不如黄花梨尊贵而感到自卑，它们同样深深地扎根在土地上，尽情地吸取土壤中的养分，同样舒展开自己的枝叶，争先恐后地接受阳光的洗礼，进行着自己的光合作用，进行着自己的吐故纳新，完全没有低人一等的表情和姿态，甚至长得比黄花梨还要高。在植物世界里，平等的理想贯彻得比人类社会还好！

我们在或高大或低矮、或茂密或稀疏的树林里穿行，张开双臂尽情地呼吸，想多吸点清新空气，想多吸点负氧离子。我们像花果山的孙大圣，眼睛都很忙碌，孙大圣的眼睛忙的大概是发现成熟美味的蟠桃，而我们的眼睛忙的是捕捉符合自己心中标准的美。在树的自由世界里，每一棵树都在无拘无束地生长，在自由自在地发展，都在努力张扬自己的个性，在尽情展示自己的魅力，因为它们没有遭受刀剪祸害的担忧，活得格外潇洒，活得格外开心。

来林下林场之前，有人说，林下林场有什么好看的，要看树、看草、看花，在公园里不都有得看吗？其实，来到这里才会知道，林下林场的树与一般公园的树是不一样的，这里的树特别符合林语堂的审美眼光。今天，我用林语堂的眼光来看树，倍觉这位乡贤眼光的独到和正确，也就更加钦佩这位世界文学大师了。

语堂老乡是个运动员

如果世界文学大师林语堂在天之灵知道他的家乡漳州要承办福建省全省运动会，肯定会非常高兴的，因为他是个体育迷，甚至可以说就是一个运动员。

人们都知道林语堂是闻名中外的作家、学者，可是却很少人有知道林语堂同时也是个体育迷、运动员。他的女儿林太乙在《林语堂传》里写到林语堂在上海圣约翰大学读书时，“在不读书的时候，玉堂（林语堂）打网球，踢足球，划船、赛跑，以五分钟跑一英里创下大学纪录”。林语堂很喜欢体育运动，小时候在家乡漳州就学会游泳，上学以后是多项体育运动的出色选手。圣约翰大学的网球场、足球场、棒球场上时常可以看到他矫健的身影。他是圣约翰大学划船队的队长，曾经代表学校参加过 1915 年 5 月在上海举行的远东运动会。大学时代的业余运动员生涯，为他造就了健壮的体魄，使他终身受益。他在《林语堂自传》里深情地说：“我很感谢圣约翰教我讲英语，其次圣约翰教我赛跑和打棒球，因此令我胸部得到发展。”

林语堂的家乡漳州有着悠久深厚的体育传统。唐代，漳州开元寺的寺僧普遍教习武术，称为“开元拳”，其传人一直相延到 20 世纪中期。宋代，中国象棋和围棋已在漳州民间流传。少林五祖拳、太祖拳、白鹤拳、洪家拳于清代先后传入，随后五兽拳、太极拳、气功也陆续传开。漳州历史上先后出现武举人 857 人，武进士 130 人（明代 52 人，清代 78 人），有武状元和武榜眼各 1 人。李威光和黄国梁分别于乾隆二十五年（1760 年）、乾隆四十六年（1781 年）荣膺武状元和武榜眼，都出生于平和县，而平和县正是林语堂的出生地。

20世纪20年代初，西方近代体育传入漳州。1918年，援闽粤军总司令陈炯明入漳，在中山公园开辟篮球、排球、网球场，置单杠、双杠、木马、浪桥、秋千，挖跳高、跳远沙坑，供军民锻炼。又于1919年通令所辖17个县选派运动员，于4月下旬到漳州参加闽南护法区运动会。这次运动会影响深远，近代体育从此在漳州迅速普及。篮球、排球、网球、足球、田径、体操及游泳等运动技术水平逐步提高。运动会影响深远，其后有若干爱好体育的知识青年到上海等地体育专科学校接受正规体育教育，毕业后回漳任教。学校纷纷拨款建设运动场地，增添体育器材。学校废止兵操，改上体育课，以球类、田径和游戏为主，并规定每周安排一节至二节课外活动课。各校均将小型竞赛与校运动会纳入学校计划。部分学校还形成制度，每年举行一次以田径为主的全校运动会。各中学及部分小学组建排球、篮球、足球队，经常开展校际比赛。1924年，北洋军阀张毅进驻漳州，于1925年举办漳属运动会，各县中、小学生参加。1930年，国民政府陆军49师师长张贞举行龙溪县中小学会操检阅。1932年十九路军总部进驻漳州，军长蔡廷锴爱好体育，于1933年9月邀约广东华南排球队来漳比赛，10月举办龙溪县中小学生运动会。1936年5月，民国政府在漳浦举办第五行政区运动会（含公开组、小学生组）。比赛的开展促使各校争聘具有专长的体育教师任教。

有这样源远流长的体育传统，受到漳州人热爱体育运动环境的熏陶，林语堂热爱体育，喜欢运动，在大学里成为运动员，就毫不奇怪了。林语堂博学多才，以“两脚踏东西文化，一心评宇宙文章”为己任，辛勤笔耕，在文学、历史、语言学和中外文化交流等众多领域都取得了巨大成就，曾任国际笔会副会长（相当于世界作家协会副主席），并被提名为诺贝尔文学奖候选人，在文学界和学术界都产生了深远影响，拥有很高地位。他一生大约写了60本书、上千篇文章，世界上出版的各种不同版本的林语堂著作800多种（不包括再版），其中中文版400多种，外文版300多种（包括25种文字），可谓著作等身。他能够胜任这么繁重的工作，能够取得这样耀人的成就，与他有一个健康的身体是分不开的，甚至可以说，健壮的体魄是他巨大成就的前提和基础。他到晚年还坚持锻炼，经常游泳，因此食欲极佳，很能吃饭，精力旺盛，不知疲倦。

家乡造就了名人，名人也影响了家乡。如今，在世界文学大师林语堂的家乡，到处洋溢着整装待发迎省运会的热烈气氛。在2010年获得第十五届省运会举办权以来，漳州市高标准、求创新推进各项筹备工作。根据省运会需要，新建主体育场、重竞技馆、游泳跳水馆和网球馆等5个大型场馆，改建、新建23个中小型场馆，满足赛事需要。建设者提出的口号是“争分夺秒建奥体，厉兵秣马迎省运”。热情好客的漳州人“全市总动员，当好东道主，办好省运会”，让这一届省运会成为给人们留下美好记忆的体育赛事。如果现在林语堂还在世，如果现在林语堂还年轻，几乎可以肯定他会入选漳州体育代表团，作为选手代表漳州参加省运会。林语堂会和家乡漳州全市民众一起兴高采烈地迎接这样一次难得的盛会。

随着时代的发展，漳州这座国家历史文化名城对体育也有了新的认识，形成了新的理念：体育就是健康，体育就是精神，体育就是文化，体育就是经济。省运会时间是短暂的，而群众体育是长期的。省运会还没有拉开帷幕，漳州市就已经对新建体育场馆做好了规划。省运会以后，这些场馆将全部用于全民健身活动，决不会让它闲置。

漳州人为自己的家乡出了一个既是文学家又是运动员的林语堂而感到骄傲，不仅要办好省运会，还要借此东风进一步振兴群众性体育活动，不辜负语堂老乡在天之灵的殷切期待。

名人名胜

蔡新与清泉岩

我很小的时候就知道蔡新的名字，不过那时对他的生平和成就并不了解，只是因为他是漳州一个流传很广的民间故事里的主人公，我听过这个故事。

故事说的是蔡新当年进京赶考路过九龙岭，正饥肠辘辘时，遇到岭下一个卖汤圆的老者，听说他要进京赶考，出一个上联要他对下联，说对上了汤圆任你吃不要钱，如果对不上那就对不起，给再多钱汤圆也不卖。这上联是“九龙岭下日日冬至”。蔡新一时对不上来，脸红耳赤，心想看来读书功夫火候未到，还是回去再苦读。于是打道回府，跑到偏僻的六鳌海边小屋闭门攻读，“两耳不闻窗外事，一心只读圣贤书”。考期临近的一天晚上他读得实在累了，走出小屋来到海边，看到无数渔船停泊在港湾，渔火点点，闪烁璀璨，十分壮观美丽，脱口而出“六鳌海上夜夜元宵”，一想这与“九龙岭下日日冬至”不是对上了吗？于是立即打点行装再次赴京赶考，但路过九龙岭却找不到那个卖汤圆的老者。这次，蔡新终于功德圆满，金榜题名。我不知道蔡新老家漳浦当地人怎样称呼他，只听漳州城里老一辈的都称他是蔡新蔡相爷。

蔡新是漳州籍古代名人中官位最高者。他当过五个部的尚书，位居文华殿大学士，还任过四库全书馆总裁。他和他的堂叔蔡世远都当过清朝皇帝的老师，被称为叔侄两帝师，为中国历史所罕见，被人们所津津乐道。位于他们出生和成长地的风景名胜清泉岩，山林幽静，怪石峥嵘，泉水清冽，风光绝佳，还留下历代许多摩崖石刻，是省级文物保护单位。

帝师总裁垂百世

蔡新（1707—1799），字次明，号葛山，别号缉斋，出生于漳州的漳浦下布（今属大南坂下楼村）。3 岁丧父，家境贫寒。稍长，白天与兄蔡滋一起帮助母亲耕作；晚上在母亲纺车灯前读书。他自幼勤学，尤好儒家性理、天命之说，深受堂叔理学家蔡世远的喜爱。雍正十年（1732 年），蔡新考中举人。乾隆元年（1736 年），登进士第，被选为庶吉士；翌年，授翰林院编修。当时，乾隆皇帝为考察词臣的学识，命各抒己见，呈交经史讲义。蔡新呈上几十篇，得到乾隆皇帝的称赞，说他“能承家学”。乾隆九年（1744 年），蔡新出典江西乡试。翌年，入直上书房。乾隆皇帝深知他“通弦实开方之法”，命诸皇子在课余跟他学习数学。蔡新因材施教，诸皇子学习日有进步。不久，升翰林侍读学士，旋擢内阁学士，迁工部侍郎，又转刑部左侍郎。

乾隆十八年（1753 年），蔡新以母老请求回家省亲。乾隆二十二年（1757 年），又请求在家奉养母亲终年，获得准许。不久又接到谕旨，令他任上书房总师傅，蔡新辞谢不就。从此，他在家乡侍奉母亲前后 10 年。母老终后，他回京复职，仍授刑部左侍郎。乾隆三十二年（1767 年）擢工部尚书，兼代刑部尚书。乾隆三十四年（1769 年）兼兵部尚书，并兼理国子监事务。乾隆三十八年（1773 年）移礼部尚书，乾隆四十一年（1776 年）复兼兵部尚书。乾隆四十五年（1780 年）转为吏部尚书兼理国子监事务，授协办大学士。这样，蔡新就任过五个部的尚书，把古代朝廷六部的主官几乎全当了个遍。

乾隆三十八年（1773 年），蔡新被任命为四库全书馆正总裁之一。《四库全书》是在乾隆皇帝的主持下，由 360 多位高官、学者编撰，3800 多人抄写，费时十三年编成的。分经、史、子、集四部，故名四库。共有 3500 多种书，7.9 万卷，3.6 万册，约 8 亿字，基本上囊括了中国古代所有图书，故称“全书”。乾隆四十七年（1782 年）五月，《四库全书》

纂成后，蔡新奉旨给假一年回乡修墓。其间乾隆皇帝下谕存问以示眷注，并录寄御制文章给蔡新评阅。翌年拜文华殿大学士，兼吏部尚书，乾隆皇帝亲笔题赐“黄扉宿彦”匾额。

乾隆四十九年（1784年），蔡新已77岁，一再请求退休，乾隆皇帝不允，要他留下参加“千叟宴”后再走。翌年正月，他在京参加了千叟宴。二月，又陪同乾隆皇帝到辟雍（太学）讲学，并亲自主讲《易经》中的“天行健，君子以自强不息”句，朝中三品以上职官数百人参加听讲。乾隆皇帝很高兴，赋《临雍》诗相赠，中有“蔡新或备伯兄行”之句，并加注说：“今群臣孰可当三老五更？独新长朕四岁，或可居兄事。然恐其局促勿敢当，举王导对晋元帝语以谢耳。”蔡新参加千叟宴和太学讲学后，又恳求退休，乾隆皇帝允以原官致仕，加封为太子太师，并赋诗为之饯行。

蔡新回到漳浦后，乾隆皇帝感到朝中没有人可与他谈论古文辞，不时把自己的新作寄给他看，使他在家仍像在京时一样。蔡新80岁时，乾隆皇帝优崇旧臣，特御书“盛世耆英”匾额相赐。乾隆五十五年（1790年），乾隆皇帝80大寿，蔡新进京祝嘏，乾隆皇帝在同乐园设宴招待，并赐给人参1斤。乾隆六十年（1795年）是乾隆皇帝登基60周年，当时蔡新已88岁，乾隆皇帝谕他不必进京。蔡新奏言，待皇上九十大寿进京祝寿。乾隆皇帝欣然谕之曰：“览奏，字字出诚心，我君臣共勉之。”蔡新90岁时，嘉庆皇帝特赐“绿野恒春”匾额及诸多珍宝，还钦赐他的儿子蔡本俶为内阁中书。嘉庆四年（1799年）十二月，蔡新在家逝世，享年92岁。嘉庆皇帝闻报下谕：“原任大学士蔡新，人品端正，学问深醇，久任纶扉，兼辖部务，俱能恪恭奉职，而在上书房行走年份最久，朕及诸昆弟俱经授读，懋著慎勤，著加恩晋赠太傅，并着巡抚汪志伊前往代朕奠酒，以示眷念旧臣恩施无已之意。”并赐祭葬，谥“文恭”。

蔡新是乾隆时著名的文臣、学者。在学术上，他继承从叔蔡世远的儒家理学思想，以“求仁”为宗旨，以孟子的“不动心”为指归，曾辑先儒有关操心、养心、存心、求放心等方面的论述，汇为《事心录》。蔡新工诗文，亦精于书法，有《缉斋诗文集》传世。

清廉慎勤称楷模

蔡新仕途顺利，官居极品，却始终谦虚谨慎，勤政清廉。他的堂叔蔡世远去世两年后蔡新才中进士，叔侄没有同朝辅政，但蔡新继承蔡世远的清廉正直、笃实忠厚、谦虚谨慎的优良品德，尊奉“操履端谨，言行必忠于礼”的儒学准则，这也许就是蔡新为官的“诀窍”。

蔡新在官场谦虚谨慎，但不是畏首畏尾、不敢办事、不敢说话的人。从百姓的利益出发，他会大胆亮出自己的主张。乾隆六年（1741年），荷兰殖民主义者在噶喇吧（今印尼雅加达）屠杀华侨商人。福建大吏请禁止与南洋通商，朝议未定。内阁大学士方苞知道蔡新一向留心世务，又长期生活在福建，写信向他征求意见。他复信说：“南洋事诚不法”，但“闽粤洋船不下百十号……一旦禁止，则船皆无用，已弃民间五六十万之业矣；开洋市镇如厦门、广州等处，所积货物不下数百万，一旦禁止，势必亏折耗蚀，又弃民间数百万之积矣；洋船往来，无业贫民仰食于此者不下千百家，一旦禁止，以商无资，以农无产，势必流离失所，又弃民间千万生民之食矣。”他主张不要急于议禁通商，可令沿海官员向回国商船查询，如荷兰殖民者仍不悔悟前非，再行禁止不迟；而南洋其他诸国，则应照旧通商，悉听民便。朝议赞成他的意见，未禁与南洋通商，这对当时繁荣沿海经济发挥了积极的作用。

蔡新克己奉公，不谋私利。乾隆十年（1745年），蔡新入直上书房。当时，监察御史缺出，按例从翰林中考选，蔡新名列第一；但他不愿出任监察御史，仍在上书房辅导诸皇子读书，乃改授侍讲。一次，有个御史弹劾内卿中“有见首辅屈膝者”，乾隆皇帝很生气，罢了御史的官职；并问有谁同见，该御史说有蔡新同见。乾隆皇帝转问蔡新，他说：“臣实见之”。乾隆皇帝很不高兴，叫蔡新退出去。有人说他过于老实，自讨没趣。他却说：“见之罪小，欺罔之罪大，君父之前不敢存趋避之见也。”不久，蔡新奉命督学河南，有个名家子弟求取功名心切，托人向蔡新说情，他严厉批评说："秀才为进身之始，品行不可不端，患得若此，则心术品行可知。"因此不予录取。又有两个富家兄弟将被录取，却遭到怨家的毁谤，考官们为了避嫌，正犹豫不决。蔡新说"吾惟知以文取士耳"，照旧录取了他们。

乾隆四十九年（1784 年），蔡新奉命充任会试正考官。事毕后，乾隆皇帝问他："你儿子有否参加这次考试？"他回答："我儿子蔡本俶是庚申科举人，本想参加这一科考试，今年因臣主持会试，叫他回避了。"乾隆皇帝对他的正直无私深为感动，特将他的儿子蔡本俶提为主事任用。

他从不逞势自耀。回漳浦家居后，对巡检、典史等小吏也执礼甚恭。有人说他过于谦恭，他说："我这样做，是要使乡民们知道，即使位至宰相，也要尊敬父母官，常存守法之心。"有一次，族人与邻村溪南人发生纠纷，他说："有万世溪南，无百年宰相"，教育乡人不要仗势压人。他热心公益事业，设义学让无力聘师的族人子弟入学；又置"学田"，给参加乡、会试的子弟以资助。乾隆五十九年（1794 年），漳州发生大水，他捐资劝粜，设义仓积粮备荒；又置义坟，让穷人及时掩埋死去的亲人。在家之日，他还请工修葺了先贤蔡襄和黄道周的祠堂。

蓬莱深处有胜景

蔡新出生在清泉岩的山脚下，清泉岩就在蔡新故居近侧。灵山秀水育才俊。清泉岩是包括蔡新在内的历代蔡氏家族子弟读书的好地方。当年的下布村旁有这样清静优雅的胜景，可谓为"蓬莱深处"。

清泉岩位于梁山北麓，《漳州府志》说它"在漳浦下布梁山之半。石泉清冽，故名"。这里的佛寺始建于宋代，元代坍塌，明时重建。"两涧泉声喧佛国，一天秋色散梁岗。"万历初，漳浦乡贤、嘉靖进士、广东佥事陈梧归休后隐居于此，于旧址东南百余米处辟地重新构筑了庙宇，自称"清泉翁"，还留下了《清泉始隐八首》。由于这里风光秀丽，自蔡氏传衍到下布开基以后，就成为蔡氏家族子弟读书的好地方。蔡新小时候就在清泉岩刻苦攻读，终于功成名就。回归故里后，又在这里建书舍，“右曰跻霞，左曰霞洲，以时讲学焉”（见《漳州府志》）。

从下布村（现下楼村）登清泉岩，在岩寺前就可以看到石壁上“清泉洞”三个大字，每个字高 85 厘米，宽 75 厘米，直行，楷书阴刻，字外刻碑形，碑宽 140 厘米，高 350 厘米。碑座宽 170 厘米，高 100 厘米。岩寺前还“登临驻节”四个大字，据说就是为纪念蔡新晚年登山而镌刻的。岩寺周边还有“蓬莱深处”“渐隔尘寰”“茂林修竹”等摩崖石刻。都是楷书阴刻，笔力深厚，字迹很大，镌刻较深，每幅横长都有 2.5 米左右，竖长也有 1 米多，所以历久而不风化。特别是岩寺后的“蓬莱深处”四个大字，每个字高约 120 厘米，宽 80 厘米，写出清泉岩诗情画意的绝佳境界。有一处三个字的题刻“蟠桃坞”，写法有些特别，据说是蔡新手迹，把“蟠”字的右旁“番”上的一撇写到左旁“虫”上面去了，因为蝗灾，稻米难长，把撇盖在“虫”上，让“米”长在“田”上，很有意思，耐人寻味。古人说清泉岩有“八景”,“蓬莱深处”“渐隔尘寰”等题刻可能就是这“八景”的名称。

这些摩崖石刻中最奇特的是一处高 2 米多、宽 5 米多的“天书”，字迹十分清晰，但写的是什么却叫人难以辨认。字画的线条有如一群狂舞的金蛇，恣意飞舞，这些奇怪的符号，大小不一，大的长达 2 米，小的不足方寸。共 13 行，有 6 行出现一笔或几笔超长的笔画，有些竖画长至 2 米多。曾有村民说这里的山洞藏有珍宝，只要读懂这篇奇文，就可以根据碑文提供的线索找到宝物。其实，《漳州府志》里就有记载，这刻的是《心经》，“字法奇古”。这“天书”的左侧就有楷书落款：“万历癸酉岁腊月清泉翁虚谷道人比丘智山镌石”。然而，这个僧人是谁，现在还难以考证，有人认为是印度僧人，甚至有人认为这是济公手书，如果说是济公写的，倒是字如其人，一个活脱脱的离经叛道、愤世嫉俗、如癫似狂、玩世不恭的和尚形象。

清泉岩众多摩崖石刻中最引人注目的是乾隆皇帝御笔的“觉岸”二字，楷书阴刻，字高 55 厘米、宽 30 厘米，上方正中镌有“乾隆御笔”

方形篆字印章。上款为“乾隆壬午”，下款为“臣蔡新”。“觉岸”原为佛家语，意思是由迷惘而达觉悟之境界。这是乾隆十九年（1762 年）蔡新将乾隆皇帝御笔刻上的。清泉岩因蔡新而得“御笔”，清泉岩因“御笔”而增辉。

清泉岩下就是蔡新故居。故居前面的广场与鹿溪河畔连成一片，左右两边竖立着八对石旗杆，中间是一个大石埕。大门门楣上悬挂着嘉庆皇帝赐给的“绿野恒春”匾额。故居建筑面积 695 平方米，宽 19 米，深 36 米，由门厅、天井、庑廊、正堂、后楼组成，面阔五开间，正堂深二间，墙体三合土夯筑，抬梁式结构，青石柱础，悬山顶。里面悬挂着“武库耆英”“黄扉宿彦”“五部尚书”“四库全书总裁”“文华殿大学士”“上书房总师傅”“太子太傅”“太子太师”“翰林编修”“进士”等许多体现蔡新职衔、功绩、荣誉的大匾。故居中陈列着一些蔡新的手稿以及文房四宝和生活用品的复制品，还有蔡新九十大寿时朝廷文武大臣为他祝福的贺信数十篇，其中包括刘墉、纪昀、王杰等六位大学士，还有尚书侍郎、都御史、巡抚、总督、进士等高官名人，内容主要是赞颂蔡新生前的文化内涵与修养，为人风范、美德。现在，这里已经建成蔡新纪念馆，被作为廉政教育基地，与蔡新家族居住的永清堡等连为一体，供人参观瞻仰。

胜景助才俊成长，才俊为胜景增辉。蔡新与清泉岩，名人与景观相互辉映，相得益彰。漳浦县政府正在这里打造“两帝师文化旅游园区”，一定会吸引更多人前来游览观光。

陈天定与花山书院

漳州素有“海滨邹鲁”之美誉。历代许多官员、乡贤不仅在位时重教兴学，致仕后甚或隐居中还积极举办书院，发展教育，培养人才。明末漳州历史名人陈天定就是其中突出的一例。

刚正不阿气节高

陈天定，字祝皇，又字慧生，号欢喜道人，世称慧山先生，明代龙溪县（今属漳州市龙文区蓝田镇）人，《漳州府志》《龙溪县志》都有他的传记。他与探花、大学士林釬是中表兄弟，并有师生之谊，其道德、文章受到林釬很大影响。陈天定少年聪颖，好韬略，善诗文，慷慨有大志。明天启四年（1624 年）中举人，次年（天启五年，即 1625 年）成进士（《漳州府志》《龙溪县志》的记载与《明清进士题名碑录》有不同，待考）。

明天启年间，魏忠贤专权，与其爪牙、号称“五虎”“五彪”的兵部尚书崔呈秀、锦衣卫都督田尔耕等结成“阉党”，狼狈为奸，排斥异己，势焰熏天。照例，陈天定当时可选任翰林院庶吉士，但他与林釬一样有刚正不阿、疾恶如仇的品质和个性，不愿逢迎奸党，不愿同流合污，毅然放弃任官机会，跟遭魏忠贤排斥的林釬一同回乡隐居。天启七年(1627 年）八月，熹宗去世；十一月，魏忠贤自缢。崇祯元年（1628 年），思宗朱由检清除魏党，以前蒙冤受害者先后得到平反重用，陈天定起用为行人，历迁吏部主事。

陈天定本以为思宗朱由检能刷新政治，有所作为，然而思宗昏庸，刚愎自用，又忌刻多疑，奸党并未绝迹，忠臣仍然遭殃。崇祯九年（1636年），黄道周因反对杨嗣昌为兵部尚书而被贬，江西巡抚解学龙举荐道周获罪，黄、解二人被视为“朋党”而罢官下狱。思宗斥责为拉帮结派，扰乱朝政，遂追究党羽，株连编修黄文焕、吏部主事陈天定、工部司务董养河、中书舍人文震亨等，一起被捕入狱。至崇祯十四年（1641年）杨嗣昌镇压张献忠兵败绝食而死，道周等人由戍地被召还，天定亦得释复职，召补铨衡，后升至太常寺少卿。但这时，周延儒任大学士，招权纳贿，渎职冒功，考试科道，尽收门下，朝纲口紊。此时，内有张献忠、李自成起义，外有建州兵的大举入侵，京师告警。陈天定目睹这一切，知道事无可为，心灰意懒，遂于崇祯十六年（1643年）辞官南归。

次年（即崇祯十七年，甲申年，1644年）三月，李自成攻入北京，朱由检自缢煤山，明亡。陈天定痛心疾首，遂遁迹于龙溪县花山（今之华安县新圩镇华山村）。

造福桑梓贡献大

陈天定辞官回乡，在慧山（在今龙文区蓝田镇）上建有慧眼山房，在此读书、写诗、著书，每天与二三知己谈经说史，并编印文选，海内莘莘学子竞相购阅，《陈氏说书》遂大行于世。陈天定逝世后，慧眼山房挂陈天定遗像供人祭祀，其遗迹成为文人墨士登临凭吊之所。后人陈常夏曾在这里题诗：“装野艇养衰残，时放江流百尺宽。来吊先生无恸哭，喜于遗像见衣冠。人尊标格思元礼，我爱见其诵幼安。世上揣狸都瞰尽，芳名独得久相看。”

陈天定热爱家乡，辞官在家仍不忘造福桑梓，积极为家乡办实事。天启七年（1627年）五月，海盗刘三老、刘香等，横行沿海，打家劫舍，号称“二十四将”，窥伺漳州，形势危急。知府施邦曜得知陈天定有武略，邀请他共商防御办法。天定组织乡兵操练，守卫城东要地，并筑土堡于镇门两岸（水路），与新筑的万松关（陆路）成掎角之势。有一天深夜，海盗趁潮水上涨，乘小船潜入浦头，袭击漳州。天定闻报，乘黑率兵阻击，截断海盗后路，然后四面围堵，海盗仓皇应战，险些被一网打尽，摸黑逃去，从此不敢轻犯郡城。当时，龙溪、海澄、漳浦、南靖、长泰发生饥荒，饿殍遍地，陈天定竭尽家财，捐资劝赈，救活灾民无数。百姓感念其恩惠，立碑纪念其御盗赈灾的功绩。

陈天定曾沿着九龙江北上，游遍了龙溪县二十五都的山水，著有《北溪纪胜》，目的之一在于提醒当时执政者重视防御戒备。《北溪纪胜》对漳州母亲河北溪流域的风光、文物乃至民俗都有具体细致生动的描绘，使我们可以如临其境地了解当年北溪的历史风貌。

晚年的陈天定皈依佛教，出家为僧，遁迹乡野，以表明不事清朝的心志。他往来花山、良村（在今华安县）间，与方进诸生隐居，在贫困中了结一生。死后葬于鹤鸣铺（在今龙文区蓝田镇）。其墓道所竖的石碑背面镌刻有《纪御寇救灾功德》文，为漳籍著名书法家李宓所撰。

陈天定著有《陈氏说书》《慧山诗文全集》《太极图说参论》《松石轩读史》《慧眼山房书抄》《古今小品精华》等 17 种若干卷，可惜多已散佚，现仅存一部分。

创办书院古风存

明亡后，陈天定隐居深山。他从漳州城沿北溪而上，找到北溪东岸群山环抱的一处小村落，即花山（今华山村，古代“花”与“华”通），也称罗伴山、炉伴山，在此过起与世隔绝的生活。清顺治四年（1647 年），陈天定在这个偏僻的小山村创办花山书院，聚徒讲学。据说，他当时带来铜雀瓦、饶阿铜钟、沉香木关帝像和银杏树种子四件宝。铜雀瓦有防火功能，村里“闹热”时，拿出铜雀瓦就可以防御火灾。饶阿铜钟声音洪亮，撞击时可传至邻村。沉香木关帝像则供奉在书院最后一进的忠义殿中。现在前三件宝都已丢失，只有银杏树种下后，至今已有370年，仍然枝繁叶茂，郁郁葱葱。

在花山书院里，陈天定呕心沥血，倾其毕生所学教授学生。他自己书写、刻印教材，用心传授圣贤经典，教学成果十分显著。如今，华山村仍有许多关于他创办书院、培育人才的故事传说。其中有一个“十七考十八中”的传说，说的是当时有一年科举考试，华山村17个学生去应试，竟然有18个考中，原来是连负责为这些学生挑书担的书童也考上了。这个故事在史书上没有记载，但是花山村中的宗祠前现存7座石旗杆台座，或许可以说明这个偏远小山村曾经的确是英才辈出。陈天定的花山门生方进，据史书记载，“字渐侯，少游陈天定之门，于敬静之学，能得其宗”。他写了一首六言诗：“入夜不知暑至，长年坐看花生，雾作山留混沌，仙来俗启文明。”大意是一到夜间就不知道夏日的酷暑，四季山花烂漫，风景秀丽，过去这个小山村处于蒙昧状态，自从陈天定先生来此办学授徒以后，便开了文明之风。这首诗镌刻在花山书院南边小山包的一处石壁上，每个字高宽各约20厘米，如今还清晰可见。

华山村这个偏僻的小山村因为有了花山书院而显示了厚重的历史内涵，飘逸着浓郁的文化韵味。除了方进的诗刻外，还有多处摩崖石刻，特别是村口处黑褐色的岩石上“豁然开朗”四个大字是林釬笔迹，每个字高约25厘米，宽约20厘米，苍劲有力，凝重结实。华山村地处深山老林，进村的山路崎岖难行，可谓“山重水复疑无路”，来到花山坳口，猛然发现深山里竟有这样一个佳木葱茏、奇花竞放的开阔地，“柳暗花明又一村”，顿时豁然开朗了，抬头再看看“豁然开朗”这四个大字，不禁会心一笑——林釬老先生言之有理啊！

花山书院建在华山村的“寨仔顶”，要沿着蜿蜒曲折的羊肠小道才能攀登上去。这里云雾缭绕，植被浓密，鸟语花香，空气清新。主建筑共10间，属五凤楼布局，东西两侧各5间。如今，书院的部分石砌围墙和后门还在，主建筑已经坍塌，正待修复，其最后一进忠义殿已经修复。村里的老人都还清楚地记得主建筑的结构布局，为修复书院的主建筑提供了依据。

书院虽已坍塌，文明古风犹存。慎终追远、尊师重教的传统薪火相传，从村里的3座宗祠可以看出。3座宗祠分别是孝祠堂、孝思堂和善珠堂。其中孝思堂中厅悬挂着“福建省军务都察院、二京十三省巡案总督”的匾额，祠中有“高义可风”“高义可尚”“玳岭云兴”“南风可义”“北风可义”“南帮巢许”等题词。大门外置石雕门墩，院子里有7座石旗杆台座，可见孝思堂主要是供奉本族先贤的。

目前，花山书院修复规划已经编制，这个既有丰富人文景观，又有优美自然生态的古村落将会赢得众多崇尚自然、追求文化的人们的青睐。

陈永华与台南孔子庙

知名学者汪毅夫曾说：漳州龙海人陈永华在台湾“兴学校，办科举，在文化教育上做了许多好事，漳州可以研究宣传”。而陈永华创建的台南“全台首学”可以说就是铭记陈永华历史功勋的一个纪念性建筑，参观台南孔子庙就会让人想起其创建人陈永华。

充满传奇色彩的历史人物

陈永华（1628—1681），字复甫，漳州龙海角美镇石美村北门社人。汪毅夫经一番引证和考证后认为：“石尾（今称石美）在龙溪（今称龙海）境内芗江以北地区（俗称北溪）。”因此，“陈氏出龙溪县北部地区（北溪）之石尾，其籍贯可以有龙溪、北溪、石尾诸说”。现在，石美村陈氏宗祠“宝镜堂”的祖龛仍奉祀陈永华及其父亲陈鼎（石美厚山陈氏九世），还有其子陈梦球（次子）、陈维衡（三子），其孙陈还（康熙庚辰进士）等神牌。

陈永华的父亲名陈鼎，明天启七年（1627年）中举人，明崇祯十七年（1644年）甲申之变后回乡躬耕，清顺治五年（即南明永历二年，1648年）四月初十，郑成功率军攻克同安，授陈鼎为教谕（《漳州府志》则说“癸未授同安教谕”，癸未为明崇祯十六年，即1643年）。八月二十六日，清军攻陷同安，守军全部阵亡，陈鼎在明伦堂自缢。清军屠城4天，近4万无辜百姓被杀，史称“同安四日屠”。刚考上生员的陈永华化装成埋尸和尚，与母亲一起把父亲的遗体背出同安城安葬，可见陈永华的勇敢与谋略。

陈永华从此“弃儒生业，究心天下事”。当时郑成功占据厦门，图谋恢复明朝江山，于是延揽天下士子，兵部侍郎王忠孝推荐陈永华。郑成功与陈永华谈论时事十分投机，高兴地说：“复甫，你是当今的卧龙先生。”后授予参军，以宾礼相待。郑成功考虑收复台湾时，陈永华力赞其议，说：“台地肥饶，红夷强而兵少，若我众临之，可得地屯田积粟，足食十万兵。”成功从之，其后卒克台。

清康熙元年（1662年）二月，郑成功攻克台湾，授予咨议参军。五月，郑成功病逝，其子郑经继位。郑经很是倚重他，军国大事必询问他。康熙三年（1664年），金门、厦门丢失，陈永华随郑经回到台湾。第二年，晋升勇卫，并加监军御史之职。陈永华亲自考察台湾南北各社，弄清开垦情况，回来后颁布屯田制度，进行屯田垦殖。土地刚开垦时就一年三熟，不仅戍守之兵，而且当地居民都可以丰衣足食。在农闲时候又进行军事操练，所以人人都有勇知方，先公而后私。

陈永华建设台湾，以“足民食”为第一要务，除教军屯田、储备粮食外，还教民煮糖晒盐，以利民生；教匠烧砖，改善民居。同时划定行政区域，实行里甲互保，使民众安居乐业。

连横《台湾通史》的《陈永华列传》赞叹说：“汉相诸葛武侯，抱王佐之才，逢世季之乱，君臣比德，建宅蜀都，以保存汉祚，奕世称之。永华器识功业与武侯等，而不能辅英主以光复明室，徬徨于绝海之上，天也！然而开物成务，体仁长人，至今犹受其赐，泽深哉！”

据说陈永华曾化名“陈近南”，以“玄天上帝”信仰为掩护，组织“天地会”，以异姓结盟，拜天为父，拜地为母，尊化名为“万云龙”的郑成功为龙头大哥，从事反清复明的行动。金庸的武侠小说《鹿鼎记》中那位民间秘密组织天地会的总舵主、韦小宝的师父陈近南就是以陈永华为原型的。小说中有一句给人印象深刻的话，说“平生不识陈近南，便称英雄也枉然”，可以看出陈永华的英雄本色和传奇色彩。

台湾文化教育的奠基人

经过陈永华等人几年的苦心经营和广大民众筚路蓝缕的辛勤劳作，台湾经济有较大发展。民众解决温饱问题后，陈永华认为应该重视文教。他在台湾最早提出并推行大陆的教育制度，为台湾文教事业发展做出重大历史性贡献。清康熙四年（1665 年）陈永华向郑经提出“建圣庙，立学校”的建议。但郑经认为：“荒服新创，不但地方局促，而且人民稀少，姑暂待之将来。”陈永华引经据典，力陈教育之重要。他认为，台湾沃野千里，远滨海外，民风淳朴，若能举贤才以助理，经过一段时间教养生息，便能赶上中原地区。应当择地建立圣庙，设学校“以收人才，庶国有贤士，邦本自固，而世运日昌矣”。郑经被说服，同意设立学校，发展台湾文教事业，并授权陈永华负责有关事宜。

陈永华创建一套自上而下较为完整的教育体系。全台设立“国子监”，为最高学府，各府、州、县设立“府学”、“州学”（相当于中等教育）、“县学”（相当于初等教育），规定台湾儿童必须“八岁入小学，课以经史文章”。还要求高山族同胞居住区的各社设立“小学”，方便高山族子弟入学受教育。为了减轻高山族同胞的负担，鼓励他们送子入学，特规定凡是高山族子弟“就乡塾读书者，蠲其徭役”。他还把教育与选拔人才相结合，推行大陆的科举制度，三年两试，“照科、岁例开试儒童。州试有名送府，府试有名送院，院试取中，准充入太学，仍按月月课。三年取中试者，补六官内都事，擢用升转”。于是，台湾人民“自是始奋学”。教育和科举制度的施行，促进了中华传统文化在台湾的传播。

陈永华亲自主持在承天府宁南坊桂仔埔（今属台南市）大兴土木，建造孔庙，设立府学。康熙五年（1666 年）正月，孔庙建成，这是台湾有孔庙之始。三月，又建学院，陈永华亲任主持，聘请礼官叶亨为国子助教。学校初建，急需大量的教育人才。陈永华一方面通过各种途径延聘大陆知识分子渡台，“以教秀士”；另一方面鼓励当时迁居台湾“多属鸿博之士”的明代遗臣发挥余热，协助传播中原文化。在陈永华等人的努力下，“台湾文学始日进”，“后秀子弟亦乐弦诵”，就连本来比较闭塞落后的高山族地区也有“能句读”“能通漳泉语者”。陈永华对台湾文教事业的开创之功永载史册。

全台第一座孔子庙

陈永华主持创建的台南孔庙也称文庙，是全台最早的文庙，也是郑成功收复台湾后在台湾建立的第一所高等学府，被称为“全台首学”，标志着儒学正式进入了台湾，成为台湾教育发展史上的一个重要里程碑，已被台湾有关部门确定为一级古迹。

台南孔庙位于台南市中西区南门路2号，庙堂文物众多、殿宇恢宏。虽历经10多次修缮，但基本保持旧制。整座建筑坐北朝南，仿古代宫殿式屋宇而建造，屋顶为传统的歇山重檐式，黄色琉璃屋瓦，屋脊两端翘起，十分优美。庙门上的横匾以金字题写“全台首学”四字，笔迹雄浑有力，显示出孔庙的庄严肃穆。孔庙内设立“太学”，时任监军御史陈永华被郑经任命为“学院”，也就是太学的主持。

台南孔庙以主祀至圣先师孔子的大成殿为主体，整个殿堂没有柱子和回廊，而以伸出厚墙的挑梁插栱支撑，显得十分恢宏壮观。殿中央供奉着“至圣先师孔子”的灵牌。殿梁悬挂着清朝历代皇帝钦赐的御匾，其中有康熙的“万世师表”、乾隆的“与天地参”、咸丰的“德齐帱载”、光绪的“斯文在兹”等，重重相叠在一起，尽显孔庙之尊荣。两旁东西庑则奉祀孔子72位弟子及历代先儒先贤神位。两侧毗连礼器库、乐器库，古代形制礼乐器皆妥为保存，以供祭孔之用；正殿之后为崇圣祠，祀孔子五代祖先牌位及孔鲤等先达贤儒。大成殿前方是棂星门，棂星门东为节孝祠及孝子祠，西为名宦祠及乡贤祠。

孔庙总体为左学右庙、前殿后阁建筑布局，既有庙（大成殿），又有学（明伦堂）。明伦堂是儒家讲习伦常之理的地方，学生在此由学官教谕、训导，相当于府学的教室，是一处古朴典雅、花木扶疏的殿堂，堂内正墙嵌有赵孟頫体书法“大学”全文，笔法潇洒俊逸，十分珍贵。明伦堂后方是文昌阁，为三层塔式建筑，是孔庙内最高的建筑物，奉祀文昌帝君，并作为藏书之所。棂星门外围墙东西辟有礼门、义路，意为遵礼崇义的夫子之路，即修德进业之道。大成门前有一方半月形的泮池，乃依古体形制辟建，往昔士子若中秀才，到孔庙祭拜后，可在泮池采摘水芹插于帽缘，以示文才。泮池与庭前绿荫连成一片，成为游客、民众徘徊流连之所。

东大成门旁有一块“下马碑”，为康熙年间奉旨设立，以汉、满文两种文字写着“文武官员军民人等至此下马”字样，任何人到这里都必须下马下车，步行进入孔庙，以示对万世师表孔子之尊崇。门外泮宫石坊，为乾隆年间重修孔庙所筑，以壮大规制，表彰孔子之学。现石坊因南门路之辟筑，与主体建筑分置两处。

每年农历九月二十八日是“至圣先师孔子诞辰”，也是台湾的“教师节”，台南市政府都要按照古制在这里举行盛大的祭孔典礼，万人聚集，顶礼朝拜，庄严隆重，热闹非凡。笔者参拜孔庙的那天，既非祭孔日，也不是什么节假日或有什么庆典活动，就看到有好几拨学生在老师的带领下前来参观。老师讲解十分认真，而学生神情十分虔诚，让笔者大为感叹。

陈永华已经逝世 300 多年，然而他对台湾文化教育事业的巨大贡献却永远留在台湾大地，留在台湾民众心中。台湾现在还有不少地方以其名字命名，如永华宫、永华镇、永华街等，而台南孔庙则是其中最具代表性的地标性建筑。

郭有品与天一总局

漳州的母亲河九龙江奔流东去，在入海口北港的北岸有一个村子叫流传村，属龙海市角美镇。在那个很不起眼的村庄的很不起眼的小巷里，有一座南洋风格的两层建筑，大门上一块牌子写着“天一总局”四个大字，略显沧桑的外貌记载着昔日的辉煌，这可是中国第一邮局啊！他的主人叫郭有品，可以说是中国邮政的“祖师爷”。

中国邮政的“祖师爷”

郭有品（1853 — 1901），字鸿翔，龙溪县二十八都流传社（今漳州市龙海角美镇流传村）人。父亲郭振宁英年早逝，遗有四子（分别叫有德、有才、有勇、有品），由母亲丁氏抚养成人。郭有品排行第四，他童年时聪颖好学，深得塾师器重。清同治八年（1869 年），年仅 17 岁的郭有品在开店铺的长兄郭有德资助下随“客头”漂洋过海前往吕宋（今菲律宾马尼拉）经商，由于他忠厚老实、尊老敬贤且乐于助人，深得同乡侨民的信赖。

那时在海外打拼的侨胞都有寄钱回国赡家的传统，但早先既无银行又无邮汇，只得等待熟人或同乡回国时，把银信托其捎带回乡。每寄一次信款，往往要耽搁很长时间，碰不上可靠的人，就无法投寄。于是，陆续出现替侨胞捎带银信的“水客”。早期的水客乘坐的风帆木船需按季节往返于闽南与南洋之间，一年之中只能两三次，每次到船，随船的水客也成批到达。同治十三年（1874 年），郭有品受一些富庶侨商的委托，开始充当“水客”，专门替吕宋侨商及其雇用的华工携带银信回国，分发给侨属并取得回信。他一年往返国内外数次，每次出国前，都为一些初次出国的乡亲当向导，到达目的地后，还为他们寻找栖身之所，介绍职业。如此古道热肠，令他获得了更多侨民的信任和爱戴，渐渐成为“水客”中的“客头”。

郭有品在几年的客头生涯中领悟到经营侨批收入的丰厚，便于清光绪六年（1880 年）在家乡龙溪县流传社创办了漳州首家侨批局——天一批郊，主要经营吕宋（今菲律宾马尼拉）与闽南之间的华侨银信汇兑业务（“批”在闽南话里就是“信”的意思）。“大一”这一名称取自汉儒董仲舒的《春秋繁露》中的天人之际合而为一，寓意“天人合一、天下一家”，既寄托了祈求天道与人道、自然和人合而为一，助事业成功顺利的志向，也表达了缩短海外侨民与家乡亲人万里之隔的心愿。

郭有品极重信誉，刚创办天一批郊时，每批银信均由郭有品本人亲自收取押运。在一次押运侨汇途中，遇到台风船只不幸沉没，随带侨款洋银 800 多元尽数丢失，而郭有品本人侥幸获救。回家后，郭有品毅然变卖田产以及家中的其他东西，凭着衣袋中仅存的名单款项一一赔偿，分文不欠。从此，天一信局的声誉不胫而走，获得了更多侨胞的信赖。

天一信局以其注重信誉、严格管理、规范汇率及热情周到的服务，赢得海内外侨民侨眷的信赖，华侨银信纷纷通过天一信局办理汇寄，其业务日益增多，区域日渐拓展。清光绪十八年(1892 年)，厦门海关建立，郭有品在厦门港仔口街设立分号，又考虑到晋江华侨众多，为方便侨眷取银寄信，在晋江安海石埕街也设立分号，同时在吕宋（菲律宾）设分局，这样天一总局就扩大为四个局。还购置两艘小汽船，开通厦门至流传、厦门至安海两条邮路。1896 年注册为郭有品天一信局。

郭有品事业成功后，不忘家乡父老，热心公益，于 1898 年兴办义塾，聘请塾师任教，村里学童免费入学，塾师的食宿、薪金由天一信局提供。郭有品还在流传村创办“唤醒堂”，为贫苦乡人施药施棺、周济族亲，每逢月十五请塾师在唤醒堂传孔孟之道，讲忠孝故事等，教育后人克己复礼，忠孝勤俭，并同族人共订村规，严禁族人吸鸦片、赌博，清除村内娼馆，对一些不务正业且屡教不改者，资助船费遣往南洋谋生，深得乡亲称赞。不幸的是郭有品英年早逝，于光绪二十七年（1901 年）三月在厦门染上鼠疫不治身亡，时年仅 49 岁。郭有品病逝后，其长子郭行钟在堂兄的辅助下接管了天一信局。他继承父志，精心经营，扩大业务，成为闽南众多侨批局中的佼佼者。天一总局的创始人郭有品被一些学者称为中国邮政的“祖师爷”。

中国第一邮局

这座如今隐藏在流传村小巷内的“天一总局”，当年专为海内外华侨和侨属办理书信投递和钱币汇兑接送，提供服务和方便，占据东南亚大片的邮政业务市场，其信誉之卓著，影响之深远，创办年代之早，在福建侨批史乃至中国邮政史、金融史和华侨史上都占有重要的位置。1896 年，大清邮政局正式对外营业，规定民间侨批局登记注册，郭有品于是将天一批郊正式注册为郭有品天一信局，总局设在流传。也就是说，天一信局的创办至少比我国正式设立的邮政机构早了 16 年，可说是中国第一邮局。

天一信局 1902 年改为“天一汇总银信局”。至 1911 年中国邮政与海关分离时，天一银信局分局多达 28 家。从菲律宾的吕宋、宿务、怡朗、三宝颜扩大到苏洛、怡六岸、甲塔育以及马来西亚的槟城、大呲叻，荷属印度尼西亚的井里汶、吧城、垄川、泗水、巨港、万隆，暹罗（泰国）的曼谷、通扣，安南（越南）的把东、西贡，新加坡的实叻以及缅甸的仰光等七个国家 21 个分局。国内从原来的厦门、安海、香港等发展到漳州、浮宫、泉州、同安等 7 个分局。1911 至 1921 年间，又增设马来西亚的吉隆坡、柬埔寨的金塔以及上海、港尾等 4 个分局。每个分局的侨汇总额月均有数万元大银之多。共雇用职员 556 人，其中国内 163 人，国外 393 人。鼎盛时期的天一银信局年侨汇额达千万元大银，1920

年达到最高峰4400万元，占当时闽南一带侨汇总额的三分之二，是中国历史上规模最大、分布最广，历时最长的早期民间私营侨批信局。据《厦门海关十年（1892 — 1901）报告》，1889年至1901年，进入厦门的外国轮船1686只，帆船181只，厦门海关共收邮件108570件，汇票93442美元，近一半的邮件均是寄往天一信局而投递的。

天一总局旧址的“宛南楼”始建于清宣统三年（1911年），后经购地扩建，于1921年又建成“北楼”和“陶园”（花园），总建筑面积4495平方米。北楼是“天一总局”的办公业务经营大楼，二层砖木结构楼房，分前后两座，中有天井，外墙上饰有西洋人物雕像和中式的花草图案，如安琪儿（天使）、和平鸽、骑车邮差、五角星、荷花、菊花、兰花等；房内装饰精致，至今还保留着当时极少有的须弥柱装饰、进口蓝色玻璃、磨砂玻璃、彩绘瓷砖。整座大楼具有鲜明的南洋风格，是典型的中西合璧式建筑。北楼紧连宛南楼，之间有钢筋混凝土天桥连接。原来的“陶园”占地3000多平方米，建有亭台、楼榭、假山、猴洞、鱼池、花圃，石砌小道曲径通幽，佳木葱茏，百花争艳，这在当时的农村中自然显得十分突出抢眼。现在天一总局建筑已经被公布为全国重点文物保护单位。

如今，在天一总局北楼内，当时办公室门口的“办公重地，闲人免进”几个大字依然清晰可见，似乎见证了当时信局的气派与辉煌。营业窗口都用红铜镶边，可以想象当年工作人员在柜台里边，隔着栏杆让人领信取钱的情景。而饭厅玻璃上写着“吃饭时刻，来访暂坐”字样，可见当时对客户的礼貌。办公楼前有升旗处，每当批侨信到达后，天一总局便在楼前升起天一旗，附近几个村庄远远便能望见，侨眷便互相转告及时领取。未领取者天一总局便于次日投递。遇有远途来信寄往海外者，天一总局还专设休息室提供休息之便或招待食宿，服务热情周到。

天一总局有一整套严格的规章制度。侨民寄批，信局须发给寄批者“票根”，以备查询；收解侨汇手续正规，订明汇款费率，雇用固定批脚（即信差），严禁向侨属索取小费。为防止批脚向侨属索取小费，批封上常盖有“概无取酒费，又无甲小银”或“照批分银，概无取酒资，无甲小银”等告诫戳。天一信局在菲律宾收取的华侨银信运回国内后，雇请族人作为固定批脚投送，禁止信差向侨眷苛求批工（即工资），所有侨批均由汇款华侨自定汇费，并将所汇款额直接写在信封上，并注明“批工 × 元 × 角 × 仙”，避免信差克扣收信人的银款。侨眷收批后要马上回批，有的侨眷不识字就托批脚代写，回批信再经批客的手，送回侨批局，最后重返寄信人手中。寄信人得知家人已如数收到钱物时，这枚带有“往返”功能的侨批才算完成其所有程序。

漳州海洋文化的见证

天一总局的辉煌已经成为过去。天一总局的业务至 1920 年达到最高峰，1921 年后，由于东南亚一带因战后经济的变迁导致通货膨胀，经济的不景气致使侨商经济收入严重受挫，因而歇业回国的华侨日益增多，侨汇便不如往昔，外加同行业的激烈竞争，天一总局的利润锐减。1923 年，新加坡邮政局废除民信包封并提高民信邮资。1925 年，民国邮政总局又照会海峡殖民地总邮务局，又将民信邮资再增加一倍；1927 年又传闻中国银行准备改组为国际汇兑银行，天一总局在常遭军政勒借且香港、吕宋分局严重亏损的状况下，于 1928 年 1 月 18 日宣布停业，并将分局房产转卖以弥补亏空。

又经历近 1 个世纪的岁月沧桑，流传村里的天一总局旧址更显得年迈苍老，失去了昔日的风采。然而，天一总局曾经的辉煌已经载入历史，它在中国邮政史、金融史上的地位和影响不容忽视。从漳州地方文化角度说，它也是漳州海洋文化的见证。

漳州是具有 1300 多年历史的文化名城，自古是东南沿海的重要商埠，海外贸易兴盛。漳州人具有鲜明的海洋文化性格，自古就有漂洋过海的传统。明清时期，漳州月港是闻名世界的民间海上贸易港口，漳州海商追随郑和，远航西洋，开辟海路，贸易欧美，东渡日本，经略台湾，开发港澳，行商广州，造就了辉煌的业绩。漳州海商的身上突出体现了“善观时变、顺势有为，敢冒风险、爱拼会赢，合群团结、豪爽义气，恋祖爱乡、回馈桑梓”的闽商精神，是闽商的杰出代表。天一总局正是这种社会经济的产物，它所体现的漳州人敢闯敢拼的海洋文化性格和信用至上的经商原则，至今仍在启迪后人。

对于漳州海洋文化的研究，不仅有利于彰显漳州人勇于开拓、敢于拼搏的精神，对新形势下确立“依港立市”的思路，弘扬海洋文化，进一步解放思想，推动漳州发展具有现实意义。目前，漳州正在与广州、宁波等城市联合进行“海丝”申遗，天一总局其实也是“海丝”遗产的重要组成部分。

黄道周与邺山讲堂

黄道周虽然已经离世近400年，但是他体现的精神气质和焕发的人格光辉却如同历史星空的北斗永远映照大地；邺山讲堂虽然已经湮没在荒草丛中，但是它所创造的文化遗产和产生的深远影响却依然长久启迪后人。

闽南历史星空的北斗

黄道周（1585—1646），字幼玄，号石斋，明末著名学者、理学家、教育家、书画家、诗人、民族英雄。漳州人，出生于漳浦县铜山所深井村（今东山县铜陵镇公园街辖）。

黄道周5岁就学于铜山崇文书院；11岁即善文章；14岁游学广东博罗，获誉“闽海才子”；18岁居铜山海中塔屿耕读攻《易》；23岁始致力讲学著作；25岁携母迁居漳浦县城；28岁后隐于县城东郊的东皋攻书；38岁（明天启二年，即1622年）登进士，历官翰林院修撰、詹事府少詹事。南明隆武时，任吏部兼兵部尚书、武英殿大学士。62岁以身殉国。

明熹宗时，太监魏忠贤专权。黄道周任翰林编修、经筵展书官，按规例必须奉书膝行而进，但他以讲筵尊严，不循旧例，遂平步而行，魏忠贤以目威慑而未能如何。明崇祯时，魏忠贤虽诛，但朝政腐败依然。崇祯兴大狱，株连甚众，原大学士钱龙锡亦牵连论死。事发，举朝无敢出一言者。唯黄道周激于义愤，“中夜草疏，排闼叩阍”，为钱龙锡辩冤，并直指崇祯的过失。崇祯帝大怒，“以诋毁曲庇”，着令回奏。黄道周再疏辩解，表明自己“区区寸心”，“为国体、边计、士气、人心留此一段实话”。他此次抗疏“几坐重典”，降三级调用。崇祯五年（1632年）正月，黄道周因病请求归休。将离京时，他又上疏指出：“小人柄用，怀干命之心”，以致“士庶离心，寇攘四起，天下骚然，不复乐生”，建议崇祯帝“退小人，任贤士”，并举荐一批有才有志之士。这一次，他获“滥举逞臆”之罪，被削籍为民。

黄道周罢官返乡南归，途经浙江，应浙中诸生之请，在余杭大涤山建书院授业；后返乡在漳州紫阳书院聚徒讲学。崇祯九年（1636年），黄道周被召回朝廷。他上疏弹劾杨嗣昌，在崇祯帝面前“与嗣昌争辩上前，犯颜谏争，不少退，观者莫不战栗”。崇祯帝袒护杨嗣昌，屡驳黄道周。黄道周直陈“忠佞不分，则邪正不明，为政之大戒也”，被激怒的崇祯帝斥退黄道周，将其贬官六秩，为江西按察司照磨。崇祯十三年（1640年），江西巡抚解学龙举荐地方人才，极力推举黄道周，“帝发怒，立削二人籍，逮下刑部狱，责以党邪乱政，并杖八十”，黄道周又被牵连入狱，备受酷刑折磨，杖疮发作，几不能自持，但仍治学著书不辍。崇祯十四年冬，被判永戍广西。次年（1641年），经朝臣营救，旨复原官。黄道周乞病告休返漳浦，将东皋书舍扩建为明诚书院，广收学生授课讲学。

崇祯十七年（1644年）三月，李自成攻陷北京，崇祯朝覆亡。清军入关，大举南进。福王朱由崧即位南京，建立南明政权，数月后即倾覆。翌年，唐王朱聿键即位于福州，改元隆武，黄道周被隆武帝任命为武英殿大学士兼吏、兵二部尚书，但兵权掌握在郑芝龙手中。他只能自行招兵买马抵御清军南进。他的夫人闻讯长叹：“哪有将在内而相在外能成大事的？道周必死，死得其所了！”南明隆武元年（1645年）九月，毫无作战经验的黄道周，靠忠义之气组织起一支以锄头扁担为武器的家乡子弟兵，浩浩荡荡开出了仙霞关，去与清军做最后的决战。一方是没有受过任何训练的乌合之众，一方是身经百战横扫中原的劲旅，其胜负结局早就注定了。这年12月，黄道周在婺源（今属江西）兵败被俘，立即被押解到南京。

早已叛明降清的“六省经略”洪承畴亲自出马，以同年、同乡关系劝降，遭到严词拒绝。黄道周置生死于度外，日诵《尚书》《周易》，或弈棋、作书。囚中共赋诗三百十一章，取名《石斋逸诗》，再次表明以死完节的决心。清顺治三年（明隆武二年，1646年）三月五日，黄道周从容赴刑场：“蹈仁不死，履险若夷；有陨自天，舍命不渝”。临刑，老随从跪请留数语给家中，黄道周即裂衿咬指血书：“纲常万古，节义千秋；天地知我，家人无忧”即慷慨。就义。黄道周殉难，“闻者莫不流涕”哀恸，“留都白昼顿为阴晦”。

黄道周“文章风节高天下”。明地理学家徐霞客称其“字画为馆阁第一，文章为国朝第一，人品为海内第一，学问直接周孔，为今古第一”。他所抗拒的征服者清乾隆帝笔谕赞他：“立朝守正，风节凛然，其奏议慷慨极言，忠议溢于简牍；卒之以身殉国，不愧一代完人。”黄道周研著甚丰，涵盖理学、易学、史学、文学以及军事、政治、天文、地理等方面，计有著作百余种，后人收集编辑为《明漳浦黄忠端公全集》。他一生精力大量用于教育活动，曾在浙江余杭大涤书院、福建漳州紫阳书院、邺山讲堂和漳浦的明诚书院等处授业讲学。

置身自然怀抱的讲堂

邺山讲堂是黄道周创办的讲学处，位于漳州东郊九龙江北溪西岸的邺侯山下，在著名的江东古桥西头沿江北上约1公里处。这里背山临水，江面开阔，两岸山峦起伏，林木葱茏，满目青翠，寂静幽雅，是依偎自然怀抱的好地方。

关于邺山讲堂，光绪版的《漳州府志》这样记载：“在邺侯山，明詹事黄道周讲学于此。中建讲堂，撰讲仪具、琴瑟钟鼓。四方之士从游者数百人。后圮。国朝乾隆十四年，汀漳龙道单德谟重建。中有三近堂、与善堂、乐性堂、双峰亭、选真亭、采芝亭、灵喜亭、桔院、檀舍、两翼室、景文楼共十一所。另公置连萃、明黄、又讲，共田六斗二升种，园四斗种，每年纳税二十二石官斗，为香灯及修葺之费。……”因为现在讲堂建筑都已倒塌无存，只留下一些屋宇基础和摩崖石刻，我们只能从黄道周的《邺山书院记》《三近堂记》《与善堂记》《乐性堂记》，潘思榘的《重修邺山讲堂碑记》、单德谟的《重建邺山讲堂记》以及其他一些史志记载了解邺山讲堂的详细情况。

黄道周创办邺山讲堂谋划十年，先建三近堂于峡中，再建与善堂于峡北，后建乐性堂于峡南。这三堂就是黄道周及其门人“雅集课艺，因文证圣”的主要场所。

三近堂是三堂中最先落成的，寓意近山、近水、近月。黄道周以自然界中的山、水、月比喻修身应该“好学”“力行”“知耻”，因为他十分推崇“仲尼好学，周公力行，伊尹知耻”，这个命名蕴含了黄道周在道德修养方面的理念主张。堂有轩有庭，庭有梧桂，庭近江，临于钓台。约二丈前，勾曲廉，有砚山。砚山之前，为左翼室，曰檀院。西望江源，诸峰蜿蜒，背负山河。

与善堂位于三近堂北面，即邺山神堂，内供有孔子、朱子等圣贤画像，是邺山讲堂谒圣之所。每次讲学前，黄道周都要带领门人、宾客到与善堂拜谒先圣，然后才开始讲课。黄道周在《与善堂记》中提出“心源唯一”“与道德邻”思想，认为：“善为天志，事与人同贯”，要以善为本，与人为善，通过道德修养努力达到至善的境界。

乐性堂在三近堂南面，是黄道周与弟子们研讨理论的场所。背负芙蓉峡，石林簇立，江水环之。他认为：“仁义礼智亦总同根”，“学贵知性”，“知性之所生则知天之所乐”。黄道周在《乐性堂记》中说：“乐性堂者，吾党所考论之堂也，诸生至邺山者，计德于与善，征功于三近，从容于乐性。”

这三座建筑掩映在茂盛的草木丛中，虽然建筑物倒塌圮废了，但拨开茂密的荒草、树枝可以看到这里还保存着一些当年留下的摩崖石刻，其中有不少为黄道周手迹。“蓬莱峡”大字楷书，字径约70厘米，署名“石斋”。“芙蓉峡”为行书，字径约1米多。竖写的“鸟道不绝风云通”题刻足有两层楼高。“墨池”为隶书，字径约40厘米。据说还有一块镌有字径约70厘米楷书“游磬”的石头已经落入江中，尚未打捞出来。此外，还有黄宽题的“黄岩洞”“静如太古”及黄可润题的“得珠”“半峰”“蕉叶”等石刻。黄道周十分重视生态保护，这里起伏的地势、丰厚的植被，一切都保持着天然的“原生态”。我们在这里还找到一块《严禁砍伐树木告示》碑，字迹已经模糊，大约是清道光年间立的，可见古人自觉的环境保护理念。

黄道周说：“古人读书，入山必深，入林必密。”远离喧嚣，宁静致远。邺山讲堂就是让学子在山水林泉草木鸟兽中，感受大自然的阳光雨露，陶冶自己的情操，修养自己的身心，提升自己的素质。

深刻启迪后人的遗产

黄道周一边闭门著书立说，一边开门聚徒讲学。他的教学有明确的教学宗旨和规则，把“明理知性”作为教学的目的，把“学、知、行”紧密结合起来。从他写的《邺山讲仪记》可以看出他的教学活动有一定的程序和规矩。他在这篇文章里说：“凡讲堂宾客谒圣后，坐定，鸣鼓三通”，接着，“左监升坛，高声唱言，在位莫喧，敬听誓言；右史升坛，遂读誓曰：皇皇上天，列圣在兹，父师兄长，悉照临汝，凡我同侪，毋爽尔德，毋贰尔心……”提出“有为……者不在此位”共七条，“凡在此位者咸涤尔心，立尔志，有失相规，有过相微”。到最后，“礼毕，主人送宾”。

邺山讲堂的教育采取的是一种启发式的教学方法，老师讲课，学生自学，重视练习、实践，鼓励学生提出问题和不同看法，绝不是一种填鸭式的灌输。相信黄道周为我们留下的这笔教育文化遗产，对我们今天改变应试教育会有启迪作用。正因为黄道周教学吸引人，邺山讲堂才越办越兴旺。“溯江而会者数百人。盖礼乐彬彬河汾矣，何其盛也。”史书上还有“当道缙绅、四方人士，环江拱听者，日以千艘”的记载。黄道周讲学时，乘船来听讲的太多，以致把水道都堵塞了。

几百年来，许多文人墨客来到邺山讲堂，留下了不少感叹的诗文。如洪思的《邺山》:“讲堂孤冷似渔家，月满茅门闭水崖。礼乐既衰人不见，一声清磬在芦花。”陈箴的《泛舟江东登邺山与善堂有作》:“斯人已千古，别业遗江湄。一水决寒濑，清风长在斯。天高秋籁发，川暝猿啼悲。结念属君子，驾言访辑师。杳杳征帆夕，悠悠落日时。长烟凝石翠，古榭苍苔滋。往返子猷棹，江山谢朓诗。素心难再得，逸唱安可追。”陈常夏的《邺山讲堂》：“千载寻邱壑，诸翁亦姓黄。人多私淑意，我共水云乡。濯壁题诗句，临流结草堂。思君瞻往迹，未忍息孤帆。”郑诚中的《邺山怀古诗》：“弥纶道气谷崖宽，往事登临几浩叹。芳草解人春自碧，孤臣去国史留丹。岂因松菊作归计，未拟江湖老钓竿。到底青毡还旧业，江涛何事夜声寒。”黄可润的《蓬莱峡》：“仙山缥缈路难通，一峡传来渤海中。直是五丁开讲席，天然叠出锦屏风。”由此可见邺山讲堂对后人的深远影响。

黄性震与诒安堡

漳浦的诒安堡与赵家堡相距不到3公里，同时被列为全国重点文物保护单位，被古建筑专家称为“姐妹堡”，但一般人对赵家堡比较熟悉，对诒安堡就较少了解，一般游客也只到赵家堡而不到诒安堡游览。其实，诒安堡与赵家堡有同样的历史价值与文物价值。它的建造者黄性震是漳州历史上的名人，清光绪版《漳州府志》和清同治版《福建通志》都有他的传记。

平台策士得君三觐

一提到黄性震，人们立即想到他的“平台十策”。《漳州府志·卷三十二人物五》有这样的记载：“闽督姚启圣入漳州，与群有司筹平定之策，性震闻而慨然曰：‘是男儿立功之秋也。’仗剑谒军门，陈十便。启圣奇之，与语大悦，数进见谈机密。”时当清康熙十七年（1678年），福建总督姚启圣进驻漳州，召集各级军政要员筹划平郑事宜。黄性震谒见姚启圣，陈述平定海疆的10条策略，史称“平海十便”，也称“平台十策”。“平海十便”具体是哪10条策略，史书没有专题记载，但从他对姚启圣说的话和采取的行动可以看出，其核心是“攻心”，也就是以官爵、金帛收买郑经部下，作为攻台内应。他说：“郑氏熟悉海上形势，台湾海外天险，实在难以用力。现在郑经沉溺酒色，儿子幼弱，诸将各怀异心。若能不吝官爵、金帛，诱致其党羽，收买其心腹，平定台湾就很容易了。”姚启圣接受了黄性震的建议。黄性震又说：“现在时机还未成熟，要等待时机出奇兵，使其丧师地蹙，孤岛难持，部属感到困窘，然后抚而怀之，才能使其离心。”

姚启圣采用他的计谋，先组织清军进攻，夺取长泰县城，大破郑军于北溪，占领江东桥等地。然后以战胜余威实行招抚政策，在漳州开“修来馆”，收纳投诚的郑军官兵。凡投诚者都给予官服、车骑，来去自由，即使走回郑营也不加追究，用以眩惑郑军人心。清朝厚待间谍，重赏提供对方军情者；又用反间计，扬言某时某将当来归降，惹起郑营互相猜忌，离心离德。仅半年便招抚郑方投诚官员 1237 名、士兵 11639 名。不久清军连捷，攻下海澄。康熙十九年（1680 年）春，再攻下厦门、金门，迫使郑经退守台湾。

接着，黄性震又提出《平海善后八款》：“厦门、金门急宜固守，不可轻弃；沿海内外要汛各须分守，以壮厦门声势；请敕先剿粤寇，莫使滋蔓再纵；台湾断须次第攻取，永使海波不扬；福建边界急请开还；新增绿旗官兵宜设法陆续渐撤，不便一时裁并，致生意外；浙江调来之兵应请先行撤回；投诚官兵众多，急请拨饷安插，以弭后患”等，均被清廷采纳。

康熙二十年（1681 年）春，郑经于台湾病逝，长子被缢死，幼子郑克塽承袭，文武解体，上下携贰。姚启圣又用黄性震为谋士，于康熙二十二年（1683 年）六月，发兵进攻澎湖、台湾，郑克塽面缚投降，清廷终于统一了中国。台湾的收复，黄性震功不可没，因此被誉为“平台策士”。清廷对黄性震大加表旌，康熙皇帝一天之内召见三次，宠赐蟒袍、宫缎，慰劳备至，并加官晋爵。黄性震捐建的诒安堡内有一副楹联“平台陈十策诚善也，得君日三觐其荣乎”，说的就是这件事。

政绩卓著造福桑梓

黄性震善理政务，他奉特旨整饬直隶霸昌道时，管理屯田、驿传、粮饷事务，兼管居庸关等处要隘。官居山西按察司佥事时，设计尽捕响马，保证行旅安全。对不法旗丁，亦绳之以法。不久提升为广西按察使司按察使。适逢大容山少数民族叛乱案件发生，牵连甚广，高、廉、罗、肇、浔、梧、柳、庆8州府的监狱囚犯充斥。性震只处决崔枝玉等少数魁首，其余都省刑释放。

康熙二十五年（1686年），广西天气大寒，黄性震按人口发给冬衣，市中布庄销售一空，官民欢声震地。为此，他被提升为湖南布政使司布政使。康熙二十七年（1688年），武昌夏逢龙作乱，清廷剿抚议未定；性震认为用兵如治乱丝，急则更乱。不久，夏逢龙内部内讧，夏被杀，官军进剿，一举而乱平。性震在湖南任内，政声甚佳。康熙三十二年（1693年），因病得准归休。“己卯（康熙三十八年，即1699年。笔者注），朝议筑永定河而难其人，上知性震才，即于家起之，命董大役。河流湍急，堤易溃难合。性震觅闽南善水者数百人，裸身泅水中筑桩，藉以覆土，复建旗施砲，为工匠耳目，灵其呼应。躬屹立河干课督之，不四月而工竣。”（《漳州府志·卷三十二》）据说，百年水害消除，无定河才从此改名为永定河，黄性震因此晋升为太常寺卿。康熙四十年（1701年），性震卒于河北真定（今河北正定县），时年64岁。

黄性震是漳浦县湖西乡城内村人，据当地黄氏族谱记载，他的先祖可以追溯至南宋内阁侍郎黄材。1279年，南宋小皇帝赵昺被元兵追赶至广东崖山，宰相陆秀夫抱着小皇帝跳海自尽后，黄材与闽冲郡王赵若和等率残部乘船从海上北上，不幸途中遭受飓风袭击，漂流多天后在漳浦海岸登陆，隐居湖西海隅。从黄材传到黄性震，已历十四代。他的童年命运不济，12岁时父母相继去世，生活困苦。但他人穷志不穷，刻苦读书，尤其喜读史书，立下报国建功之志。黄性震对家乡怀有深厚感情，康熙二十六年（1687年）捐俸为家乡湖西族人建筑城堡，称“诒安堡”，这大概是由于他饱经忧患、居安思危，希望聚族御盗、未雨绸缪之举。他还修建县城西郊的双溪坝，疏通内河，引矾山、梁山诸水至城下，疏浚泮池、傅公河，整修文庙、明伦堂，设置义学、购置学田，修建漏泽园，又在大垅坂及东郊购置义冢，至今为人所称道。

捐建城堡已成国家级文保

如今，黄性震捐建的诒安堡还屹立在漳浦县湖西盆地中央，四周群山环抱，绿水围绕，阡陌纵横，环境优美，风景宜人。面对交汇入海的3条溪流，城堡形如“楼船出峡”(据说暗寓堡主平台功绩)。有人把“诒安”解读为“言语安台”，即“知兵非好战”，主要靠韬略而不是光靠武力来解决台湾问题，这不一定是黄性震的本意，但这样解释也不无道理。

这座民间军事城堡巍峨壮丽，气势非凡。城墙周长1200多米，长度与赵家堡相同。墙两面用条石砌筑，中间填土，高6.7米，顶部外侧有2米高的夯土女墙，宽0.4米，高2米，共开垛口365个（据说寓意每年365天），城上马道宽3.3米。城上有四个小谯楼。紧附内墙每距50米筑有一道登城石阶，共24条（据说寓意每年24个节气）。东、西、南三城各有城门楼，北门封闭，大概是因为当地风水习俗的缘故。四城门上均嵌石匾：东刻“迎曦”，西刻“毓秀”、南刻“诒安”、北刻“承庆”。南门外有宽达10米的护城河。城内至今仍保存当年风貌，与筑城同期建造的95座房舍均坐北朝南，沿南北中轴线排列有序。8条石板街道，井井有条。城北城南分设黄氏大小宗祠，大宗祠内有清康熙二十七、二十八年立的“贻厥孙某”碑和“光前裕后”碑；小宗祠内有康熙二十九年立的“以示景福”碑和楹联等。

整个城堡坚固而又美观，虽然历经300多年岁月侵蚀，保存基本完好。古建筑专家认为，诒安堡是中国古城池的缩影和活化石。整个城堡规划合理，布局严谨，主次分明，左右对称，排列有序，疏密相间，既体现了官家府第的恢宏气势，又满足了民居聚落的生活需要，同时兼具安保防御的军事功能。现在城堡中仍然居住着上百户居民。2001年6月，诒安堡与赵家堡一起被国务院公布为全国重点文物保护单位。

蓝理与浦头大庙

历经近千年的风雨沧桑，漳州市区的浦头大庙依然雄踞屹立在浦头港畔，面朝城市内河的缓缓流水。浦头港边建起石栏杆，铺上青石板，这里已经改建成供人们休闲游览的公共绿地。浦头大庙香火依然十分旺盛，前来顶礼膜拜的人络绎不绝。

漳州最大的关帝庙

浦头大庙又称崇福宫，坐落于漳州市区浦头港岸上，庙宇宽敞雄伟，是漳州地区最大的关帝庙。浦头大庙始建于宋孝宗淳熙四年（1177年），砖木结构，坐北朝南，悬山琉璃顶，面积518平方米，建筑面积238平方米。分前廊、主殿、东西两厅即东西偏殿及天井。前廊深2.5米，内有蟠龙石柱一对和廊壁横梁枷，门立石狮两只，石雕工艺古典淳朴。前廊正中楣悬挂“乃圣乃神”匾额。二进为主殿，面阔三间，进深二间，石雕龙柱分列左右，中立圆大柱斗拱式，主祀关圣帝君木雕神塑，附祀大禹帝和送子娘娘，殿内悬挂蓝理题写的“江汉以濯”匾额。东西偏殿祀周仓、伽蓝爷及蓝理提督神牌。民国时庙侧的居室和后花园改为霞浦小学。近年添建两座凉亭，左为忠义亭，立崇福宫沿革碑，右为仁义亭，立解州朝圣碑。左亭后建二层楼，供青少年习武。1988年6月定为市级文物保护单位。

浦头港处于漳州的母亲河西溪故道上，自古以来就是重要船舶码头口岸，是汀漳龙一带客货的集散地。特别是明末清初厉行海禁，月港逐渐衰落，口岸内移，浦头港更是繁华兴盛。“日集千帆，随潮水涨落而行”，把漳州市区以及山区各县与台港澳及南洋等联结起来。位于这繁盛之地的浦头大庙香火很旺，船主、乘客多来参香朝拜，有的还随带香火出行，祈求关帝保佑。现在庙的西侧还保存着一个明万历十年（1582年）立的石碑，上面刻着：“大庙码头公议凡渡船在此停泊者每日头摆渡布施钱四十文，二摆渡布施钱二十文，以为香火之费，不得违误。”

除此之外，庙内外还存有多座古碑刻，其中如清乾隆十年（1745年）立的碑，上面有“风狂雨骤之时，禁其开渡”的文字，可见当时对航运安全也是较重视的。道光十一年（1830年）立的碑则有禁止“开设牛灶，私宰耕牛，以及窝集匪类，扰害乡民，滋生事端”的文字，碑上还明确“倘敢故违，许该社长等协同地保，指禀赴县，以凭按名拿办，决不宽贷，该社长地保如敢徇私容隐，察出一并惩治，各宜凛遵毋违”，可以窥见当时社会治安治理的情况。还有道光十二年（1831年）立的“厦关税行公启”碑，阐明“揽载各货赴关征税，上供国课，下通民商，关系非轻”，也是比较珍贵的。

关帝也是财神爷

浦头大庙与一般官府敕建的关帝庙不同，因为这是民间崇祀商界武财神的祖宫。关帝信仰是中国民间信仰也是漳州民间信仰的重要组成部分。据市、县两级民族与宗教局的统计，漳州辖区内关帝庙有180多座，在各种民间神祇庙宇中居首。

关帝是从人演变而来的神。关羽，字云长，河东解梁（今属山西省运城市）人，三国时期蜀汉著名将领。关羽从一名武将衍化成民间信仰中的关圣大帝，一方面得益于《三国演义》对关羽形象的美化塑造，另一方面则由于历代统治者对关羽的神化封赐，其封号最终是“忠义神武灵佑仁勇威显关圣大帝”，可谓到了无以复加的程度。关羽成为“古今第一将”，忠义楷模、仁勇化身，备受民间推崇，形成与遍布中国的祭祀孔子的“文庙”相对应的祭祀关羽的“武庙”。清雍正五年（1727年），皇帝命天下直省郡邑皆立关庙，赐春秋两祭，加诞祭，并敕封关羽三代公爵。台湾出版的《中国神祇列传》说：“关公一生行止，坦坦荡荡，如中天明月，其忠肝义胆，无人可拟；其尚武之气凝聚而为浩然正气。”

不仅如此，关帝还逐渐演变为民间崇拜的财神。由于关帝庙遍布中国，有庙便要祭祀，有祭祀便有庙会。史载，明万历二十年（1592年）的洛阳关林庙会已有万人规模。庙会之日，焚香祭祀，唱戏娱乐，庙前出现集饮食、购物于一体的集市贸易，逐渐成为当地的商品贸易中心，关羽便成为经商者的保护神。经商者的店铺、家里供奉起了关帝。古人称范蠡为文财神，而关羽则是武财神。陶朱公范蠡很会赚钱，生财有道。而关羽威风凛凛，用他那把青龙偃月大刀守护着财富。因此，有人认为，关帝之所以成为武财神，既因为关羽忠义，而经商就要讲诚信，而且因为关羽英勇，而致富还要会守护。还有人认为，关羽精于计算，为追随兄长刘皇叔，他挂印封金，单骑护送二嫂夫人，过五关斩六将。临行之际，将曹丞相馈赠之金银布帛等悉数留下，还附上一本依照原、收、出、存四项记载得清清楚楚的账册，这就是后世商家传统使用的簿记法，关羽又成为简明日清簿的创始者，因此商家遂尊崇关帝为武财神。

浦头港是漳州客货运的重要码头，千帆云集，百业兴隆，供奉武财神的浦头大庙即崇福宫因而香火不绝也就毫不奇怪了。其实就在浦头大庙边上还有一座东岗庙，也是供奉关帝的，只不过名气没有崇福宫那么大而已。

蓝理重修崇福宫

浦头大庙除主要供奉关帝外，还供奉有蓝理的神位，是因为蓝理与这座庙宇有着十分深厚紧密的因缘关系。蓝理（1649—1720），字义甫，号义山，漳浦苌坑石椅（今赤岭石椅下尾仔村）人，曾随施琅出征澎台，拖肠血战，战功显赫，被称为“破肚总兵”。康熙帝说他“血战破敌，功在首先”，赐给他花翎、冠服，先后两次为蓝理题写榜文：“所向无前”和“勇壮简易”。现在，仍然屹立在漳州市区新华东路岳口段的石牌坊，是国家文物保护单位，两面匾额上各有四个大字，正是当年康熙御笔题写的。清康熙五十九年（1720年），蓝理卒于北京，时年71岁。两年后，棺柩由妻儿护送回漳浦，葬于湖西后溪村干仔埔。

蓝理自幼喜欢习武，他身材魁梧，武艺高强，善追奔马，能拖着马尾使马倒行，刀、枪、矛、盾各种武器无不精通。他素有大志，常说：“我若不封侯拜将，不是大丈夫。”16岁时，他听说海盗卢质在岱嵩一带残害百姓，就聚集乡里数十条壮汉到岱嵩与卢质打斗。卢质欺蓝理年轻，不甚介意，两人单独对打。蓝理杀了卢质，到漳州府邀功，哪知漳州府官员反而怀疑蓝理也是盗贼，把他一起治罪，后被赦免。蓝理便在漳州流浪，寓居在浦头大庙，与几个穷哥们儿过着“五人三条裤”的艰难岁月。有人认为，这五个流浪汉就是后来被称为“五虎将”的吴田、柯彩、许凤、陈龙以及蓝理本人。不过，有人经考证认为，五人生卒年代差距较大，蓝理出生较晚，因此这五人并不是世称的“五虎将”。

蓝理在漳州流浪，在浦头大庙寓居一段时间后，从小路投奔康亲王，陈述平闽策略，得到康亲王嘉许，命他随军作战。蓝理作战英勇，屡立战功。随施琅平台时又拖肠血战，名扬天下，官至福建提督。衣锦还乡后，为答谢神恩，就募缘修建宫庙，增其旧制，雕梁画栋焕然一新。蓝理不仅勇武过人，而且书法不错，他亲笔题写“江汉以濯”金匾，高悬圣殿之上。同时因爱屋及乌，组织疏浚浦头港，拓宽新行街，使四邻乡里均受益良多。浦头大庙从此更是香火旺盛，百世不绝。

林釬与万松关

漳州市龙文区古属龙溪县，是人杰地灵之地，许多自然人文景点聚集一起，连成一片，而且每一个景点背后都隐藏着许多历史名人和历史事件，有讲不完的故事，道不尽的神韵。林釬与万松关就是其中的一对人与物。

刚正不阿的乡贤

林釬（1568—1636），字实甫，号鹤胎，漳州人，出生于现在的龙文区蓝田镇蓝田村洞口社，后移居南靖中埔总（今南靖县丰田镇古楼村）。林釬世代务农，早年家境贫寒，父早丧，与母亲相依为命。年少时，他在本村洞口林氏祠堂内念完私塾，后转到漳州城内府学读书。

明万历四十四年（1616 年），林釬考中进士，殿试第三名，授翰林院编修。熹宗朱由校即位后，林釬任国子监国子司业，后升为国子祭酒。他办事公正，自奉清廉，教导有方。熹宗皇帝宠信宦官，以魏忠贤为首的阉党当政专权，魏忠贤企图占用国子监的铜鼎铜缸私铸钱币。林釬坚决加以制止，并极力反对为魏忠贤立生祠，表现了刚正不阿的高尚品格。

林釬因看不惯奸臣当道，抛下乌纱帽回到家乡。林釬返漳后，即从龙溪故里移居中埔总，在永丰溪畔择地兴建“阁老楼”。林釬挂冠居住于古楼期间，黄道周亦因避魏党而归里隐逸，两人结为知己。黄道周敬慕林釬的学问和为人，经常上门拜访，议论时事。

明天启七年（1627 年）八月，熹宗死后魏党倒台，所有受魏忠贤迫害的人得到昭雪。明朝崇祯元年(1628年),朝廷起用林釬,初复原职,继而升为礼部侍郎兼侍读学士。明崇祯九年(1636年),朝廷采用占卜法选官,召林釬对答问题,林釬陈述了“用人、理财、清寇、宁边”四策。他的精辟论证和精明能干,深得崇祯皇帝器重,拜为东阁大学士,入阁参与军国大事,被尊称为“林阁老”。林釬于明崇祯九年五月三十日逝世,赐谥文穆。

林釬在朝为官清廉刚正,在野则爱乡惠民。他离京归里后了解到不少社会贤达和地方民众希望在岐山与鹤鸣山之间的万松岭建一座关城,以护卫漳州城及东郊,防范倭寇的侵扰。经过思索后,他把乡亲们的这一建议提交给当时的漳州知府杜遂,杜遂觉得这是一个合理化建议,决定采纳,于是就组织建筑万松关。然而,关城未建成,杜遂就离任而去。继任的漳州知府施邦曜接着主持完成这一工程,还建了两座炮台。林釬为此写了《施公新筑万松关碑记》,记叙万松关的建设经过,刻碑立在万松关旁。

护卫漳州的雄关

万松关坐落于岐山与鹤鸣山之间的万松岭即堆云岭,东邻瑞竹岩、江东桥,西毗龙文塔、云洞岩,南临九龙江西溪、北溪交汇处,扼进出漳州之门户,为古时“入漳第一关”。据光绪版《漳州府志》记载:“万松关,在鹤鸣、岐山之间,即堆云岭也。岭为京省孔道。明万历初,邑绅陈克聪于岭上植竹树以憩行人,岁久雕枯,惟巨石尚存。万历末,提学沈儆炌题曰堆云岭。”也有说因陈克聪“植松夹道,连荫十里”,因此称万松岭。这里是古代的交通要塞,又是历来兵家必争之地。《龙溪县志》说:“六朝以来,戍闽者屯兵于泉州之龙溪,阻江为界,插柳为营”。唐代陈元光入漳之时,“遣人沿溪结筏,间道袭蛮,遂建寨柳江之西”,驻兵于“岭极高峻,上有汉唐故道”的揭鸿塞,时称“军营岭”。在林釬的推动下,明崇祯二年(1629年)终于建成万松关。

万松关城墙全部采用工整的长方形花岗石砌成，高 25 米，宽 7 米，全长 100 多米。关上古城堡结构，关墙上石筑垛口整齐坚固，其堞高可见海。关城拱形城门宽 3 米、高 3.5 米、深 8.5 米，城门路面条石铺设平坦、墙门前后均设门把关。高大的城门关上，嵌着一块青石横匾，镌有林釬亲手题写的“天保维垣”四个雄浑有力的楷书大字（《漳州府志》记为“天宝维垣”有误，有些介绍万松关的文章据此，以讹传讹）。关城巍然耸立于古道上，两边悬崖峭壁，岩洞深幽，形成了一道天然屏障。在冷兵器时代，据此要塞，居高临下，可谓“一夫当关，万夫莫开”。林釬的《施公新筑万松关碑记》说：漳州城“今在金汤以内，安堵其间，逢圣明在御，牧守贤良，桑麻乐业，人且登游其上，望云物而咏天和”。这座雄伟坚实的关城几百年默默守护漳州城，成为护城卫士。

万松关建成后，漳州历史上的许多战事就发生在这里。特别是清初的郑成功和清末的李世贤曾先后率军与清兵在此鏖战。清初，朝廷派重兵驻守关上，郑成功进军漳州，从东路出发，万松关是必经之地。清军守将赖国显率领刘国轩部把守关隘。征战多年，互有胜负，后来赖国显命令刘国轩出关抵御，并紧闭关隘。郑成功派遣谋士游说刘国轩，让他献关而降。清顺治九年（1652 年），郑成功攻克海澄后，遣将据守万松关，一面牵制漳州清兵，一面以万松关为据点，进攻长泰。同年三月，闽浙总督陈锦进攻江东桥，郑成功命万松关守军配合主力部队，三面夹攻，击垮陈锦所率清兵。清同治三年（1864 年），太平天国余部在侍王李世贤率领下，由浙江、江西进军福建，攻入漳州。福建陆路提督林文察在万松关被李世贤用计设伏擒杀。诏安籍画家、台湾美术开山祖师谢颖苏也死于这次战斗。经过这两场恶战，万松关更加名扬天下。

看点多多的景区

随着冷兵器时代的结束，特别是在如今的和平年代，交通运输高度发达，万松关的军事和交通重要性已经日益削弱，失去古时的作用和风采，没了昔日的巍峨和庄严，逐渐成了被世人遗忘的孤独老人。20世纪60年代，关墙条石被拆去修河闸，筑堤坝，建大桥，城顶炮台也被毁。万松关一下子矮了大半截，现城墙残长55米、高8米、厚4米。《施公新筑万松关碑记》也被弃于一旁，断成三截。然而，作为一个时代的见证，它可以说是一部石头写成的历史巨著，其历史价值、文物价值和旅游价值不容忽视，正等待我们去维护和恢复，去开发和利用。

即使从目前残余的部分，我们仍可以想象它当年的威武雄壮。站在城楼顶上，只见一条大道顺着两峰夹谷，穿过深广的城门，蜿蜒伸展于关外群峰之间。回望关内，漳州平原风光秀丽，一览无遗。万松关内外，风光旖旎，美不胜收。周边景点众多，如云洞岩、江东桥、邺山讲堂、节孝坊、瑞竹岩、五营寨、石室岩、中正和平坊等，还有近年才引起关注的纪事碑铭，真是举不胜举，都在方圆数公里内。

云洞岩是闽南第一碑林、理学名山、省级风景名胜区，江东桥是中国古代十大名桥之一、国家重点文物保护单位，邺山讲堂是黄道周创办的盛极一时的古代书院，瑞竹岩是五代僧人楚熙创立、弘一法师曾经驻锡的佛教丛林，石室岩是依托天然岩洞构筑而成、独得天趣、极具特色的寺庙，这些景点闻名遐迩，不必赘言。这里着重说说几处尚未开发或总被忽视而又与万松关紧密联系的景点。

五营寨位于岐山山脊上，为5座用块石垒砌而成兵营城堡，建于明代，现城墙、城门还在，掩映在荒芜的野草中，其中有2座相对较完整。寨上山岩交错，怪石嶙峋，山下九龙江北溪、西溪交汇处漳州平原一览无遗，是一部研究古代城防的石头史书，又是一处极具旅游价值的观景胜地。这个尚待恢复、开发的景点，与万松关同属古代军事设施，可说是万松关的延伸。

这里应特别提到的是距万松关关门不过几十米却往往被视而不见的古牌坊。这座石牌坊立在路旁，高约7米，宽约10米，四柱三门，坊上人物、龙形石雕图案颇为精美。横匾上镌刻着“龙溪故监生蔡朝宗妻黄氏暨男故庠生止薰妻林氏坊”，有两副楹联，其中一副写的是：“教子成名贰片贞珉双表节，事姑继志千秋彤管并流巍。”可见是古代的节孝坊。

当然更应提到的是为本文重点记述的历史人物林釬而立的中正和平坊。坊在蓝田镇西坑村东北的古道旁，建于明崇祯九年（1636 年）。高 9.2 米，宽 9.5 米，以青石和白石相间建造，石材颜色对比鲜明，整体和谐自然。石仿木结构，三间五楼十二柱，正楼四坡顶，各楼顶上皆置鱼形脊饰，翼檐角都有潇洒流畅的起翘。正匾以下均以梁枋隔层，坊上字刻深浅适宜，刀法娴熟，匾额正背两面分别镌刻“澹泊宁静”“中正和平”，为崇祯皇帝御笔。坊上雕刻形象生动传神，有南方的细腻，又有北方的粗犷，技艺巧妙精湛，融汇建筑、雕刻、书法、文学等多种艺术于一体，具有极高的历史、文物和艺术价值，是省级文物保护单位。

近年才引起关注的纪事碑铭，为近代历史名人左宗棠所书。同治四年（1865 年），闽浙总督左宗棠驻漳州，他在太平军平息后协助处理兵灾善后事宜，凭吊了万松关古战场，写下篆书纪事碑铭，镌刻于关门附近的巨石之上。碑高约 2.5 米，宽近 1 米，四周饰以连万字图案边框。共镌刻了 24 个大字和 5 个小字，大字为小篆，字高 27 厘米，宽 12 厘米；小字为楷书，字径 5 厘米。碑文内容是：“率师徒，徂岭峤，穷山穴，截海徼，龙岩复，漳州平，寇乱息，皇心宁。同治四年秋。”书法古朴典雅，笔力雄健磅礴。这是清末名臣凭吊万松关后写下的，其纪事与万松关战事也是紧密联系的，可以说也是万松关的重要组成部分。

林釬与万松关，名人与名景，历史精英和名胜古迹紧密联系，自然风光与人文景观相互辉映，这样珍贵的资源应该引起重视，认真保护，努力恢复，积极开发，充分利用，才能无愧于先人又泽被后世。

林士章与乌石天后宫

站在漳浦乌石天后宫前眺望，只见近处，墙白瓦红的古大厝掩映在枝繁叶茂的荔枝树里，蜿蜒曲折的村道隐藏在叶片硕大的香蕉林中；远处，棉絮般的白色云朵在蔚蓝天宇自由飘忽，轻纱般的农家炊烟在村落上空升腾弥漫。海上吹来的春风轻轻抚弄我的脸，泥土散发的气息缓缓侵入我的肺。开阔的视野给人带来坦荡的胸襟、清爽的心境、遥远的思绪、思古的幽情。我想起家乡的一位名人，一位我在市区经常会去瞻仰的历史名人，因为这里的古城街区有他的两座丰碑。

在漳州市香港路台湾路历史文化街区，有两座纪念林士章的石牌坊。在香港路旧称双门顶的地段有两座气势雄伟、雕镂精美的石牌坊，以青白石相间构筑而成，三间五楼十二柱，都是国家级文物保护单位，其中一座叫“尚书探花坊”，是明万历三十三年（1605 年）为林士章而立的，因为林士章曾中探花，当过尚书。在台湾路与共和路相接的丁字路口，有一座大半已被拆毁、残余小半嵌入民宅的牌坊，叫“五星聚奎坊”，是为以林士章为首的明朝中后期朝廷五位漳籍高官而立的。一个人在地级市市中心繁华街区（现为中国历史文化名街）显要位置有两座石牌坊来纪念，是何等的荣耀。由此可见其人在漳州历史上之崇高地位。

林士章的确是一个十分了得的杰出人物。他字德斐，号璧东，漳浦县乌石大厅北平村（今旧镇浯江村大厅边）人，生于明嘉靖三年（1524 年），自幼沉默聪颖，志向不凡，博闻善记，读书紫薇山中。嘉靖三十七年（1558 年）中举人，次年联捷，廷试赐第一甲第三名，探花及第，授翰林院编修。林士章任编修期间不去奉承皇帝，谢绝应酬交往，独自闭户下帷，潜心研究经籍，修饰典章制度。

隆庆二年（1568 年），林士章任会试同考官，为朝廷选取优秀人才，许多名臣如于慎行、王家屏、戴耀、卢维祯等都是这一科被取为进士的。会试结束后，林士章被提升为国子监司业。后因父亲逝世，归家守制，至隆庆六年（1572 年）起补南京国子监祭酒。万历元年（1573 年），调任北京国子监祭酒，崇尚典雅，黜弃浮华，端正文风，泽被士林。次年（1574 年），升礼部右侍郎兼翰林院侍读学士。同乡编修林偕春忤张居正，出为外官，林士章不怕连累，赠金、饯别，并亲自远出送行。万历五年（1577 年），改礼部左侍郎兼翰林院侍读学士。同年九月，因指责宰相张居正"夺情"（父丧未辞官归家服丧而留任），张居正心怀怨嫌，寻机报复，弹劾士章，幸而神宗皇帝并不追究。万历九年（1581 年）二月，林士章升南京礼部尚书。不久，决心退隐，请求归林，获准致仕。

林士章回漳后厌烦城邑喧嚣，择居于漳州城北郊的长桥（今龙文区朝阳镇桥头村楼内社）筑城而居，悬车高卧，徜徉山水，过了近 20 年的村居生活。万历二十八年（1600 年）逝世，享年 76 岁，赐祭葬。林士章的著作没有刊行，流传于世的作品有《漳浦县重修儒学大门记》《仙峰岩碑记》《南田赵公墓志铭》《学博木湾陈先生创行乡饮记》和《日观赋》等。

林士章为人沉默凝远，温恭下士，居显持恬，貌温内朗，器度如汪洋大海。与人交往，推诚折节。崇奖孝义，周济寒儒。有客死京城者，常出资助其归葬或就近买地掩埋。他疾恶如仇，当张居正任宰相执掌朝政时，诸大臣投附者如蛾赴烛，而士章从不以私事谒见，也不致献殷勤，因此受到排挤。万历皇帝在《谕祭文》中写着："维尔器资端雅，操履清纯。甲第抡魁，词坛振藻。佐编摩于史局，裨启沃于经帏。敷教辟雍，多士由之兴起；考文宗伯，五礼藉以淳庸。当飨用之方殷，遍乞身而勇退。东山自适，北斗弥高。丧此典刑，良深轸惜"。他的学生大学士于慎行在《墓志铭》中写道："方柄臣之隆，附者向其利，胡为独集于枯；及其更也，又皆窃藉为名，胡为而默默也。直目为恂恂德让有先民长者之风，恶识其卓荦哉"，给林士章以极高的评价。

林士章是漳州历史上五位鼎甲三及第者之一，也是漳州历史上第一个官至尚书的人，因此他在漳州历史上的地位毋庸置疑，是一个传奇式人物，民间有关他的传奇故事很多。

特别传奇的还是林士章与妈祖信仰的缘分。他的故乡漳浦县乌石天后宫的妈祖神像是林士章于明万历九年（1581 年）归休时，从妈祖的故乡莆田湄洲请回的。乌石天后宫也正是因为供奉着这样一尊世界上年代最早的妈祖雕像而闻名海内外，备受妈祖信众和广大游客瞩目。

乌石天后宫供奉的乌面妈祖雕像用黑沉香木雕成，是漳浦乌石籍探花、尚书林士章从莆田湄洲岛妈祖庙迎来的，这是宋咸平二年（999 年）以黑沉香木雕成的，属世上第一代妈祖雕像，因为湄洲岛妈祖庙原来的妈祖雕像已经不复存在，所以乌石的这尊妈祖雕像就成为现存年代最久远的妈祖神像。妈祖的雕像有硬身和软身之分，硬身是用整块木头雕成的，不易搬动，称为镇殿妈祖；软身则是四肢关节可以灵活转动，便于换装、移动，称为巡游妈祖。妈祖的法相有三种颜色，粉色是平时的表情，金色是得道时的表情，这两种颜色的妈祖像一般都是硬身妈祖即镇殿妈祖，而巡游妈祖一般是黑色的，表示救苦救难。乌石天后宫供奉的正是这样的黑面妈祖。那端庄慈祥的面庞，让每一个仰望者无不为妈祖大慈大悲、救苦救难的情怀所感染。

乌面妈祖刚被林士章迎来时是安放在漳浦县城北面的慈后宫的，妈祖神像每年都要到漳浦各地妈祖庙巡安，有一年到林士章的老家乌石巡安就被留下没有回到城北慈后宫了。乌面妈祖在乌石起初安放在乌石的林氏宗祠，也就是祭祀林士章祖先的海云家庙里，形成“城北有庙无像，乌石有像无庙”的局面，后来才建天后宫供奉。乌面妈祖由林士章这样的俊杰名人迎来，其来历又是如此曲折，自然蒙上神秘的色彩，引发人们的遐思和尊崇。

乌石天后宫位于漳浦县旧镇镇的紫薇山麓，正殿为重檐庑殿顶，上覆金色琉璃瓦，高 16 米。整个建筑平面呈正方形，边长约 25 米，建筑面积约 1400 平方米。殿前 6 根雕琢精美的蟠龙青石柱，殿内 24 根直径 60 厘米的圆石柱，殿堂宽敞明亮，雕绘彩藻，金碧辉煌，正中供奉着乌面妈祖。殿前下 13 级台阶是一个约 2000 平方米的小广场。站在广场上仰视大殿，更觉得建筑的雄伟壮观，气势非凡。到大殿内仰视妈祖神像，崇仰之感不由自主从心底升腾起来。这位在凡间只度过28个春秋的渔家女子，救人无数，行善无数，终于从人演化为神，获得精神的永生。从正殿两侧的台阶可以走上后殿，后殿与正殿之间也有一个600多平方米的石埕。后殿高11米，面宽17米，深3米，供奉着妈祖的父母。后殿的后面有小径可以攀登紫薇山，直到峰顶。

站在乌石天后宫前远眺，视野开阔，远处是天马山、伏虎山、塔山等一座座小山头连绵起伏，近处荔枝林、香蕉林、水稻田、蔬菜地、砖瓦房等错落有致，一派田园风光，如诗如画，天然美景尽收眼底。漳州市规模最大的宗祠家庙、省级文物保护单位海云家庙也历历可见。

天后宫背倚的紫薇山，又称龙山，奇峰突兀，怪石嶙峋，千姿百态。满山遍野的花岗岩巨石，说什么就像什么，有的游客指点着说这是灵龟石，那是笔架石，都极神似。浯江从山北绕行而过，奔向白沙港，奔向大海。紫薇山当然是因为生长着许多紫薇而得名。天后宫后面有一个天然石室，叫紫薇洞，是林士章小时读书的地方。巨石为顶，洞口有明嘉靖年间漳浦县丞林文相题刻的“紫薇洞”三个大字。洞宽约5米，深约6米，洞内凉爽宜人，洞侧有一小石门，出石门是悬崖，又是一个别有天地的观景台，可以眺望远近美景。天后宫周边密布着许多名胜古迹。始建于元末明初的文昌宫祀文昌帝君，据说当年林士章在紫薇洞读书时，每到夜晚就到文昌宫里，借宫中的灯继续苦读。王公庙祀东晋谢安，纪念历史上著名战役淝水之战的领导人，这是漳州到处都有的庙宇，寄托了民众战胜强大敌人、守护和平生活的愿望，相传其香火是开漳圣王从河南光州带来的。紫薇寺是一座佛寺，殿中供奉三尊佛，壁上绘有十八罗汉，还有黄道周题写的“白云深处”四个大字。

2002年9月至2003年1月，乌石妈祖应邀到台湾开展126天的环台巡游交流活动，接受沿途信众的夹道迎奉、顶礼膜拜，在台湾引起极大轰动，掀起了一股乌石妈祖热。乌石妈祖临离台湾时，台湾信众将岛内各地妈祖请到南投县与乌石妈祖会合，举行盛大的祭拜仪式，参加者达10万之多，之后才由台胞专程护送回漳浦乌石。现在，每天特别是每逢妈祖诞辰日、升天日等日子，乌石妈祖都会迎来数以万计的信众和游客前来朝圣、游览。这里的妈祖信俗已经被列入省级非物质文化遗产。

十分了得的历史名人，传奇神秘的千年神像，独具魅力的山海风光，共同作用产生的整体效应，使乌石天后宫正在成为与湄洲岛妈祖庙等著名庙宇齐名的朝圣地。神以人威灵，人以神显名。林士章与乌石妈祖之间形成一种人神互相依存的特殊关系。如今，乌石妈祖闽台共仰，成为沟通海峡两岸的和平女神。因此，人们更加怀念请回乌石妈祖的探花林士章。

林震与京元张氏家庙

林震是漳州历史上唯一的本地籍状元，为家乡争得了难得的荣誉，成为漳州人的骄傲。他的出生地长泰县京元张氏家庙也成为漳州人纪念这位先贤的所在，已经被列入文物保护单位。

史上唯一的漳籍状元

状元是中国古代科举时代的一种称号。唐代称进士科及第的第一人，有时也泛称新进士。宋代主要指第一名，有时也用于第二、三名。元代以后限于称殿试一甲第一名。在“学而优则仕”的古代，一般文人都把考状元作为跻身仕途的唯一途径，“十年寒窗无人问，一举成名天下知”。不知有多少学子为这一科名中的最高荣誉而卧薪尝胆，悬梁刺股，废寝忘食，刻苦攻读。然而成功者寥寥无几。据一般学者统计，中国全国历代中状元者不过 500 多人（由于统计的标准不尽相同，得出的结果也有所不同）。而我们漳州的乡贤林震就是为家乡争得这一荣誉的历史名人，为家乡人所崇敬。漳州市区塔口庵和长泰县城南门就都曾建有状元坊以示彰扬和纪念，可惜现在都已不存在。还好，漳州市区芝山公园历史名人墙十大人物浮雕像就有这位先贤，他的祖居地长泰县枋洋镇科山村也建起他的大型雕像。

林震（1388—1448），字敦声，号起龙。年幼丧父，事继母至孝，家庭生活贫困，但贫不移志，刻苦读书，据林震的自述，“夜则读书于室，昼则樵于山，倦而息影林樾下，出携卷腰底，读之声朗朗出树间”。经多年苦读，他学问渊博，文章超群。明永乐十八年（1420 年），林震参加乡试，考中第六名举人。对此，胸怀大志的林震并不满足，再历 10 年刻苦学习，于明宣德五年（1430 年）进京赶考，考中进士，并在殿试中夺魁。当时，皇帝出的题目要求阐述为政之道，说："朕励精图理，诸生体用之学，讲明有素，其有可以行者，举要以对，务归中正，朕将亲览焉。"林震在殿试卷中写道："臣闻致治之道，必以教养为先，而教养之道，当以得人为要，盖农桑所以养民，学校所以教民。是二者，衣食之本，风化之源，而君人者不可不以此为先务也。……"全文（收入在《皇明历科状元全策》）约 1200 字，切中主题，很有创见，而且推理严谨，行文流畅。皇帝亲自阅览，十分满意，御笔圈定林震为新科状元。

林震状元及第后，即授翰林院修撰兼国史编修。他居官八载，曾主持编修《明实录》。林震出身清寒，淡泊明志，不愿浮沉宦海，于明正统四年（1439 年）(《漳州府志》记为正德二年，有误）"称疾告归"。回乡后，闭门读书，以诗史自娱。他持身谦恭礼让，待人接物从无疾言遽色，非因公事不至郡邑之庭。林震居家之时，广藩（广东布政）曾两次聘请他赴粤主持乡试。林震慧眼识人，选拔了不少优秀人才，受到士林的赞誉。明正统十三年（1448 年），林震在家逝世，享年 61 岁。林震原配薛氏，继室黄氏，传有三子一女，其后裔一部分传衍外县及台湾等地。林震富有文学才华，写下不少诗文，可惜多已散失。

趣味盎然的传奇色彩

因为漳州民众崇敬林震，所以民间流传着许多有关林震的故事传说，人们对此津津乐道，成为市井茶余饭后的重要谈资。

其中最具传奇色彩也最为脍炙人口的是"一笔化三千"的故事。说的是宣德五年二月殿试，林震与江西籍的沈文求竞争状元。江西籍的主考官杨士奇知道沈文求有绝技，能同时两手执笔快写，因此出怪题要他们两人比试谁能在最短时间内写完三千个字。比试开始后，沈文求双手执笔疾书，林震想起年幼学写字时描红本上的语句："上大人，孔乙已，化三千，七十士。"灵机一动，就写了"一笔化三千"五个字，抢先交了卷。杨士奇认为沈文求虽然较迟交卷，但他的三千字工整娟秀，应为第一名。这事当然最后要由皇帝来裁定。宣德皇帝认为林震机智灵活，应为状元。

其实，历史上并无此事。当时一甲三人全是福建人，第二名榜眼为建安（今建瓯市）龚锜，第三名探花为莆田林文，二甲35人，三甲62人，共100人，都没有沈文求的名字。然而，许多人却喜欢活灵活现地讲述这个并不存在的故事。清代漳州人杨鉴著的小说《大明忠义传》全书四十二回，其中第十四回至第十八回就插叙林震的故事，写到在林震殿试赢了沈文求之后，沈文求请人去败林震家的风水，认为林震家井中的鱼与别处的鱼颜色大不相同，"林震必是此鱼化生"，设法害死这条鱼，要致林震于死地，但"林震复仇"，却让沈文求及其雇佣者溺水身亡，情节曲折生动，饶有趣味。这当然不过是拼凑故事、连缀情节而已，但却广为流传。从中可以看出家乡人对这位先贤的尊崇甚至偏爱。

还有传说，漳浦有一个岛屿叫林进屿，现在在国家滨海火山地质公园内，说林进与林震谐音，林进屿是林震屿的讹称，林震未成名时曾在这个小岛上与世隔绝，刻苦攻读，终于取得成功，大魁天下，因此此岛才称林震屿（林进屿）。其实，林震并没到过漳浦，更没有到过现在所称的林进屿，也根本不可能渡海登上林进屿。

此外，还有传说林震状元及第时，家中井鸣三日；而林震去世时，有星坠于其户。诸如此类的故事传说在民间还很多，虽然大多不见正史记载，有些甚至荒诞不经，但人们津津乐道，绘声绘影，却可以说明这位状元公在民间的影响和所受到的追捧。这样的历史"偶像"拥有众多"粉丝"并不奇怪。

值得呵护的历史遗迹

林震的祖居地是长泰县枋洋镇科山村，出生地是长泰县武安镇京元村（具体地点是张氏家庙）。科山原来叫“柯山”，后来因为出了状元林震才取“科举”之意而改名为科山。京元村原来叫溪园村，后来也是因为出了状元林震才取“状元”之意而改名为京元。

林震的母亲张氏是溪园社人，怀孕时恰逢溪园社张姓重修家庙落成，随父母、舅舅等娘家人去家庙赏灯看戏，突然间一阵风过，家庙里的灯火全都熄灭，张氏腹内阵痛，竟在家庙里分娩。张姓族人认为这座家庙风水很旺，在这里出生的人会夺走风水。张氏的娘家人趁着灯火熄灭、众人混乱之机，搀扶产妇，抱着婴儿迅速离开。出生在这座张氏家庙的正是后来成为状元的林震。而这座诞生状元的家庙就是现在的长泰县武安镇京元村张氏家庙。

溪园村因为林震中了状元改名京元村，诞生了状元的京元张氏家庙也因此远近闻名。张氏家庙堂号为瞻依堂，始建于明洪武年间（1368—1398），坐东朝西，背靠巍峨的长泰名山良岗山，正面隔着一汪碧波与位于芗城区的天宝山遥相对望，地理位置甚佳。整个建筑总面积400平方米，由门厅、天井及侧廊、正堂组成。正堂面阔三间，进深三间，抬梁式木构架，悬山顶，燕尾脊，虽然规模不算宏大，但显得古朴庄重。现在，张氏家庙成为后人纪念林震的重要地标，是县级文物保护单位，也是长泰县状元文化园的核心建筑。大概是得状元之灵气，京元村文风鼎盛，人才辈出，全村出了博士、专家数十位，成为四邻八方羡慕的文化村。

林震成为状元后，朝廷多次向林震家颁旨，宣德和正统年间（1425—1449）先后赠封林震父母从六品秩，敕封林震正室薛氏、继室黄氏为安人。现在，英宗皇帝敕封林震继室黄氏为安人的圣旨还保存在长泰县博物馆里。

京元张氏家庙连同同样充满传奇色彩的状元井等状元遗迹，以及尚存的圣旨，这些不可移动的或可移动的珍贵文物，是长泰县状元文化的重要载体，受到当地政府和民众的重视，正在努力发掘，合理利用，形成独具地域特色的亮丽的人文景观。

沈有容与浯屿天妃宫

沈有容是明朝时安徽宣城人，虽然不是漳州人，但长期在福建特别是在漳州任职，任职期间为抵御外敌、保卫国家建立卓著功勋。他在漳州留下不少珍贵的遗迹，如今我们在浯屿天妃宫等历史文物前还会情不自禁回想起这位民族英雄的业绩功勋。

歼灭倭寇卫台湾

沈有容（1557—1627），字士弘，号宁海，安徽宣城洪林桥人，出生于一个书香门第。《明史》里有他的传记，在卷二百七十（列传第一百五十八）记载："沈有容，字士弘，宣城人。佥事宠之孙也。幼走马击剑，好兵略。举万历七年武乡试。蓟辽总督梁梦龙见而异之，用为昌平千总。复受知总督张佳胤，调蓟镇东路，辖南兵后营。"他少年时便立志从戎报国，万历七年（1579 年）中应天武试第四名，后北上投军，先后在蓟辽、闽浙、登莱等边防或海防前线服役。所至屡立军功，且颇多惠民事迹，由旗牌官逐步擢升为都督同知，于天启四年（1624 年）以 67 岁高龄还乡。在沈有容一生四十多个春秋的军旅生涯中，有将近一半时间镇守在福建沿海，主要是在漳州。

明万历年间，福建沿海倭患严重，福建巡抚金学曾搜求将才，沈有容被看中，因此来到福建沿海，先在海坛（今平潭），后到浯屿、铜山（今漳州的龙海浯屿和东山）。《明史》这样记载："福建巡抚金学曾欲用奇捣其穴，起有容守浯屿、铜山。"万历二十九年（1601 年）十二月，朱运昌调任福建巡抚，将沈有容升任浯屿钦依把总。当时，“倭掠诸寨，有容击败之。逾月，与铜山把总张万纪败倭彭山洋。倭据东番。有容守石湖，谋尽歼之，以二十一舟出海，遇风，存十四舟。过澎湖，与倭遇，格杀数人，纵火沉其六舟，斩首十五级，夺还男妇三百七十余人。倭遂去东番，海上息肩者十年。捷闻，文武将吏悉叙功，有容赉白金而已。”

万历四十四年（1616年），沈有容统率水师，再次出征，擒倭东沙。当时，日本幕府将军德川家康，命令长崎代官村山等安占领台湾作为贸易根据地，失败后明石道友率散兵流窜至福建沿海，并劫持前来侦察的董伯起而去，后又来求通商，沈有容先以威名制服明石道友一军，然后率水师在东沙岛（东莒岛）合璧围困，采取以倭制倭的诱降办法，迫使在该岛顽抗的另一伙倭寇弃械投降。《明史》对此也有明确记载：“四十四年，倭犯福建。巡抚黄承元请特设水师，起有容统之，擒倭东沙。”

谕退荷夷建奇功

沈有容不但剿灭倭寇卫台湾，而且谕退荷夷建奇功。《明史》载：“三十二年七月，西洋红毛番长韦麻郎驾三大艘至澎湖，求互市，税使高寀召之也。有容白当事，自请往谕。见麻郎，指陈利害。麻郎悟，呼寀使者，索还所赂寀金，扬帆去。”说的是，万历三十二年（1604年），荷兰东印度公司韦麻郎等拥两艘巨舰，趁明军换防之际占领了马公岛（澎湖岛）。半商半军开洋货摊，以互市为名，企图像葡萄牙占领澳门一样永远占领澎湖岛。南路总兵施德政欲令沈有容带兵围剿荷兰侵略者，沈有容主张对战舰及武器皆胜于明军的荷兰侵略者“谕以理，惧以祸，令其自疑”。经过严密部署，沈有容不顾自身安危，于十一月十六日“轻袍缓带，径登其舟”，到澎湖与荷兰人进行交涉。沈有容向荷兰将领韦麻郎表明明朝不允许荷兰人在澎湖通商的决心，并透露福建当局拟派兵进剿的信息，指陈利害，严正晓谕，不费一枪一弹便迫使韦麻郎退兵。韦麻郎临去之时，请画师为其画像，以示尊敬。后人撰写的《沈有容传》

对此有绘声绘色的详尽生动的描写。

为纪念沈有容退荷功绩，时人立了一块石碑。这块有着400多年历史的古碑埋没了漫长的岁月，在1919年才被重新发现，现存于澎湖天后宫后殿清风阁右壁。这块古碑高近2米，宽近30厘米，上面刻着“沈有容谕退红毛番韦麻郎等”12个大字，是台澎地区年代最久远的古碑，被台湾有关部门认定为“台湾第一古碑”“一级古迹”。笔者曾到澎湖天后宫，在宫庙管理人员的热心引领下来到后殿，怀着十分崇敬的心情瞻仰了这块十分珍贵的古碑，对沈有容无比敬仰和深切缅怀的感情不由自主地从心底升腾起来。

其实，沈有容在漳州留下的遗迹还有一些，如他在龙海南太武山“云根洞”旁的崖壁上留有当年与福建南路参将施德政、游击将军陈一斋一起巡视、游览时写下的诗篇。沈有容写的诗是：“携尊登眺兴偏浓，景物清怡日色溶。波浪千层翻地轴，风云八阵结天冲。塔边残垒空芳草，泉上悬崖有老松。把剑专从飞将后，壮心直欲扫妖凶。”其雄伟气概至今依然激荡人心。

重建浯屿天妃宫

沈有容在漳州浯屿期间，无论是巡视海疆还是出师征战都会祈求妈祖保佑。浯屿岛上原有一座天妃宫，供奉妈祖，始建于什么年代已经不可考证了。当时规模比较小，而且比较破旧。沈有容为谢神恩，决定重建天妃宫，扩大规模，宽和深各增加一倍，建筑装饰也更加富丽堂皇。沈有容还亲自撰写《重建天妃宫记》记载这件事，碑文一开始就说：“万历辛丑夏，余时承乏浯铜，奉檄南征，竭祈神……”最后署名是“钦依浯屿水寨把总以都指挥体统行事署指挥佥事直隶宣城沈有容撰”，距今已经400多年历史，十分珍贵。笔者两上浯屿，都在碑前欣赏、深思良久，向这位伟大的民族英雄致以崇高的敬意。

浯屿天妃宫于清康熙三十六年（1697年）重修，道光五年（1825年）、道光十年(1830年)、20世纪30年代和1943年、1981年又先后多次修建，现在愈发辉煌壮丽。天妃宫地处浯屿岛中部，面朝大海，具有典型的闽南建筑风格，纵深38.9米，横宽9.2米，面积376平方米。共有三进四殿，第一殿陈列明清时期及近代碑记四方。第二殿为正殿，供奉端庄慈祥的天妃神像，两边有“顺风耳”“千里眼”塑像，神龛上悬挂着清康熙皇帝所赐的御匾，记载着福建水师提督施琅在平讨澎湖、台湾时妈祖天妃“涌泉济师”和“助战湿袍”的事迹。第三殿供奉着天妃手执玉笏的神像，当地人称“镇殿妈”。第四殿供奉的是三宝佛像。在天妃宫天井两侧壁上，彩绘着左青龙、右白虎的壁画，其他各殿的墙上也彩绘了飞禽走兽、梅兰菊竹以及“西游记”“三国志”“封神榜”“廿四孝”“廿八星宿”“六天罡”等壁画。天妃宫外两侧，有古井二口，称“龙虎井”，据说是延平郡王郑成功在1661年以前驻岛时开掘的。人们感念妈祖的保佑，感念沈有容的业绩，每天都有人前来顶礼膜拜，声名远播，香火鼎盛，台湾同胞也经常前来祭拜。

浯屿岛是一个面积不到1平方公里的小岛，距离大担、二担诸岛不过三四公里，因“孤悬大海中”(旧泉州府志语)而具有几分神秘感。浯屿岛作为漳州、厦门的“海上门户”，是过往船舶的必经之地，自古就是兵防要地。为防倭患，明洪武二十年(1387年)江夏侯周德兴奉旨兴建浯屿水寨，清代又进行了大规模整修，建有墩台、馆驿、兵营、演武厅等，军事防御体系相当完备。随着冷兵器时代的结束，水寨的军事防御功能渐渐削弱，如今只余断壁残垣，历尽沧桑，让人对之不禁大发思古之幽情。浯屿岛面积虽小，环岛却有超过7公里长的海岸线，周边海域水产丰富，盛产鱿鱼、黄花鱼、鲳鱼、马鲛鱼和白带鱼等，岛上到处飘逸着浓郁的鱼腥味，是一个远近闻名的海产基地。不到1平方公里的狭窄地方聚居着上万人，其人口密度不亚于繁华都市的中心城区。因为海洋经济发达，岛上渔民生活富足，浯屿成为龙海首富村。豪华别墅鳞次栉比，素有“小香港”之美誉。浯屿岛作为一颗“东海明珠”，不仅古老、富裕，而且风光秀丽，海面碧波荡漾，樯桅林立；空中白云飘浮，海鸥翱翔，有“浯屿八景”，魅力独具，让人心旷神怡，流连忘返，是值得一游的风景名胜。

与沈有容一样，朱熹、姜谅等都不是漳州人，但在漳州任职期间造福一方，遗爱百姓，得到民众的爱戴。由于种种原因，沈有容的历史功绩长期被埋没，不少历史学者对此感到不平。沈有容在漳期间做出的重大贡献，同样应该得到我们的尊崇和纪念。而且沈有容与朱熹、姜谅不同的是贡献和功勋主要体现在“武”的方面，更具特殊的代表性，更值得进一步研究、探讨、发掘和纪念。

郑开禧与可园

近日，由于地处漳州市区文川里的郑开禧旧宅面临拆迁，原本几乎被一些家乡人淡忘的一个历史人物和一座私家园林，又被人们一再提起，并频频见诸报端，这就是郑开禧与可园。郑开禧，字迪卿，又字云麓，是龙溪县马洲村（今属漳州市龙海颜厝镇）人，官至山东都转盐运使，《漳州府志》有传。可园是漳州现存唯一的古代私家园林，虽然年久失修，损毁严重，但基本格局和主要建筑尚存，具有较高的历史价值、文物价值和艺术价值。

精于吏治有政声

郑开禧出生在一个“道德模范”家庭。他的父亲叫郑元鏄，字蕴席，又字畲田，以孝悌闻名。《漳州府志》说他“十二岁丧父，事母林以孝闻。兄病，躬汤药，同寝室，数月无怠。”他所居住的马洲村濒临九龙江，乾隆年间发大水，村里的人都逃避到山上去了。“时元鏄父柩在堂，乃以緪约诸楹立水中，号泣数昼夜守之，闻者怆恻。”他还依照母亲的遗言，“以田若干，祔外祖、外祖母栗主于林氏支祖庙”。“家素贫，习贾，赀稍裕，均诸兄弟，无纤毫自丰。”而且扶贫济困，帮助亲友，事迹十分感人。像郑元鏄这样一个没有真正当过官的人，古代地方志里有传详尽记载其道德典型事迹的并不多。

郑开禧于清乾隆四十一年（1776年）出生，嘉庆十三年（1808年）考中举人，嘉庆十九年（1814年）考中进士，“授内阁中书，转吏部员外郎，历掌稽勋、考功二司印，迁文选司郎中”，当了10多年的京官。他“精于吏治，奸吏不敢玩法”。分巡广东粮储道，适南海、三水、清远三县泛滥，堤岸崩溃，民居流离饥殍，请赈不及，为救数万灾民，首先捐金设法收恤，组织百姓抢修堤防，永御水患。“粤人德之，建祠以祀”。官员还在世，百姓就为他建生祠，这并不多见。最后因政绩突出，郑开禧被提拔为山东都转盐运使。

《漳州府志》还记载了一件郑开禧在广东任职时为漳州乡亲洗雪冤狱的事。当时，漳州海外贸易商贩40多人被广东巡海卒当作海盗抓了起来，送官法办，郑开禧出面解释，说明这些人是合法商人，并非海盗，为他们洗雪冤狱，使他们被无罪释放。他与父亲一样，“事庶母谢以孝闻，同里李氏一门五寡，及戚友有孀妇苦节者，悉为之请旌”。

名著作序留芳名

郑开禧博览群书，而且喜爱藏书，有书楼为“知守斋”，收藏图书达10多万卷。后经战乱，焚毁无遗。郑开禧工诗善书，被誉为闽中十才子之一，如写“游南山寺”:“古刹南城外，山林一带赊。径堆红叶冷，碑卧绿苔斜。寺破无游屐，僧贫只卖花。苍凉独凭眺，还与数归鸦。”景中寓情，情景交融。其诗文集录成册，后被编为《知守斋诗文集》行于世。他还喜好收藏砚台，而且每砚必铭。据说现代收藏家还收有背面有郑开禧铭刻的端砚，铭文为:“歌花月兮颂吾德，友文章兮苏子迹。己丑仲春开禧。”

郑开禧在广东当官时，他的同僚朋友纪树馥也就是纪晓岚的孙子也到广东来当官，很多人向纪树馥讨要纪晓岚的《阅微草堂笔记》，那时纪晓岚已经去世多年。《阅微草堂笔记》是纪晓岚的笔记体文言小说，由《滦阳消夏录》《如是我闻》《槐西杂志》《姑妄听之》《滦阳续录》五部分组成。其创作时间始于乾隆己酉（1765年），终于嘉庆戊午（1775年），前后延续十年之久。中国古代文言小说的类型素有“传奇体”与

“笔记体”之分，而《聊斋志异》《阅微草堂笔记》分别是清代这两类小说的代表作。《阅微草堂笔记》每一部分刚一写出来，就“梨枣屡镌”“翻刻者众”，但直至清嘉庆五年（1800年）才由纪晓岚的门生盛时彦合刻出版，并由盛时彦作序。

因为索要这部名著的人很多，而纪树馥本身就是一个出版行家，于是就再次雕刻出版。再版时，纪树馥请郑开禧写序，时在道光十五年（1835年），距初版35年。郑开禧在再版序中说：“河间纪文达公，久在馆阁，鸿文巨制，称一代手笔。或言公喜诙谐，嬉笑怒骂，皆成文章。今观公所著笔记，词意忠厚，体例谨严。而大旨悉归劝惩，殆所谓是非不谬于圣人者与！虽小说，犹正史也。”对这部名著给予高度评价。郑开禧序中说：“公之孙树馥，来宦岭南。从索是书者众，因重锓板。树馥醇谨有学识，能其官、不堕其家风云。”交代了这部名著的再版缘由。郑开禧的初版序和盛时彦的再版序，都是对《阅微草堂笔记》最早的研究和评论，特别是郑开禧提出的“虽小说犹正史”的观点是十分深刻的独到见解，与这部名著一起广泛流传和深刻影响后世。

郑开禧有政声，有文名，去世之后由他的福建老乡林则徐为他写墓志铭也就不奇怪了。林则徐（1785—1850）是中国老幼皆知的民族英雄，侯官（今属福建省福州市）人，在京城为官多年，与同在京城为官的郑开禧既是同僚，又是同乡（同属福建省），因此他在“赐进士出身诰授中议大夫山东都转盐运使司盐运使云麓郑府君暨元配江淑人墓志铭”中署名为“愚弟林则徐”，全称是“诰授荣禄大夫兵部尚书两江总督赐紫禁城骑马现广东钦差大臣同里愚弟林则徐顿首拜撰”。

私家园林成文物

清道光十八年（1838年），郑开禧从广东回到家乡漳州，住在城区南边的文川里(现门牌号编为136号)，这是一座三进四房抱一厅的大厝，有5个大门，两边有护厝左右拱卫。规模宏大，屋顶飞檐、燕尾脊，十分壮观。墙砖为黑灰色，给人以古朴沉稳的感觉。古建专家认为，这些砖可能是从北方运来的。现在，人们称这座宏伟的老宅为郑宅，被列为漳州市第22号文物点。

郑开禧从他邻居那里买得荒废的园圃，开始设计建造私家园林。经过6年时间的精心施工，至道光二十四年（1844年）建成。园林总面积超过2000平方米，建有思哺堂、吟香阁、虚受斋、知守斋、荷花池、假山、水榭等，楼台亭阁、小桥流水，曲径通幽，随形就势，逐一铺就，错落掩映，互为借景。虚受斋内悬郑开禧真迹木匾，题“雨声花影”。知守斋匾额为左都御史姚元之所书，道光乙酉年冬作（1825年，时郑开禧50岁，其出生年即由此推测）。吟香阁东墙外面灰质壁刻集郑板桥书李杜诗七言八句都还清晰可见，但姚元之、祁隽藻等书榜及董其昌、郑开禧等壁镌书画现在有的已经损毁。整个园林构思立意高远，艺术手法细腻，富于诗情画意，洋溢古风雅韵。现代园林专家对园中现仅存石礅的曲桥遗址尤为兴趣，因为这座曲桥在思哺堂与吟香阁之间的池塘里，不但可以增添景色，而且用以隔景，在视觉上产生扩大空间的效应，体现了古典园林高超的艺术构思和深邃的审美理念。

郑开禧十分喜爱这座私家园林，取名为“可园”。其名取自苏东坡“凡物皆有可观，苟有可观，皆有可乐”的说法。郑开禧的《可园记》写下了这座园林的构思立意和作者对它的喜爱：“物之可以陶冶性情者，不必其瑰丽也。渔人饱饭而讴歌起，其乐常有余；朱门晏食而管算劳，其乐常不足。何也？可不可之致殊也。余客游十三载，所见名山水园亭，类多瑰奇佳丽；而美非吾土，过焉辄忘。丁酉自粤归，其明年得邻人废园，有池半亩许，可钓。因相其所宜木，可竹竹之，可松松之。建阁其上，时与素心人觞咏于此，可以寄敖，可以涤烦。阁上拓窗日望，则紫芝、白云诸山，苍翠在目，可当卧游。阁之后有圃可蔬，有塘可荷，有亭可看云，可停月。前楹有堂，可待宾客。西列房舍，可供子弟肄业。苟完苟美，不求佳丽，而四时之乐备焉。既成，名之曰‘可’。”最后引苏子之言作结：“夫人苟心无所累，则可忧者少，可乐者多，又何适而不可哉！”

寻访古迹，追怀古人，不禁感慨：郑开禧值得纪念，可园值得保护。

注：郑开禧墓志铭为漳州知名文史学者陈侨森先生早年拓印，其保护文物的精神可嘉，令人钦敬！

周匡物与天城山

周匡物是漳州历史上最早的进士之一，也是第一个作品入选《全唐诗》的漳籍诗人。周匡物年轻时曾在漳州城南的大城山结庐读书，晚年时又在这里隐居，使这座山因此被称为名第山，还因与周匡业兄弟均在科场扬名而被称为双第山。山以人名，周匡物是名人，因此天城山也成为名山。

漳州史上最早的进士之一

周匡物，字几本，唐时漳州龙溪县人，少时家贫，在天城山麓用功苦读，诗文俱佳，远近闻名，于元和十一年（816 年）进士及第。及第后任雍州司户，元和十四年（819 年）被荐为五行军参事，在任两年，后又任广东高州刺史。有政绩，祀名宦乡贤祠。天城山因他进士及第而被称为“名第山”，而他本人也因此被称为“名第先生”。（一般认为周匡物是漳州历史上第一个进士，但史家对此有争议。明朝何乔远的《闽书》卷二十八说：“漳人及第自匡物始也。”光绪版《漳州府志》卷二十八说：“唐自嗣圣开漳，百三十余年，登进士自匡物始。”而同段文字又说：“兄匡业，贞元八年明经登第。”另，史书还载：陈珦武周万岁通天元年明经登第。但有人认为这一记载不实。因为有此争议，我们把周匡物称为漳州史上最早的进士之一。）

对于他的生平事迹，史书记载较为简略。但他上京赶考途中在钱塘江摆渡的事却因宋时计有功《唐诗纪事》的相关记载而为人们所津津乐道，广为传播。这部书的卷四十五说周匡物“家贫，徒步应举，至钱塘，乏船之资，久不得济，乃题诗公馆云：‘万里茫茫天堑遥，秦皇底事不安桥？钱塘江口无钱过，又阻西陵两信潮。’郡牧见之，乃罪津吏。”对于这则趣事，后人添油加醋，绘声绘色，扩展为情节生动、细节丰富的文人逸事。其中当然有不少想象的成分，但其基本内容却是确凿存在的历史事实，《唐诗纪事》记载了这件事，而《全唐诗》收进了这首诗。

漳州第一位本土籍诗人

周匡物的诗工于咏物，刻画尽致，有5首诗入选《全唐诗》。漳州远离古代中国的政治中心，这里的诗人作品要入选这部钦定的经典诗歌总集是很不容易的。笔者每次翻阅《全唐诗》，都会不由自主地翻到第490卷，重温一下我们这位乡亲的作品，从心底升腾起浓郁的亲切感。

他被收入《全唐诗》的5首诗是:《古镜歌》《及第谣》《及第后谢座主》《自题读书堂》《应举题钱塘公馆》。其中的《及第谣》写道：“水国寒消春日长，燕莺催促花枝忙。风吹金榜落凡世，三十三人名字香。遥望龙墀新得意，九天敕下多狂醉。骅骝一百三十蹄，踏破蓬莱五云地。物经千载出尘埃，从此便为天下瑞。”这里的水国指的是江南水乡，龙墀指臣子朝见天子的地方；九天指皇帝，敕下即降旨。骅骝是赤色的骏马，三十三位进士每人骑一匹马，是一百三十二蹄，这里取整数；蓬莱，仙山，这里是说进士们陶醉在喜悦中，仿佛游仙境一样。末两句说学子们经过千辛万苦考取进士，这些进士们将给天下带来吉祥。“春风得意马蹄疾”的自豪感跃然纸上，表露无遗。作为漳州历史上第一位进士，他当时的心情是可以理解的。

作为家乡人感兴趣的当然是他的《自题读书堂》:“窗外卷帘侵碧落，槛前敲竹向青冥。黄昏不欲留人宿，云起风生龙虎醒。”让人由此想象当年天城山远离喧嚣的自然环境和诗人的高远志趣，禁不住感叹：这真是一个读书的好地方！

天城山具有名人加名山的名牌效应

天城山又名太湖山、双第山、及第山，是周匡物成功的起点，周匡物是从天城山走出的历史名人。明朝何乔远的《闽书》卷二十八记载："名第山，本名天城山，唐周匡物读书此山，登第后，敕赐'名第'，以漳人及第自匡物始也。"天城山位于漳州市南郊，地处324国道旁，距市中心与花博园各10公里，正好处在两者的中点，交通便捷。天城山峰峦起伏，气势雄伟，最高海拔555米，是九龙岭的"龙头"，山上自然景观秀美，人文内涵深厚。

到天城山，人们首先关心的当然是名第山上名第先生的遗迹。周潘书院是周匡物与另一位漳州历史名人潘存实的读书处。潘存实任过户部侍郎，是漳州历史上第一位在朝为官的人，他的诗也被选入《全唐诗》，与周匡物一样放在第490卷。两个人都创造了漳州的第一。除此之外，天城山及其周边的文物古迹还有凤桂山商周印纹陶文化遗址，隋唐古道，北宋乌石岩寺、石晶岩寺、观音庙、灵山寺，元代大钟、和尚缘田石碑，明朝大夫亭、御史醉笔、和尚塔碑、崇祯年间石砌古道、郑成功演武场，清末参加"公车上书"的台湾第一人、台湾最后一位进士汪春源墓，以及奉祀妈祖、三平祖师的庙宇等，不胜枚举。

在天城山下仰望，山势如同挺着大肚皮的弥勒佛。山上古木参天，植被茂盛，生态优美，环境幽雅。初春时节，漫山遍野的桃花李花竞相绽放，桃红李白，争奇斗艳，春意挂满枝头；仲夏时节，株株荔枝紧相连，浩瀚无边如海洋，一串串鲜红的果实在翠绿树叶的映衬下，风光如诗如画，凉风轻拂人脸；秋冬时节，芦柑红彤彤，蜜柚黄灿灿，硕果累累，给人带来丰收的喜讯。明末乡贤、崇祯甲戌进士郑昆贞在这里游览后在乌石岩壁上题诗："手种梅花二十秋，今来重作故乡游。荒荒白日平原暮，飒飒寒风群籁悠。六博得呼游客醉，半龛时住散仙留，山河渐改遗声在，此地犹堪日月流。"

2004年，缅甸华侨郑鹏耗巨资，千里迢迢从世界著名的玉石出产国缅甸运来一尊玉观音，捐赠给天城山。这尊雕像用整块白玉雕成，高8.8米，连同莲花座高达12米，总重200多吨，是目前世界上最大的整体玉观音雕像，现在安放在天城山山腰，背靠状如大肚弥勒的山峦，面朝高楼林立的市区。站在玉观音雕像前极目远眺，漳州城区美景尽收眼底。

天城山下的村落遗存一种国内独一无二的民俗，被称为闽南的“泼水节”。每年农历正月十一至十五日，当地汉、畲族人抬神游村，泼水祝福，热闹非凡，可说是稀有的非物质文化遗产。林前村的村民多姓郑，与郑成功同属于古县（在今龙海颜厝）郑氏分衍脉系。传说郑成功曾驻兵天城山，当地郑氏乡绅捐助10万两白银用于郑军军饷，乡民也踊跃参加郑军。现在山上有一块开阔地，据说就是当年的郑成功演武场。

天城山是人们游览休闲、拜佛朝圣、放松心灵的好去处。据这里寺庙的住持心霖法师介绍，天城山得天独厚的自然和人文资源正在逐步被开发，要建成一个自然风光秀丽、人文内涵深厚的景区，目前正在筹建观音殿，让这尊世界最大的整体白玉观音安进殿内。可以相信，周匡物与天城山，名人加名山，一定会显示出应有的名牌效应，成为漳州旅游观光的一个新亮点。

朱熹与白云岩

2011年4月时任国务院总理的温家宝在一次座谈会上说："一个国家、一个民族，总要有一批心忧天下、勇于担当的人，总要有一批从容淡定、冷静思考的人，总要有一批刚直不阿、敢于直言的人。宋代理学大师朱熹在任福建漳州知州时，曾为创办的白云岩书院写过一副对联：'地位清高，日月每从肩上过；门庭开豁，江山常在掌中看'。这是千百年来中国仁人志士的崇高精神追求。"温家宝的这番话让朱熹和白云岩再次引起人们的关注和兴趣，也一下子提高了漳州的知名度。

宋代理学的集大成者

朱熹（1130—1200），字元晦，一字仲晦，号晦庵、晦翁、考亭先生、云谷老人、沧州病叟等，别称紫阳，徽州婺源（今属江西省）人，出生于尤溪（今属福建省三明市）。是南宋著名的思想家、哲学家、教育家、诗人，宋代理学的集大成者，世称朱子，是孔子、孟子以来最杰出的弘扬儒学的大师。其父朱松，宋宣和年间为福建政和县尉，寓建阳崇安，后徙考亭。朱熹年轻时在延平、建州、建阳、崇安一带（今属福建省南平市）求学，19岁（宋绍兴十八年，即1148年）进士及第，曾任泉州同安主簿等职，仕至宝文阁待制。朱熹一生虽然为官时间不长，但任职时主张恤民省赋，节用轻役，限制土地兼并和高利盘剥，并实行某些改革措施。他退居崇安时，崇安因水灾发生饥荒，爆发农民起义。朱熹主张设"社仓"，以防止地主豪绅在灾荒时期用高利贷剥削农民，是有惠于民生的举措。庆元六年（1200年）三月初九，朱熹在建阳家里忧愤而死，安葬于黄坑大林谷，享年71岁。临死还在修改《大学诚意章》。朱熹一生自举进士至死，凡50年，经历了高宗、孝宗、光宗、宁宗四朝，仕于外者共9年，立于朝者40日，为宁宗讲《大学》。从总体上说，他虽为官颇有政绩，但仕途却不太如意，然而在学术上却取得了巨大成就。

朱熹自幼勤奋好学，聪明过人。四岁时其父指天说："这是天。"朱熹则问："天上有何物？"其父大惊。八岁便能读懂《孝经》，在书上题字自勉曰："苦不如此，便不成人。"他的老师李侗曾赞扬他："颖悟绝人，力行可畏，其所诧难，体人切至，自是从游累年，精思实体，而学之所造亦深矣"，并说朱熹"进学甚力，乐善畏义，吾党罕有"。淳熙二年（1175年），朱熹与吕祖谦、陆九渊等会于江西上饶铅山鹅湖寺，交流思想，相互辩驳，这就是著名的鹅湖之会。朱熹创办白鹿洞书院，订立学规，讲课授徒，宣扬道学。在潭州（今湖南长沙）修复岳麓书院，讲学以穷理致知、反躬践实以及居敬为主旨。他继承二程，又独立发挥，形成了自己的体系，后人称为程朱理学。其思想学说从元代开始成为中国的官方哲学，不仅深刻地影响了中国的传统思想文化，而且还远播海外。在儒学历史上，他地位及影响仅次于孔子和孟子。当然，朱熹"存天理，灭人欲"的思想对历代中国社会的负面影响也是毋庸置疑，不必讳言的。

朱熹学识渊博，对经学、史学、文学、乐律乃至自然科学都有研究。其词作语言秀正，风格俊朗，无浓艳或典故堆砌之病。著述丰富，主要有《四书章句集注》《四书或问》《太极图说解》《通书解》《西铭解》《周易本义》《易学启蒙》等。此外有《朱子语类》，是他与弟子们的问答录。

紫阳过化的历史遗迹

宋绍熙元年（1190年），朱熹以花甲之年出知漳州，历时一年。关于朱熹在漳起止时间，据漳州知名文史学者李阿山考证，有准确的结论：

"朱熹于绍熙元年四月二十四日莅任，次年四月二十四日卸任，二十九日离漳。"关于朱熹在漳州的情况，《宋史》是这样记载的："光宗即位，改知漳州。奏除属县无名之赋七百万，减经总制钱四百万。以习俗未知礼，采古丧葬嫁娶之仪，揭以示之，命父老解说，以教子弟。土俗崇信释氏，男女聚僧庐为传经会，女不嫁者为庵舍以居，熹悉禁之。常病经界不行之害，会朝论欲行泉、汀、漳三州经界，熹乃访事宜，择人物及方量之法上之。而土居豪右侵渔贫弱者以为不便，沮之。宰相留正，泉人也，其里党亦多以为不可行，布衣吴禹圭上书讼其扰人，诏且需后。有旨先行漳州经界。明年，以子丧请祠。"（见卷四二九）

朱熹知漳州仅一年，却政绩卓著。他整顿吏治，更张积弊，主张官吏应秉公施政，"上合法意，下慰民情"，"不扰良民，不长奸恶"。宣扬礼教，移风易俗，主张"复先王礼义之教"，以"息魔佛之妖言，革淫乱之污俗"。奖励开荒，规定开荒田者，"永为己业"，并"依条制，免三年租税"。"奏除属县无名之赋七百万，减经总制钱四百万"。特别是力主正经界，正版籍，核田亩，均赋税，以减轻农民负担，"细民知其不扰而利于己，莫不鼓舞，而贵家豪右占田隐税，侵渔贫民者，为异论以摇之"，但因遭富豪反对而无法推行，愤而辞职。

朱熹知漳州不仅为漳州经济社会的发展做了不少实事，而且为漳州文化教育的发展做了许多好事，产生了超越时代的深远影响。史家喜欢用"紫阳过化"来形容和表述朱熹对漳州的历史作用，认为正是由于有了朱熹的教化，才使漳州有了"海滨邹鲁"之称。朱熹一生著述中最重要最有影响并成为历代学子科举必读书的《四书章句集注》就是在漳州期间完成并出版的。朱熹总是为官一任，兴学一方，大办教育，开发民智，培养人才。他知漳时已年过花甲，但办学热情仍然不减当年，一上任就把"笃意学校，力倡儒学"作为改革漳郡"俗未知礼"的方略，提出"身修家齐，风俗严整，人心和平，万物顺治，隆及后世"的办学方针。白云岩上的紫阳书院就是朱熹知漳期间创办的，这不仅成为他治漳的重要成果，也是紫阳过化的重要历史遗迹。

白云岩上的无限风光

白云岩位于漳州城东南10公里，在龙海市颜厝镇丹庄社南的白云山腰，与理学名山云洞岩隔江相望。白云岩上现有的建筑坐南朝北，从山下往上依次是百草亭（即最北处亦即最低处）、紫阳书院（即朱子祠）和白云禅寺大雄宝殿。

百草亭是一个四角亭，平面呈长方形，宽4.6米，长6.1米。亭正中有一尊现代人雕刻的朱熹手捧经书站立的石雕像，像后立一石碑，高约2.5米，宽约1米，上刻“紫阳夫子解经处”七个大字，据传为郑玉振所书。四根亭柱，前面两根镌刻的楹联是“百草亭中留胜景，白云岩上隔尘缘”，后面两根镌刻的是“解经明道踪犹在，过化存神泽未湮”。

百草亭后面就是朱子祠，也就是原来的紫阳书院。清康熙年间，乡贤唐朝彝曾在白云寺右边建朱子祠以祀朱熹。清乾隆年间，朱子祠被移至紫阳书院旧址，这就是我们今天看到的紫阳书院。现门楣上挂“古道照人”大木匾，房屋为砖木结构，硬山顶，单进，长8.6米，宽8.4米，建筑面积72平方米，前有通风采光门屏和窗户。殿堂内主祀朱熹，配祀唐朝彝，上面悬挂“紫阳书院”木匾。里面的东侧现存《重修白云山紫阳书院碑记》和《白云山紫阳书院建置祭田记》两通石碑，前碑立于清乾隆乙巳年（1785年），记书院（朱子祠）沿革，郑玉振撰，黄金莲书；后碑立于清道光三年（1823年），记建置朱子祠祭田事，也是郑玉振撰。郑玉振，字声伯，号愚亭，别号古屯，龙溪县十二三部古县社（今龙海市颜厝镇古县社）人。乾隆甲辰（1784年）进士，知山西和顺县，有政声。本文开头提到的温家宝引用的楹联“地位清高，日月每从肩上过；门庭开豁，江山常在掌中看”，就是朱熹题写的书院门帖，原来的门上还有“与造物游”匾额，也是朱熹题写的。《龙溪县志》等史志对此都有明确记载，但这些珍贵文物却多毁于“文革”。

书院（朱子祠）后面是白云禅寺大雄宝殿，祀三宝佛、观音菩萨。

殿门上方悬挂“白云深处”木匾，为明末书法家黄道周题写，行笔劲峻，峭拔秀丽。殿内有楹联：“唐虔诚禅师净扫白云封洞口，宋紫阳夫子解经在此留圣迹”。

朱熹在白云岩创办的书院为何称紫阳书院，漳州知名学者黄超云和李阿山对此曾有过考证和解释。朱熹的父亲朱松早年读书于徽州紫阳山（在安徽歙县城南），并刻有“紫阳书堂”印章。宋绍兴十三年（1143年），朱松病故。去世前把家事托给崇安奉调家居的刘子羽，刘子羽即把朱熹母子从建瓯接到崇安并修一座旧楼居之。乾道七年（1171年），朱熹于旧楼厅事刻榜“紫阳书堂”，并以“紫阳”自号。朱熹后来自号紫阳、创办紫阳书院就是为了表示对父亲的怀念。

朱熹知漳，在白云岩创办紫阳书院，经常前来讲学，留下许多传说故事，如朱文公使飞瓦，还有红壳虾和无尾螺等。自古以来，白云岩上就有“七奇八景”的说法，“七奇”就是奇螺无尾、奇虾红壳、奇蛙白颈、奇龟柴头、奇莺栖石、奇蚁黄色、奇鼠飞树。“八景”包括松关鸟语、何有石、百草亭、意果园、洗砚池、棠荫漏月、卓锡飞泉和晚浦归帆等，相传是朱熹亲自命名的。“松关鸟语”是松树夹道成门状，树上鸟鸣悦耳。“何有石”，相传当年朱熹在这里讲学，听者极多，有一个叫何有的儒生只好站在石头上，听得入神。差点从石上跌落涧中，这块石头因此得名。“百草亭”即指亭子四周花草繁多而茂盛。“意果园”位于亭后，种植漳州特有的蔬果。“洗砚池”是朱熹洗砚处，内有传说中的“红壳虾”和“无尾螺”，是朱熹食余投池中而复活的。“棠荫漏月”是月亮穿过甘棠树叶缝隙照在地上形成的斑驳月光。“卓锡飞泉”是僧人拄立锡杖处引泉水凌空而来。“晚浦归帆”是在山上俯瞰，九龙江西溪晚间船帆归来。有人把这八景凑成四句诗：“卓锡流泉何有石，松关鸟语百草亭；棠荫漏月洗砚池，晚浦归帆意果园。”虽不合格律，但使八景名字连缀起来，较为好记。白云岩上人文内涵厚重，自然风光秀丽，然而由于后来环境遭受破坏，“八景”现多已不存，有待修缮恢复。

历代文人墨客经常登临白云岩，并写下许多脍炙人口的诗歌游记，如陈常夏、黄日纪、王有嘉、郑开禧、曾习轩等，增添了这个景区的文化蕴含。黄日纪《游白云岩朱子解经处》说:“虔谒经堂下，百世仰大儒”，写出了许多游人的感受。乡贤、清道光举人曾习轩有一组《白云山八景诗》，共8首，分别吟咏百草亭、洗砚池等白云岩八景。

温家宝引用朱熹为漳州白云岩书院写的对联后，前来白云岩游览的人日益增加，已经引起当地政府和有关部门的重视，计划保护、恢复、开发和利用白云岩这一弥足珍贵的历史遗迹，目前正在编制规划，准备把它建设成为一个融佛教文化和理学文化为一体的风景名胜区。

读山阅水

安吉竹海行

由于受传统文化的熏陶，我自幼喜爱竹子，有机会到闻名遐迩的安吉竹海一游当然是十分乐意的。

安吉竹海在浙江省湖州市安吉县南面，距县城约15公里。这里，峰峦蜿蜒，坡陡谷深，因此称为“幽岭”。满山遍野的竹子，一片连着一片，没有间歇，没有中断，依山就势，连绵起伏，谱成一曲抑扬顿挫、跌宕起伏的绿色交响乐，让人仿佛置身于妙不可言的梦幻世界。前几天，当地接连下雨，给竹茎、竹叶从头到尾洗了个澡，因此竹子显得格外青翠碧绿，环境也显得格外爽朗洁净。山风为我们送来深秋的凉爽，在脸上轻轻抚摸；泉水为我们奏响轻盈的旋律，在耳边缓缓回荡。这样美妙的感觉，怎不令人陶醉？

沿着石条铺就的小径，左弯右拐，逐渐向竹海深处走去，不知不觉向高处攀登，20多分钟后来到一座10来米高的瞭望塔，这是这个小山头的一个制高点，称为观竹楼。登上这座瞭望塔，万顷竹海尽收眼底，满眼翠绿赏心悦目。清代王显承的《竹枝词》这样写道：“遥怜十景试春游，东岭迢迢一径幽。记得碧门村口去，篮舆轻度到杭州。”虽然写的是春游，而我们是秋游，但感受是一样的。绿色，是现代人最珍爱的颜色。它是环保、生态、活力的代名词，把没有污染的食品称为绿色食品，把低碳节能的出行说成绿色交通，如此等等，反正把绿色与所有的美好事物都联系了起来。随着城市化进程的加快，钢筋水泥把人们与绿色隔得越来越远，在不知不觉中扼杀人类的生机与活力，因此人们深情地呼唤绿色。

人们喜爱竹子是一件顺理成章、无须解释的事，因为竹子给人们送来满眼的翠绿，给人们带来众多的益处。世界上 50% 以上的竹子产在中国，竹子已经进入我们生活的每一个领域、每一个角落。正如苏东坡说的：“庇者竹瓦，载者竹筏，书者竹纸，戴者竹冠，衣者竹皮，履者竹鞋，食者竹笋，焚者竹薪，真可谓不可一日无此君。”因为竹子与国人日夜相随、形影不离，国人对竹子怀有特殊的深厚感情。在文字还没出现的上古时期，我们的先人就在口传的诗中唱道：“断竹，续竹，飞土，逐肉。”在 5000 多年前的仰韶文化陶器上就有象形的“竹”字。中国古代的“书”就写在竹简上。我国第一部诗歌总集《诗经》中就有大量有关竹子的诗篇，直接提及的有 5 首，间接提及的有几十首之多。如《淇奥》曰：“瞻彼淇奥，绿竹猗猗。”中国人喜欢竹子，认为它不仅具有极大的实用价值，而且具有很高的审美价值。竹子无牡丹之富丽，无松柏之伟岸，无桃李之娇艳，但它虚心文雅的特征，高风亮节的品格为人们所称颂。竹子那飘逸秀美的体态、青葱翠绿的色彩、蓬勃向上的活力、挺拔刚健的气质，得到人们的喜爱。竹子干直、根固、质坚而又虚心、有节，在文人笔下，已经完全被人格化了。竹子与松和梅并称“岁寒三友”，与梅兰菊并称为“四君子”。竹子作为中国人的一种情感寄托，已经成为高风亮节的象征。可以说，竹子的精神，就是中国人的精神。竹文化内涵十分丰富，深深渗透进了文学、绘画、工艺、音乐、宗教、民俗等社会生活的各个方面，形成中国人的审美意识与伦理道德的一种独特现象。看到竹子，人们会自然而然地联想到它不畏逆境、不惧艰辛、中通外直、宁折不屈的品格。

我们城乡建设者对于竹子更是有特殊的感情。竹子用于建筑的历史十分悠久。汉代，能工巧匠利用竹子为汉武帝建造甘泉祠宫。宋代诗人王禹偁在湖北黄冈做官时，自造竹楼，并写了流传千年的《竹楼记》。盛产竹子的南方，竹楼是寻常百姓家的房舍，特别是西南少数民族有许多现在仍然住在竹楼里。绿树芭蕉丛中掩映着座座竹楼，多么富于诗情画意！竹子体轻质坚，皮厚中空，抗弯拉力强，弹性和韧性都极佳。据测定，顺纹抗压强度每平方厘米为 800 公斤左右，顺纹抗拉强度每平方米厘米可承载 1800 公斤。著名建筑大师贝聿铭从郑板桥的《兰竹图》

中受到启示，设计建造了高达315米、70层高的中国银行大厦。这一“仿竹杰作”，现在仍然巍然屹立于多台风的香港。

竹子与园林绿化更是息息相关。它自古就是我国园林中不可缺少的组成部分，《尚书》就有“东南之美会稽之竹箭”的记载，秦始皇建上林苑“穷四方之珍，得云冈素竹”，把竹子用于造园。到了魏晋、南北朝，人们已经自觉地把竹子融入造园。《水经注》介绍北魏著名御苑华林园时说：“竹柏荫于层石，绣薄丛于泉侧。”《洛阳伽蓝记》则说洛阳贵族私园“莫不桃李夏绿，竹柏冬青”。而到唐宋，造园用竹就更为广泛，从南宋周密《吴兴园林记》可以知道吴兴的宅园“园园有竹”。明清时期，人们把竹子与水体、山石、雕塑、建筑有机结合起来，使园林更加绚丽多彩，富于观赏性，竹子在造园中的运用进入成熟阶段。

而安吉竹海的竹子不是种植在园林中，它生长在大自然里，更显出其原生态，显出其纯净和质朴。这里的凉亭、长廊、茶几、桌椅，都是竹子做的，真是竹子的王国，竹子的世界，因此称之为“竹海”，极言其浩瀚无边，是十分恰切的。笔者的家乡漳州有一个竹种博览园，以其品种繁多齐全著称，而安吉竹海则品种相对单一，给人一种浩瀚的感觉。我们看到的大多是高大的毛竹，高都在10米以上，无边无际，气势恢宏，不禁让人想起古代著名画家郑板桥的诗：“咬定青山不放松，立根原在破岩中。千磨万击还坚劲，任尔东西南北风。”

不管什么竹，都是四季常青，挺拔秀丽，潇洒多姿，韵味深长，情趣盎然，它美化环境又陶冶情操。漫步在翠竹之下，惬意和遐思油然而生。我离开安吉竹海后，那满目的翠绿、婆娑的竹影仍然久久不肯从脑海中退出。我想，回去以后要向园林部门建议美化城市应多种竹，因为苏东坡说过“宁可食无肉，不可居无竹”。

城里的水和树

到丽江古城，一下子就被城里的淙淙流水和依依垂柳震撼了。我仿佛在梦中：眼前的景观是陌生的，却又是熟悉的，因为这不是我追寻已久的诗画境界吗?

我在似梦非梦的朦胧状态中随纳西族导游步入古城。进得城口，一架巨大的水车首先映入眼帘，水车边有一座桥叫玉龙桥。古城北面的黑龙潭汇聚了玉龙雪山的雪水和众多泉水，潭水向古城奔流，这段长约一公里的河流被称为玉水河。玉水河流到丽江古城口的玉龙桥下分中河、西河、东河三道水系流入城内。中河是古老的自然水系，它将古城分为东西两个部分，西河和东河则是人工河。三道水系再分成若干支流，穿街绕巷，入院过墙，流遍全城，向南、向西流出城外。于是，条条街道见流水，户户门前有清溪。这里的流水没有污染，清澈晶亮，不仅为居民用水提供了极大的方便，又滋润了古城的空气，调节了古城的气候，还利于古城的消防。与北方城镇方方正正、横平竖直的棋盘式街道不同，丽江古城街道的依傍河道自由布局，主街傍河，小巷临渠。虽然街巷弯来拐去，如同迷宫，让初来乍到的游客很容易迷失方向，进得城去，钻不出城来。然而，导游告诉我们一个秘诀，就是“顺流入城，逆流出城”，走街串巷时只要看好水流方向，就不会迷路。

丽江古城没有城门，也没有城墙，据说是因为纳西族的头领姓“木”，如果建了城墙和城门，给“木”围个四方框，不就成了“困”字吗?所以这里没有城墙，也没有城门。古城的形状如同一方大砚台。这方大砚饱含浓浓的墨汁，不断书写着自己的悠久历史和厚重文化。由于古代“研”和“砚”相通，所以古城被称为大研，这个称呼大约始于宋末元初。直至元初的1258年，忽必烈在这里设立丽江军民宣抚司，才正式更名丽江。这是因为丽江位于云南省的西北部，地处滇西横断山脉与滇中高原的交界处，北部是金沙江和玉龙雪山，“丽江”地名就起源于金沙江的别称“丽水”。因此，《元史·地理志》说：“路因江名。”

水是丽江的灵魂。因为丽江古城的街巷与河共存，与水相伴，于是，各式小桥就遍布全城。马致远的名句“小桥流水人家”不是为丽江却似乎是专为丽江而写的。古城有多座明清时期建造的石拱桥，虽经几百年的风雨剥蚀、地震摧残，至今依然坚固如初，可谓“桥坚强”。有了生命源泉的滋润，街上、河边都是成行成行的树，其中大多是柳树。柳树主要有杨柳和垂柳，导游告诉我们，街中的多是杨柳，临水的多为垂柳。

在丽江古城仰首就可以看到玉龙雪山。作为雪山的背景，天空是那样的湛蓝，蓝天有时会飘过几朵白云，使得这幅画的背景更富于动感。走在五花石铺就的街巷，听着城中内河的流水声，时不时还会看到水中叫不出名字的鱼儿朝你张开嘴巴，仿佛在画中游，整个心都完全投入大自然的怀抱。蓝天，雪山，木屋，石路，流水，小桥，还有屋檐下的红灯笼、门板上的木锅盖，等等等等，让人目不暇接。每一条小巷、每一个角落都值得慢慢鉴赏，细细回味。手中的相机拍个不停，还是生怕遗漏了哪一个景点。漫步在古城五花石板路，不知道是该走快点，还是该走慢点。想走快点，是因为前面还有许多美景要看；想走慢点，是因为眼前的美景让人留恋。

丽江人爱水、护水，在日常生活中约定俗成，凌晨在河里取饮用水，过了上午10点才能在河里洗菜、洗衣服。有人称丽江是“高原姑苏”，我觉得这其实是抬举了苏州。苏州是江南水乡没错，但苏州城里的河水能淘米洗菜吗？在丽江古城，我就亲眼见到纳西人从河里舀水淘米洗菜。

随着城市化进程的加快，人与水、与树争地盘的现象日益加剧。在许多城市的城区里，河道被填掉用来建楼房，大树被砍掉用来搞开发。水和树在与人的竞争中当然只能甘拜下风。据报道，仅南京市城区10年来就减少20条河渠，总长15公里。成都市成立了河流研究会，展开河流保卫战。我们，当代城里人，在心中一遍又一遍地呼唤水和树不要离我们而去，呼唤水和树归来、更快更多地归来。正因为丽江古城有这么多清澈的水、翠绿的树，与我心中的梦幻相印证，自然而然就荡漾起我的心潮，久久难以平息。

澄澈

虽然我早就听说过吉林长白山，知道长白山天池很美，但是当犹如天然明镜的天池呈现在眼前时，我还是被震撼了，被天池的澄澈深深震撼了。我不知道用什么语言，怎样来描述天池映入我眼帘那一刹那自己的感觉。

眼前的这面巨大的不规则的但略带椭圆形的深绿色的镜子镶嵌在群峰之中，把顶上的蓝天白云，把周边的悬崖峭壁倒映拥抱在自己怀中。这面镜子南北长近 5 公里，东西宽 3 公里多，周长 10 多公里，总面积约 10 平方公里。长白山是一座休眠的火山，而长白山天池其实是一个火山口。历史上火山经历多次喷发，仅从 16 世纪以后就喷发了 3 次，最近一次喷发距今不过 300 多年。火山爆发喷射出大量熔岩之后，火山口处形成深凹的盆状，积水为湖，形成了现在我们看到的天池。湖水幽深，平均深度 204 米，最深处 373 米，蓄水 20 亿立方米，是中国最深的湖泊，也是中国最大的火山口湖。我两次到过新疆天山天池，那也是一个高山湖泊，而长白山天池水面海拔 2150 米，比天山天池还高 200 多米，因此称为“天池”——“天上的池塘”，名副其实。

天池周围环绕着 16 座山峰，成为天池的内壁。山体多为白色浮石和粗面岩，陡峭笔立，如花盆，似玉碗，那是上苍凭他那天马行空的想象力，用他那无与伦比的艺术技巧，精心雕琢而成的。因为生存环境恶劣，除了青苔之外，壁面没有什么植被，却显得格外刚健遒劲、雄浑壮丽。天池位于吉林省东南部，是中国与朝鲜的界湖，北侧是中国，南侧是朝鲜。16 座山峰中最高的是朝鲜界内的将军峰，海拔 2750 米，是长白山脉最高峰。中国一侧最高的则是白云峰，海拔 2691 米，为中国东北第一高峰。由于海拔较高，群峰耸立，这里气候瞬息万变，经常是云雾弥漫，并伴有暴雨冰雹，使得天池若隐若现，宛如仙境。游客长途跋涉来到这里，往往因天气原因无缘一睹天池真容，深为遗憾。我的运气可谓上佳，观赏天池时天空晴朗、能见度很高，等车下山时大雨瓢泼、浮云遮望眼。游友都说我们与天池有缘分，天池愿接见我们。

天池的水主要来自大自然降水，也就是雨水和雪水，还有就是地下泉水。湖的北面有一个缺口，被称为闼门，湖水从这里外泄出来，蜿蜒奔流 1200 多米，到断崖绝壁山处跌水而下，形成了高达 70 米的瀑布。这就是著名的长白山瀑布。在瀑布下仰首眺望，只见白练悬天，飞流直下，银龙舞动，飞珠溅玉，轰鸣如雷，响彻山谷。瀑布除冬天外长流不断，而天池的水位却常年没有多大变化，保持恒定，令人称奇。如果形容天池用得上“水光潋滟晴方好，山色空蒙雨亦奇”的宋诗名句，那么形容天池流出的瀑布则用得上“飞流直下三千尺，疑似银河落九天”的唐诗名句了。

天池下不远处有一个湖泊，叫银环湖，湖面较小，人称小天池。湖水也来自天池，十分清澈，因为湖水较浅，给人的感觉是透明的，可谓清澈见底。因为不像天池那样湖面距人较远而只能眺望，小天池让游人可以近距离观赏、零距离接触，湖边景物倒映到湖面的景观效果也更加明显。在长白山，像小天池这样的湖泊，像长白山瀑布这样的瀑布还有多处，各有特色，但都有一个共同点，就是澄澈。

据导游介绍，天池是松花江、鸭绿江和图们江三江的源头。也有人认为天池只是松花江的源头，而鸭绿江和图们江并非源自天池，然而不管怎么说东北的这三条大江都源自长白山则是无疑的。我游览长白山天池，面对松花江的源头，心灵震撼于其澄澈，脑海中却出现几年前松花江受到严重污染、酿成影响海内外的重大环境事件的情境，至今仍然让人痛心疾首，甚至心惊肉跳。

“仁者乐山，智者乐水”，我虽不算“智者”，但也特别钟爱水，特别钟爱澄澈的水，像九寨沟、青海湖，像今天游览的长白山天池，常常沉醉于水的澄澈之中。水是生命之源，我多么希望我们能像珍惜自己生命一样爱护水，让水不受污染，让水永远像原始状态的长白山天池那样澄澈。也许这只是个梦，但我希望为这个梦的实现而努力，大家和我一起努力，我也跟大家一起努力——为了水的澄澈。

到澎湖看外婆

当飞机开始在马公机场跑道上缓缓滑行时，我的耳际萦绕着《外婆的澎湖湾》优美的旋律，这不是从机场扩音器传过来的，而是从我内心深处发出来的。过去，我就是凭着叶佳修的这首校园歌曲来想象澎湖的，期待着哪一天能到澎湖去看望外婆。

“晚风轻拂澎湖湾，白浪逐沙滩。没有椰林醉斜阳，只是一片海蓝蓝。……阳光、沙滩、海浪、仙人掌，还有一位老船长。”我把澎湖想象得那样美，真担心踏上澎湖后，看到澎湖其实并没有那样美，那么我凭想象构建起来的虚幻美好大厦岂不就在顷刻间彻底坍塌了吗？然而，澎湖没有让我失望。

蔚蓝的天空、洁白的云朵、明媚的阳光、细软的沙滩、清爽的海风、碧绿的海水、涌动的浪花，构成澎湖特有的自然景观。澎湖，从行政区划来说是澎湖县，有 1 个市、5 个乡；从自然地理来说是澎湖列岛，是由散布在南北长 60 公里、东西宽 40 公里的海面上的大小近百个岛屿组成的，总面积 126.8 平方公里（退潮时变成 164 平方公里），其中澎湖本岛 64 平方公里，主要产业是渔业也即捕捞业（现在正逐步转向旅游业），基本上没有工业、农业和畜牧业，因此几乎没有污染源。300 多公里海岸线，每一处的海水都那样的清澈湛蓝，那样的赏心悦目，那样的令人心醉。

澎湖介于大陆与台湾之间，是台湾开发最早的地区，早在宋朝就有泉州、漳州人移居到这里，当时已经纳入中国版图，元至元十六年（1279 年），元朝朝廷就在这里设巡检司，隶属福建省泉州府。澎湖本岛与中屯、白沙、西屿连接围合成一个内海，外侧海水汹涌澎湃，而内海则波平浪静，因此早年从大陆来的移民称之为“平湖”，平湖与澎湖谐音，逐渐被称为“澎湖”。古时，大陆移民到台湾往往以澎湖为跳板，先到澎湖，后到台湾。由于澎湖具有这样优越的地理位置，被称为“台湾海峡之键”，更被誉为撒在台湾海峡的一串明珠。

澎湖列岛的底基为一隆起的玄武岩方山，是经过多次海陆升降、海蚀和火山喷发而形成的，有丰富的玄武岩地质地貌，是一个典型的火山地质公园。我这次到澎湖，就是应澎湖县政府邀请来参加两岸地质公园维护管理与旅游发展研讨会的。目前，漳州与澎湖正在协商联合申报世界地质公园。澎湖十分重视玄武岩地质地貌的保护，把桶盘屿、锭钩屿等列入保护范围。桶盘屿面积 0.35 平方公里，因其形似桶盘而得名，整个岛几乎都由柱状玄武岩组成。玄武岩熔岩流从海底喷发之后，会因为遇到海水急速冷却而产生等距的收缩，收缩时也同时会产生张力，所以在均质的熔岩条件下，会产生最稳定的六角形柱状破裂面。当熔岩从外缘向内部冷却的同时，在表面形成的节理会向内部延伸，这就是我们现在看到的景观。巨大的柱状节理岩柱耸立在岛屿的东、南、西三面，直径多在 1 米以上，十分壮观。我们到桶盘屿时正值退潮，微妙无穷的莲花座毫无掩饰地裸露在我们眼前。这是一个古火山喷气口，因为形如观音菩萨的莲花座而得名，直径约 25 米，中间凸起的小丘高 1 米多，直径约 5 米，海水涨潮时就会被淹没。游客来桶盘屿游览，都会到这里来观赏这个难得一见的自然奇观，但只有在退潮时才能踏上莲花座。由于主人的精心安排，我们今天来得正是时候。

小门屿位于西屿的北端，两岛本相连，因受海蚀作用而分离，中间隔着约 200 米的水道，现在以拱桥相连。这个小岛屿面积只有 0.5 平方公里，却有着丰富多彩的火山地质形态，有海崖、海蚀拱门、海蚀柱、海蚀凹壁、壶穴等，鲸鱼洞就是一个典型的海蚀拱门。现今这里建起了地质馆，外观为一长廊式建筑，馆内分地景模型、生态、人文、标本及澎湖列岛地貌等展示区，还有玄武岩立体走道及圆拱形海洋生物隧道等，设计十分巧妙。既可以在室内参观，增长地质科学知识，又可以在户外游览，观赏地质自然奇观。

澎湖不但有美丽的自然风光，而且有丰富的人文景观。澎湖天后宫已有400多年历史，是台湾最古老的庙宇，这里保存的“沈有容谕退红毛番韦麻郎”碑是台湾最古老的碑刻。天后宫供奉的是妈祖，这是一个从人逐渐演变而成的神。她的原名叫林默，宋建隆元年（960年）农历三月二十三日出生于现在的福建省莆田市，自幼聪慧睿智，八岁从塾师启蒙读书，过目成诵。她勇敢善良，熟习水性，精通医术，经常为渔民看病疗疾，救助海上遇险渔舟商船。宋雍熙四年（987年）农历九月初九，年仅28岁的林默在一次抢救海难中不幸牺牲，民间就相传她羽化升天了，称她为妈祖。由于妈祖一生见义勇为，扶危济困，助人为乐，无私奉献，被人们看作是慈悲博爱、护国庇民、可敬可亲的海上女神。台湾是一个海岛，四面环海，波涛汹涌，民众祈望妈祖护佑航海安全，因此都十分信奉妈祖，妈祖信仰也就成为台湾信众最多的民间信仰。清朝康熙皇帝赐封妈祖为“护国庇民”的“仁慈天后”，妈祖是“天后”，妈祖庙就是天后宫。据不完全统计，全世界20多个国家和地区共有4000多座妈祖庙。澎湖天后宫建筑具有鲜明的闽南风格，使我这个闽南人看来格外亲切。马公的中央街、西屿的二嵌聚落、望安的中社古厝，都具有鲜明的闽南建筑特色，彰显两岸地缘相近，血缘相亲，语言相通，习俗相同，民居相似。

当然，当地的人文景观也是游客不会错过的。张雨生纪念馆和潘安邦旧居两处景点都在马公的眷村，相距不到30米。看到心仪已久的潘安邦旧居面朝大海的小空地上的《外婆的澎湖湾雕像》，我一阵激动，浑身血液流动顿时加快，耳边又响起《外婆的澎湖湾》这首不知听过多少遍的校园歌曲。大陆许多人知道澎湖就是从这首歌开始的，我想澎湖人一定很感谢这位从眷村走出来的歌唱家。《外婆的澎湖湾雕像》十分传神，我站在雕像前，一会儿仔细端详雕像，一会儿极目眺望大海，心里对“外婆”说:“外婆，我看你来了。”雕像没有反应，但我想“外婆”是听到了。

到素书楼听讲

拜读过几本钱穆的史学著作，为先生的史德史学史识史才所折服，恨无缘亲聆先生讲课，不想竟有机会“登堂入室”造访“素书楼”，虽然先生已经作古、“素书楼”成为故居，但能“到此一游”，心情还是有些抑制不住的兴奋和激动。

钱穆故居位于台北士林区临溪路72号，在东吴大学校园的西南角。门外一块大石上镌刻着“钱穆故居”四个大字。故居是一座二层小楼，名为“素书楼”，据说是先生为纪念其母亲而命名的。大门上有一块写着“素书楼”的木牌匾。一进大门，红枫夹道，修竹相迎，宁静清幽。素书楼一层左边的客厅就是先生的讲堂。1968年，应友人张其昀之邀，钱穆先生为中国文化学院（后改称文化大学）开设讲座，在家授课，每周2个小时。1986年，先生辞去文化大学教职后，仍在这里为自愿前来听讲者继续讲课两年，至1988年先生94岁才因病停止讲课。客厅一面靠墙的长桌上安放着朱熹的全身立式檀木雕像，上面悬挂写着“静神养气”四个大字的横匾，两边则是朱熹写的楹联：“立修齐志，读圣贤书”，可见钱穆先生对这位宋代大儒的景仰。当年，学生就在这里听钱穆讲学，来听讲的不限于文化大学的学生。由于来聆听先生教诲的人太多，座位不够，那些没有座位的就站着听。有的门生几乎每次都来听，二十年不间断，从学生听成教授，又带学生来听讲。故居的管理人员告诉我们，先生学识渊博，二十四史烂熟于胸，讲课中那些史实故事娓娓道来，讲到动人处神采飞扬，感染力极强，让听者如醉如痴。我征得管理人员的同意，在客厅中的沙发坐了一会儿，感受一下听钱穆先生讲学的氛围和境界。

故居的书房除了一张普通的写字桌和一张普通的靠背椅，最引人注目的就是藏书。三面墙都是从地面直到天花板的大书橱。钱穆先生生前深居简出，除了偶尔在庭院中散步，整天都在看书写作，笔耕不辍。先生著作等身，一生写了60多部书，像《国史概论》《国史大纲》《中国历代政治得失》《中国近三百年学术史》《中国思想史》等，为广大读者所熟知和喜爱。参观了钱穆的书房，也许就可以找到钱穆为何学识渊博、为何讲学生动的问题答案了。

故居的楼廊面对溪山，近处可赏院中苍松修竹和成排的枫树，远处可眺台北有名的景观外双溪，这是先生平常闲坐望远的地方，特别是雨天不能到院中散步，就在这楼廊里漫步。其夫人经常在这里与先生闲坐聊天，把闲聊所得用笔写出，竟有20多篇，后来汇集成书，就叫《楼廊闲话》。我想，钱先生一定把他对自然的热爱融入他的著作和讲学中。

钱穆生平让我感兴趣的还有他与林语堂的友谊。钱穆与林语堂生于同年，都是1895年，但由于各种原因，他们两人在大半生的时光里一直未能相识，20世纪40年代虽然在一次宴会上有一面之缘，但后来并没有建立联系。1956年，林语堂被任命为南洋大学校长，邀请钱穆主持南洋大学研究院的工作，但当时钱穆正在香港办新亚书院，没能成行，两人仍未能“成交”。直到1968年，两人才在香港九龙《人生杂志》王道家的小楼上第一次正式聚会，还在附近的宋王台古迹游览并合影留念。后来，林语堂和钱穆先后定居台湾，相聚的机会就多了，交情越来越深。1976年，林语堂去世后安葬于阳明山的故居，钱穆夫妇参加了林语堂的追思礼拜和葬礼，并为林语堂永居地题字，后来还多次到林语堂故居凭吊过林语堂。林语堂曾写过《谈钱穆先生之经学》，对钱穆多有褒誉之词，用“嘉惠百世”“深佩他的卓见”“最先获我心”和“学问高深”等语来赞许钱穆。

钱穆故居和林语堂故居都是台北最知名的文化名人纪念地标。不知对否，我以为，虽然两处故居各具特色，钱穆故居洋溢着浓郁的学术味，给人严谨的感觉，而林语堂故居则更有文学味，给人轻松的氛围，然而，两人的思想是相通的，林语堂先生生性幽默，演讲生动有趣，而钱穆先生治学严谨，讲学条分缕析，却也与林语堂一样是妙语连珠，引人入胜，决不枯燥。因此，有机会我还是愿意再来素书楼聆听钱穆先生的讲学。

感受客家首府

在长汀游览的时间实在太短了，两次到长汀游览的时间加起来不到三个整天。但它还是让我在很短的时间内感受到这个号称“客家首府”的历史文化名城的特色和魅力。

但凡古城，多有雄伟的城墙和城门。长汀的城墙现存只有1500米，并不算长，然而却颇有特色。因为它是而依山沿河修筑的，形成枕山临溪、城内有山、山中有城的独特格局。古城墙始建于唐大历四年（770年），迄今为止已有1200多年历史。与西安等名城的城墙不同，长汀的城墙沿着河畔，顺着地势，蜿蜒起伏，不求方整，开有朝天门、五通门、惠吉门、宝珠门等几个城门。沿着城墙漫步，也就是沿着河岸漫步，一路上不是古树名木，就是凉亭水阁，或是摩崖题刻。脚下的河流如同一条飘逸的白练，映着天光，映着古城，映着树影，欢快地向南流淌。这就是被誉为客家母亲河的汀江。汀江水南朝流，传统的八卦中南方属“丁”位，水向丁，于是把“水”字和“丁”字合为“汀”字，称此江为汀江，而汀江拥抱的这座古城就叫汀州，也就是现在的长汀。水依八卦得名，城因江河得名。宋朝汀州太守陈轩写过“一川远汇三溪水，千嶂深围四面城”的诗句，是相当生动贴切的。

城墙上，汀江畔，每天都有许多当地的居民三三两两地围坐在一起，或谈天说古，或对唱山歌。我听不懂他们歌唱的内容，但知道他们唱的是客家山歌。长汀是客家首府、客家的发祥地。客家先民从中原带来先进的生产技术和科学文化，使汀州的社会、经济、文化迅速发展，到宋时已成为客家聚居的大城市。可以毫不夸张地说，没有客家先民，就没有汀州。

客家山歌是长汀流行最广的民间音乐，是汀州客家文化艺术的结晶。它既汇合了粤东、赣南等地山歌的特点，又具有闽西的地域风格，歌词通俗晓畅，朴实无华，常采用比兴手法。客家山歌用客家方言对唱，在山野田园间一问一答、一唱一和，把抒情与叙事融为一体，或缠绵悱恻，或高亢激越，题材多种多样，有讲述历史故事的，有描绘现实生活的，有歌唱劳动的，有宣扬美德的，赞颂亲情的，而爱情可说是客家山歌的永恒主题。我坐在一个不规则的石墩上，侧耳谛听他们对唱，不远处可以看到河边有几个洗衣女，内心觉得格外安宁。当地的居民用不太纯正的普通话告诉我，他们不是特地为游客演唱，而是很自然很随意地唱，天天如此。看他们唱得这么开心，我也和他们一样开心，我想其他游客也会一样开心。

长汀历史悠久，人杰地灵。我参观这个名城的博物馆时看到上官周的画像和作品，感到格外亲切，因为我曾经着迷于他的人物画。这位清初画坛巨匠所绘的历史名人形神兼备，把人物性格特征传神地表现出来，让人回味无穷，爱不释手。长汀名胜众多，古迹遍布。因为逗留的时间太短，我们只择要走马观花式地游览了汀州试院、文庙、三元阁和瞿秋白纪念碑等几处文物保护单位。长汀山清水秀，景色优美。老外路易·艾黎说中国有两个“最美丽的山城”，一个是湖南凤凰，还有一个就是福建长汀。长汀物产丰富，美食很多。河田鸡号称“世界五大名鸡之一”，肥嫩鲜美，香脆滑嫩；长汀豆腐干居“闽西八大干”之首，甜咸适口，香味诱人，据说瞿秋白在告别人世的前夕曾说：“中国的豆腐也是很好吃的东西，世界第一。永别了！”他说的中国豆腐大概主要指的就是长汀豆腐。

长汀的一切都是那样的韵味深长，都是那样的特色鲜明，都是那样的让人迷恋，处处体现出客家首府的文化魅力。我突然想起瞿秋白说过的话：人生公余是小休息，夜晚是大休息，死去是真休息。这位长眠于此的文化名人对这片土地肯定怀有深深的眷恋之情，他《多余的话》其实一点也不多余。

感受世博

尽管电视天天报道上海世博会，使没去现场观博的人对世博会的情况多少有所了解；尽管不断听到参观世博会回来的人说，没去很想去，去看了也不过如此而已；尽管有人说观世博，太累了；我还是决意到上海一趟，实地感受一下世博会，因为“耳闻是虚，眼见为实”嘛！

走进世博园，首先映入眼帘的是各个国家馆的各具特色的建筑造型。俗话说：“懂的看门道，不懂的看热闹”，有人认为看场馆的外部就是只懂看热闹而不懂看门道。其实，一个场馆的文化内涵和个性特色往往首先从其建筑外部造型体现出来，关键是要看出馆舍建筑的“门道”来。

我们的友好邻邦巴基斯坦国家馆是按16世纪建成的拉合尔古堡以1∶1比例复制的，让人一看就知道这是来自巴基斯坦的，这就是建筑特色的功能。以色列馆的外形设计别出心裁，远远看起来如同“海贝壳”，是由两座如同环抱在一起的双手组成的流线型建筑体，象征着以色列的科技与创新，让人一下子想到聪明智慧的犹太人。沙特馆是本届世博会投资最多的外国馆，据说总造价超过10亿元，其主体建筑像一艘高悬于空中的大船，这艘长91米宽47米的双曲面“月亮船”，底部和甲板种满了沙特标志性植物枣椰，洋溢着浓郁的阿拉伯风情。

西班牙馆则像是一只只“藤条篮子”组成的，外墙用藤条装饰，通过钢结构支架来支撑，呈现波浪起伏的流线型，阳光可透过藤条缝隙洒落在展馆内部，让人感受这个“斗牛王国”的浪漫风情。德国人给人的印象是严谨而富于思辨，其国家馆主体由四个头重脚轻、变形剧烈、连成整体却轻盈稳固的不规则几何体构成，阐释了“和谐城市”的主题，给人以轻盈、飘逸的感觉。英国馆外形像蒲公英，其建筑外部6万多个向各个方向伸展的亚克力触须，每一个触须都包含着一个LED发光二极管，帮助触须形成可变幻的光泽和色彩，极富创意。波兰馆建筑的构思来自波兰民间的剪纸艺术，简洁的外形和亮丽的色彩让这座建筑在自建区中显得异常吸引眼球，其外部是由花纹镂空的三合板构成的。

巴西馆外墙一方巨大的屏幕，不停地播放足球赛。我们不知道比赛谁胜谁负，甚至不知道是谁与谁在踢球，但我们远远看去就知道这一定是“足球王国”巴西的国家馆。加拿大馆的造型设计基于开放多元的理念，通过位于中央的公共区域向周边辐射，连接到三个几何体建筑，让人一下子就想到这个以枫叶著称的国家。

最壮观的国家馆当然是中国自己的展馆，其造型以“东方之冠，鼎盛中华，天下粮仓，富庶百姓”的构思主题，表达出中国文化的精神与气质。“中国红”作为建筑的主色调，大气而沉稳。上部最大边长为138米、下部立柱外边距为70.2米，建筑面积27000平方米。馆高为63米，下方架空层高33米，底层的地区馆则高13米。高耸的国家馆与在地面上水平展开的地区馆相呼应，以体现东方哲学中“天”与“地”的对应关系。国家馆的整体造型以中国古代木结构建筑中的斗拱为来源，并从夏商周的青铜器中吸取了灵感，不过并没有相互穿插的梁、拱、契等部件。地区馆的外墙上，还采用的中国古老的叠篆文字传递二十四节气的信息。整个建筑体现了传统与现代的交汇融合，特色鲜明，气势恢宏，让每一个中国人看了都会顿生自豪感。

在外部造型各具特色的展馆内部，各国展示的内容和形式也很有个性。进入土耳其馆，就立即感受到这个横跨欧亚的文明古国的独特魅力。展示分为三部分：梦想过去、孕育现代、拥抱未来。“梦想过去”在暗淡的光线下营造出仙境般的氛围，让游客置身于8000年之前的安那托利亚的“记忆长廊”。“孕育现代”则通过高科技的手法来展示，360度的环幕电影让观众仿佛置身伊斯坦布尔街头，实地感受这个“文明摇篮”的繁荣兴旺。“拥抱未来”以一幅具有象征意义的“凤凰”图像表达了对未来的期望，体现了土耳其城市对“更美好生活”的向往和追求。这个处于特殊地理位置的国家对东西方文明的交融做出了独特的贡献，其国家馆也给人留下深刻的印象。

听说美国人对世博会兴致不高，因此布馆简陋，但毕竟是一个超级大国，我还是耐心排了半个多小时队，进入美国馆。美国馆主要是用几部短片来推销它的“美国精神”。第一个短片未能免俗，意思是欢迎大家光临美国馆。第二个短片一开始就是一面美国国旗，然后是不同肤色的孩子的面孔，美国国务卿希拉里和总统奥巴马先后致辞，体现了这个民主国家的博爱精神。第三个短片带有叙事性质，述说一个女孩如何推动改变一个脏乱的社区，通过自己的不懈努力终于把它变成一个小花园的故事。在巨大的银幕上雷声大作时，观众会感到座椅也在震动，当雨水落在小女孩身上时，观众的身上也会被洒上水雾甘霖，给人一种身临其境的感觉。最后让游客进入展示美国公司和商品的展厅，可见美国人的务实风格。

圣马力诺是一个面积只有 61 平方公里、人口只有 2 万多的小国，其国家馆在欧洲联合馆区，馆前排队的人不是很多，但这个以发行邮票闻名于世的国家还是引起了我的兴趣。展厅中央的自由女神像是根据其原型等比例复制的，女神体型丰腴健美，姿态豪迈飒爽，耸立于基座之上，腰佩长剑，脚蹬战靴，头上戴着象征圣马力诺的要塞冠冕，左手握着一柄长矛，右手前伸，左脚也往前迈了一步，似乎正要走上战场。这座象征着自由、和平与独立的雕塑的原型，从 1867 年 9 月 30 日起便矗立在圣马力诺议会前面的中心广场上，比美国纽约自由女神像落成还要早 10 多年。或许由于被这个小国的自尊与风骨所感染，拿破仑执掌的法兰西帝国于 1797 年承认了圣马力诺作为主权国家的地位，其他欧洲国家也于 1815 年维也纳会议给予认可。“我们从来就没有国王。”从 1244 年开始，圣马力诺就一直奉行独一无二的执政体系——同时拥有两位国家元首，这两位最高的执政官也是政府和议会的首脑，每年选举两次，直到今天。自由女神正是这个国家的象征，让游客不禁为之肃然起敬。

许多国家馆都较好体现了本届世博会“城市，让生活更美好”的主题。我们走进由 15 棵 5 米至 15 米高的“树”构筑成的挪威馆，不用钢构件，散发着自然中松林的气息，这是挪威一项领先世界的胶合木技术，选用松树最坚硬的部分，加工后保留木质感，却比钢还能承重，体现出城市与自然的交融。挪威连续多年被联合国评为最宜居国家榜首，这令他们自豪。因为世博会后大部分展馆将被拆除，挪威设计建设了这样一个清新自然的场馆——“15 棵树”可以易地原样重新组装。馆内陈列着一套净水系统，可以装进标准集装箱运走，这套以太阳能为动力的经济型的净水系统能将雨水转化成纯净的安全的饮用水，据说在世博会后将送给印度 个小村庄。我们在馆里还可以用手触摸据说是专门从北极运来的冰，真有凉飕飕的感觉，好爽啊！

我参加的这次世博游是两次进园。两天中东奔西跑，上蹿下跳，马不停蹄，疲惫不堪，虽然没能进中国国家馆，只进了中国省区市联合馆，看了家乡福建以及北京、天津、陕西等几个馆，共进了 10 多个外国国家馆，但还是不虚之行。现场亲身感受与通过电视观看的效果毕竟不同。特别令人兴奋的是我们有幸登上世博文化中心顶层的环形长廊，绕一圈，俯瞰观赏了世博夜景，这是我有生以来目睹的最绚丽最撼人心魄的夜景，拍了许多照片，回去后再慢慢欣赏。留在我脑海中和电脑中的世博印象都是永难磨灭的。

高原明镜青海湖

从西宁出发，过了日月山不多久，汽车右前方淡淡的白云下突然出现一条美丽的地平线，地平线上是碧澄澄的天空，地平线下是蓝湛湛的湖水，近处则是金灿灿的油菜花，色彩搭配得那样的恰到好处。没等导游小姐开口，我就知道自己看到心仪已久的青海湖了。

汽车再行驶 10 多分钟才来到景区门口。车刚停稳，还没来得及进大门，我们就迫不及待地拿出早已准备好的照相机，对准青海湖一阵“咔嚓”，反正数码相机不用胶卷。乘上电瓶车来到最能零距离触摸青海湖的地方，跟这高原明镜亲昵一番。站在湖岸上，只见湖面浩瀚缥缈，波澜壮阔，远处皑皑雪峰倒映在水中，湖边层层涌起的浪花拍打着湖岸。放眼眺望，总觉得水面高于地面。我想这可能是一种错觉，但在湖岸上换了几个观察点，放眼眺望，还是觉得水面高于地面。这也许是因为青海湖太辽阔了，会给人这样的视觉效果。

青海湖一直是我心中神秘的湖泊。她是高原上的一面巨大的明镜，面积 4500 多平方公里，环湖周长 360 多公里，是我国第一大湖，比著名的太湖大一倍还多。湖面东西长约 90 公里，南北宽约 40 公里，略呈椭圆形。平均水深近 20 米，最大水深为 28 米，蓄水量近 1000 亿立方米，湖面海拔为 3260 米，这个高度比两个泰山还要高。湖的四周被高山所环抱，北面是雄伟壮丽的大通山，东面是巍峨崇峻的日月山，南面是逶迤连绵的青海南山，西面是陡峭峥嵘的橡皮山。四座大山犹如四幅巨大的屏障，将青海湖紧紧环抱其中。这些山的海拔大都在 4000 米以上，有的山头积雪终年不化。

我们纷纷走下湖岸，走到湖滩，用双手捧起一掬清澈的湖水，又把它轻轻放回湖中。湖水冰凉，可能是湖水主要来自高山上的雪水的缘故。我崇拜大海，喜爱大海，现在来到青海湖，总觉得青海湖其实就是大海，是高原上的大海，是造物主用他那绝妙的构思和神奇的大手创作出来的伟大作品。

由于青海湖太宽广辽阔，站在湖边觉得环绕四周的高山其实距离很远很远，从山下到湖畔是广袤平坦、一望无际的草原。我们到青海湖的季节也许是青海湖最美的季节，湖边到处是盛开的油菜花，成片成片的。在蓝天白云下，碧绿的草原、蔚蓝的湖水与金黄的油菜花相映成趣，共同构成一幅青藏高原特有的壮美风光。湖畔有一个景点叫金银滩，导游小姐告诉我们，金银滩名字的来源有两说，一说是因为金滩草原开满金黄色的小花，银滩草原开满白色的小花，故名金银滩；另一说是在夕阳下的草原上，牦牛的毛色是金黄的，羊群的毛色是亮白的，两种颜色交相辉映为草原暮色平添秀丽，因此得名金银滩。据说王洛宾当年来到青海湖畔，就是在这里遇见了卓玛姑娘。这里辽阔壮美的草原景色、热情奔放的藏族姑娘、豪爽嘹亮的藏族民歌，赐给他激情和灵感，脍炙人口的《在那遥远的地方》由此而诞生。我特别喜欢这首歌，时不时会哼起来，一直盼望着有一天能来到金银滩，感受一下王老先生当年迸发创作灵感的环境和氛围，今天身临其境，觉得如同在梦中，像一个老顽童，贪婪地吸取油菜花的芳香、黑泥土的气息。

湖畔远处可以看到许多红色屋顶的小房子，一排排的，很整齐，那是高原体育训练基地。因为青海湖地处高原，空气稀薄，适合耐力性项目的训练，长跑运动员和自行车运动员在缺氧状态下艰苦训练，一到平原上比赛，很容易出成绩。著名的“马家军”过去就长期在这里训练，怪不得个个跑得比鹿还快。因此这里成为亚洲海拔最高的体育训练基地，被称为“世界冠军的摇篮”。

在人类努力改造自然并严重破坏环境的年代，各地湖泊都受到不同程度的污染，像青海湖这样基本保持天然纯洁之身的水体已经不多。但是，据说这面高原明镜在这种大背景下其实也无法幸免，近年来青海湖水位不断下降，水面不断缩小，主要是因为人类活动不断加剧，气候日益变暖，降水逐渐减少，特别是在青海湖周边盲目开荒，破坏了注水河流的水源。目前青海湖50%的注水河流已经干涸。有专家预测，如果按照现在的速度不断萎缩，青海湖将在200年后消失。我想这应该不是危言耸听。保护青海湖，保护我们的生存环境，刻不容缓。青海湖，高原上的明镜，我们已经在行动，你不能消失，你一定不会消失！

古朴的成都

成都是蜀汉文化的发源地、中国历史文化名城，至少有3000多年的建城历史。一提到成都，人们立即会想到武侯祠、杜甫草堂、青羊宫、都江堰等。其实，可以显示成都厚重文化积淀的地方还很多。

追溯成都古文明的源头，三星堆和金沙遗址可作为代表。透过这两座古蜀文明的窗口可以看到，早在1万年前，成都就是先民活动的历史舞台。他们用自己辛勤劳动的双手，在这里创造了具有鲜明地域特征的灿烂文化。

成都北面广汉三星堆遗址是1986年发现的，两个祭祀坑出土的众多文物着实让中国考古界大吃一惊。特别是那些神秘的头像，一个个都高鼻大梁，眉毛夸张地上扬，斜竖着大三角眼，嘴巴几乎咧到了耳根，都朱砂绘面，看来简直就是外国人，甚至是外星人。这些头像，表情凝重冷峻，若有所思，若有所诉。考古学家认为那是神而不是人。那么这些神参照哪个种族人的形象来塑造的呢？还有那鹰鼻大眼的硕大面具，似曾在《山海经》里见到的人首鸟身像，像美洲古玛雅人的无头铜像，都让人看后脑海中不由得升腾起一个又一个的谜团。

成都市区2001年发现的金沙遗址，是公元前12世纪至公元前7世纪古代蜀国都城遗址。与三星堆遗址文物奇崛恢宏风格不同的是，金沙遗址的文物显示出精致细腻特色。金沙遗址博物馆镇馆之宝的太阳神鸟金箔，内层为12条齿状芒的圆圈，外层有4只鸟作引颈展翅飞翔状。12道光芒代表12个月，4只鸟代表1年4季。古蜀先王认为，太阳的运动由鸟驮而行，因此才将鸟与太阳联系在一起。那12道弯曲的光芒呈顺时针旋转，而4只神鸟则逆时针飞行，两相映衬，使人觉得神鸟似乎在隐隐飞动。这件金箔外径12.5厘米，重20克，像纸那样薄，含金量达到94.2%，采用热锻、锤揲、剪切、打磨、镂空等多种工艺。其艺术设计和工艺水平，即使在今天也很难达到。在尚没有剪刀之类锋利工具的3000年前，如此轻灵薄透的金饰，如何完成，至今还是个谜。

有人认为，中华文明所有的一切，成都一样都不缺。成都平原地处西南，被崇山峻岭所包围，没有耗散，只有汇聚，各种文明都在这里会合碰撞、交融吸收、传承延伸。李白、杜甫、陆游等许多知名的文人墨客都在成都留下游踪与佳作，中国古代文学史上最著名的“两表”、浸透中国传统道德观念的代表作——诸葛亮的《出师表》和李密的《陈情表》，都写于蜀中。明代何宇度在《益部谈资》中说:“蜀之文人才士，每出，皆表仪一代，领袖百家。”而这一切又都被成都人小心翼翼地珍藏起来，供奉起来。杜甫草堂、望江楼、武侯祠、文殊院、青阳宫等，都成为这种厚重文化积淀的物质载体。其实这些积淀已经如同随风而至的春雨潜入成都的每一个角落，潜入成都每一个人的心中。

喜欢幽静的游客，当然可以到杜甫草堂、武侯祠、望江楼去拜访历史名人，瞻仰精神偶像；喜欢热闹的一般游客则可以到锦里、琴台路和宽巷子、窄巷子去体验成都的平民生活，感受成都的市井文化。我第一次到成都，游览的目标当然是杜甫草堂之类的著名景点，我把它归入精英文化。第二次、第三次到成都，就不想去那些旅游点，而是流连于那些洋溢着成都独特民俗风情的街巷，我把它归入世俗文化。锦里、宽窄巷子都是值得一去的。

锦里紧挨着武侯祠，却与武侯祠呈现完全两样的氛围。这里没有崇高感，也没有沉重感，只有轻松感、愉悦感。锦里原本就是蜀地史上最古老、最具商业气息的街道之一，经过精心整治打造，成为浓缩成都平民生活和市井文化精华的民俗风情街。这条街全长350米，古色古香的明清建筑，蜿蜒前行的青石板路，让人仿佛穿越时空隧道，回到古蜀年代。这里有茶楼、酒肆，有戏台、客栈，有特色美食、风味小吃，还有各种工艺品、土特产，保存着市井生活的原汁原味，尽显了成都风俗的独特魅力。特别吸引人的是民间艺人的现场表演，有糖画、捏泥人、剪纸表演、皮影表演、西洋镜等，这些小时候曾经看过，却已经好久不见的玩意儿都出现在你面前，使人顿时有时光倒流的幻觉。逛累了，坐下来，点几个风味小吃，担担面、龙抄手、赖汤圆、韩包子、夫妻肺片等，不胜枚举，什么都有，既可果腹，又享口福，好不惬意。

逛完锦里，可以去宽窄巷子看看。这是两条平行的小街巷，要论历史也是蛮悠久的。秦惠文王二十七年（公元前311年），在成都大城中建了一个小城，时称“少城”。至清朝初年，少城已毁之殆尽，便大兴土木重新建设。重建后的少城又叫满城，42条胡同，一律灰墙青瓦的四合院，居住着满蒙八旗及其家属。在岁月风霜的摧残下，仅有两条胡同躲过劫难幸存下来，被当地人称为宽巷子和窄巷子。过去，宽窄巷子是八旗子弟遛鸟玩耍、喝茶休闲、栽花种草、享受生活的地方，这种风气后来在成都全城蔓延开来。因此有人认为，成都休闲文化就源于这里。李劼人的长篇小说《死水微澜》对此有这样的描写：“它是一个极消闲而无一点尘俗气息，又到处是画境，到处富有诗情的地方。”老街、老树、老房子，漫步在宽窄巷子，看着成都人或围着方桌打麻将，或端把竹椅坐在巷口摆龙门阵，心情一下子也变得悠闲起来。这简直就是成都休闲文化的活化石！真是太“成都”了！

在锦里，在宽窄巷子，上了年纪的人可以回味旧梦，青春年少者可以寻找时尚，有钱人家可以“富逍遥”，平民百姓也可以“穷快活”，可谓“老地方有新生活”，“新生活在老地方”。虽是俗气了些，却是“巴适”得很，老少皆宜、贫富都爱啊。

成都古老朴实，不事雕饰。在成都，可以感受蜀地传统文化的地方太多。无论哪个社会阶层，无论何种文化教养，也无论什么兴趣爱好，每个人都可以在这里找到适合自己的东西，找到与自己心心相印的对象，各得其所，不会失望。我希望有机会再去感受一下古朴的成都。

九寨归来不看水

“九寨归来不看水。”九寨沟的水那样美妙神奇，只有身临其境，到这个人间仙境、童话世界来感受那里的碧海叠瀑和滩流，才能相信此言不虚。

在青藏高原与四川盆地过渡地带，在岷山山脉皑皑雪峰之间，在茂密幽静的原始森林中，在深邃蜿蜒的山沟里，散落着大大小小 100 多个被当地藏人称为“海子”的湖泊，这些珍珠翡翠般的梯级海子由小溪、浅滩或瀑布连缀起来。湖水斑斓绚丽，小溪奔流欢唱，滩流汹涌澎湃，瀑布飞珠溅玉，倒映水中的蓝天、白云、雪山、彩林，点缀其间的寨子、磨房、经幡、栈道，共同构成一幅只有上苍能够描绘、人工无法打造的神奇风景画。山偎着水，水绕着山，树生于水，水穿过林，山水相映，林水交融，而水是这幅风景画的主角，是这幅风景画的灵魂。

九寨沟因为沟中分布着九个藏族寨子而得名，实际上是由树正沟、日则沟和则查洼沟三条沟组成，总长约 50 公里，呈 Y 型，中心点在诺日朗，从沟口进去，先到树正沟，到诺日朗岔口以后，往右是日则沟，往左是则查洼沟。位于则查洼沟南边顶端的长海是九寨沟海拔最高、面积最大的湖泊。海拔 3102 米，长 4 公里多，宽 200 米左右，平均深 80 米。长海的水面很大，但却没有地表的出水口。夏秋雨季不暴涨，冬春久旱也不干涸，是藏族群众心目中的“宝葫芦”。长海下面 1 公里处的深谷中是小巧玲珑的五彩池。池水十分清澈，池底岩面的石纹清晰可见。因为池底沉淀物与池畔植被色彩的差异，使原本湛蓝的湖面变得五彩缤纷，五彩池因此得名。

五花海在日则沟，与五彩池一样色彩斑斓，但要比五彩池大得多，被誉为“九寨精华”。五花海清澈晶莹，以宝石蓝的色调为主，金秋时节湖水颜色变幻莫测，时而呈现鹅黄、时而呈现墨绿，可惜我们在乍暖还寒的季节去游览，而且天空飘着柳絮般的雪花，看不到五彩的树林。不过，雪花还是掩饰不住这个海子的美丽。据说，五花海与长海之间横隔着一座大山，距离20多公里，却通过地下断层相互连接着，因此五花海与长海一样是个永不干涸的海子。五花海的出水口是孔雀河道，在交接点上有一座栈桥。在栈桥上观景，向南望，湖面似孔雀展翅，向北望，河道如孔雀昂首。海底的钙华沉淀、浮动水草、倒伏树木，还有自由自在嬉戏游动的鱼儿，使湖水显得异彩纷呈、生动鲜活。因为九寨沟的湖泊都紧靠原始森林，天光、云影、雪峰、树林倒映在清澈晶莹的水中，水景格外丰富多彩，变幻无穷，其中最有代表性的是孔雀河下端的镜海。顾名思义，镜海水面宽阔平静如镜，将雪山、绿树、碧空、白云、飞鸟、游鱼尽纳于海子之中。我们到镜海时，天正好放晴。明媚的阳光在湖面跳跃闪烁，山谷中烟波浩渺，空灵寂静，湖畔的景观与水中的倒影交汇融合，勾画出一幅梦幻天堂的绝妙意境，似虚似实，如真如幻，使你忘了身处人间。

九寨沟的湖泊之间落差很大，湖水翻过堤坝，越过石滩，穿过密林，形成形态各异的瀑布。树正瀑布在树正群海的上方，山间的清泉沿着浅滩四处漫流，被树丛和石头分割成无数股水流，再汇集到瀑布顶的山崖上，然后奔流而下，形成宽60多米、高近20米的水帘，水珠四溅，雾气弥漫。比起树正瀑布，诺日朗瀑布就要壮观多了。诺日朗，藏语就是雄伟壮观的意思。这个瀑布宽约300米，据说是全国最宽的瀑布。滔滔流水从平整如台的瀑顶飞流直下，落差20多米，升腾起阵阵迷蒙的水雾，使人宛若进入童话世界。

曾被电视剧《西游记》当过外景的珍珠滩瀑布则凝聚了树正瀑布的灵秀和诺日朗瀑布的粗犷。清澈晶莹的山泉在200多米宽的钙华滩上舒展开自己靓丽的胴体，在岩石和树丛间穿行奔突，忽聚忽散，忽疾忽徐，在凹凸不平的滩面，激荡成朵朵水花，滚动成颗颗珍珠。滩的下方，滩面变陡，水流更加激越，气势更加磅礴。瀑水冲入谷底，卷起阵阵浪花，令人叹为观止。站在滩侧的栈道，游客们议论起来：“没有见过这样美丽壮观的水，没有见过这样神奇莫测的景。”有一个游客说：“我们那儿原来也有一条清澈的山溪，也有一个壮观的瀑布。但是，现在没有了。”

我们今天能赏到这样的美景，大开眼界，大饱眼福，真的要感谢上苍，是他以他那无与伦比的鬼斧神工，铸造出了这样举世无双的人间仙境。然而，许多地方本来也都有特色各异的天然美景，只是后来被人类破坏了、毁灭了。朴实的九寨沟山民们认为，万物都是有灵的。山有山神，水有水神，树有树神。他们并不是山林的主人，真正的主人是神灵。所以，在他们看来，只有虔诚地供奉神灵，真心地爱护神灵，把精神寄托给神灵，在神灵的旨意下按需索取。这样，神灵才会保佑大家丰衣足食，平平安安地生活。我们在感谢上苍后还要感谢这些朴实的山民。幸好这里的美景被沟外的人发现得较迟。人类在遭受大自然的多次警告和报复后，终于收敛了“人定胜天”的豪气。把九寨沟作为天然景观还是作为森林资源，两种观点在经过一番争执之后，得出了明确的结论，九寨沟被列入世界自然遗产名录。这条美丽的山沟向人们展示了它神秘的原生态，每年吸引了数百万游客。我们为九寨沟庆幸！虽然我们在游览时说“九寨归来不看水”，但水毕竟是生命之源，我们能不关注水吗？！九寨沟的水流出沟外，被人们称为白河，注入嘉陵江，最后汇入长江，流向大海。看看长江，看看嘉陵江，想想原本那么明净的水，出山以后就被人们污染成什么样子；想想美丽的滇池变污池，神奇的青海湖在缩小，奥妙的月牙泉濒临绝境，我们虽然很难再看到像九寨沟那样的水，但是“九寨归来更言水”，还是要更关注水。

哈尔滨中央大街——亮丽多彩的建筑艺术长廊

哈尔滨是一座多姿多彩的城市，由于经历过西风洋雨的洗礼，城中到处可见风格迥异的欧式建筑，素有“东方莫斯科”“东方小巴黎”之美誉。中央大街的欧式建筑更是鳞次栉比，在这里漫步，如同身处莫斯科、巴黎等欧洲城市，可以领略异国的风情。这是一道亮丽多彩的建筑艺术长廊，它是哈尔滨历史风貌和文化底蕴的缩影，是哈尔滨的一张最富有魅力的城市名片。

中央大街全长 1450 米，宽 21 米，号称“亚洲第一街”，是一条喧闹的商业街、繁华的金融街，也是一条建筑艺术街、移民文化街。大街两侧洋行商铺、饭店旅馆、舞厅影院、餐馆酒吧，近百座欧式和仿欧式建筑，穹窿突起，拱券耸立，凝固的音乐一章连一章，一曲接一曲，连绵不断，高低错落，参差有致，跌宕起伏，或典雅高贵，或挺拔秀丽，有 15 世纪、16 世纪的文艺复兴式，17 世纪初的巴洛克式、18 世纪的折中主义，还有 19 世纪末 20 世纪初的新艺术运动风格的建筑，囊括了欧洲建筑史上最有影响的四大建筑流派，浓缩了西方建筑艺术的精华。这里找不到两座相同的建筑。有的如同交响乐，有的如同爵士乐，有的如同小夜曲，都在展示着自己与众不同的个性与风采，可谓五步一景，十步一观，让人目不暇接。

中央大街始建于 1898 年，起初称为“中国大街”。当时，哈尔滨开始大规模地修筑铁路和进行城市建设，原沿江地段是古河道，都是荒凉低洼的草甸子，运送铁路器材的马车在泥泞中开出一条土道，后来随着埠头区的建立，这里俄国人的铺子也多起来，牌匾多用俄文，他们经营杂货、修理钟表，所以虽称“中国大街”，但两侧欧式建筑却渐渐多起来，商业也多为外国人经营，所以这条街就像外国城市一样。

1924 年 5 月，由俄国工程师科姆特拉萧克设计监工，中国大街铺上了方形石，一下子显得华贵起来。据说当时每块小小的方石价值 1 美元，这条大街因此被称为“黄金铺成的路”。1928 年 7 月，中国大街正式改为“中央大街”。当时中央大街上的外国商店、药店、饭店、旅店、酒吧、舞厅不计其数。大街上，俄国的毛皮、英国的呢绒、法国的香水、德国的药品、日本的棉布、美国的洋油、瑞士的钟表、印度的麻袋，还有各国干鲜果品、各类货物，应有尽有，好像天天都在举办国际商品博览会似的。1996 年 6 月，哈尔滨市对中央大街进行整治，把它建成一条集休闲、浏览、购物为一体的步行街，让这条百年老街再现昔日风貌。

中国大街见证了哈尔滨的岁月沧桑，记录了哈尔滨的历史变迁，接纳过多少各国侨民，迎送过多少八方游客。一座建筑就是一段曲折的历史，一个窗户就是一个动人的故事。大街上的马迭尔旅馆、秋林公司等许多商号在整个远东地区都负有盛名。马迭尔旅馆是法国文艺复兴时期路易十四式的建筑，始建于 1906 年，笔者早有耳闻，因此第一次到哈尔滨，就直奔这家宾馆，作为落脚点。沿街的马迭尔俄罗斯商城是目前国内规模最大、品种最全的俄罗斯产品专营商场，各种艺术精品琳琅满目。

放眼中央大街，只见如潮的游人摩肩接踵，川流不息，有黄皮肤黑眼珠的，有高鼻子蓝眼睛的，也有在黑色脸膛中露出雪白牙齿的。人们缓步行进在行道树下，方石路上，一会儿观赏风格各异的欧式建筑，一会儿品味魅力无穷的雕塑，人人脸上荡漾着甜美的微笑，洋溢着满足的神情。马迭尔宾馆边的“马车与车夫”青铜雕塑，老车夫脸上刻着岁月的留痕、人间的冷暖，马则低着头缓缓前行，不紧不慢，一副悠然自得的模样。我分明听到那马蹄在方石路面碰撞出的“哒哒”声，在大街两侧的欧式建筑之间久久回荡。

中央大街的北头连着著名的松花江，江岸广场上有一座巍峨雄伟的防洪纪念塔。站在江边，向南可以观赏中央大街的美丽街景，向北可以眺望被郑绪岚唱红的太阳岛。

逛过了中央大街，可以到大街东边的圣索菲亚教堂游览。这是远东地区最大的东正教堂，始建于1907年3月，原为西伯利亚步兵师修建的随军教堂，木质结构，规模较小，随着东正教徒的增加，1923年9月索菲亚教堂在现址重建，1932年11月竣工，历时9年。教堂全高53.35米，建筑面积721平方米，可容纳2000人。教堂外观富丽堂皇，典雅脱俗，是拜占庭式建筑的典型代表。洋葱头式的主穹顶前后左右各有一个帐篷，装饰十分精美，与主穹顶形成了主从结构。在“文化大革命”中，这座教堂遭到了残暴的洗劫，建筑主体伤痕累累，七座乐钟全部遗失，六处十字架都被拉倒，教堂面目全非，人去楼空。后来教堂周围又建起商用住宅大楼，将教堂包围在里面，不见天日。1997年5月，哈尔滨人进行精心整治修缮，恢复了它的历史原貌，把它作为哈尔滨市建筑艺术馆，展出许多历史图片。教堂周围开辟了休闲广场，总面积7000平方米，地面以花岗岩为主，广场南北两侧设有块状绿地，广场的树木花卉、休憩座椅以及四周的围栏都按欧式风格设计建造，与教堂相互协调，融为一体，更显出这里浓郁的欧陆风情。

一个深秋的夜晚，五彩缤纷的霓虹灯交相辉映，我在中央大街这道建筑艺术长廊来回走了两趟，观赏着，回味着。因为我舍不得离开它，要把它深深地印在脑海里带走。

辽阔，辽阔

汽车从海拉尔向西行驶，道路两边是一望无际的草原。洁白的云朵轻盈地飘浮在蔚蓝的天空中，成群的牛羊悠闲地漫步在广阔的草地上，零散的帐篷随意地点缀在空旷的原野里。天与地在远处亲切地接吻，形成一条笔直的地平线。走五公里是这样，走十公里还是这样，再走五十公里、一百公里也还是这样。一幅硕大无朋的天然画卷铺展在您的眼前，跟着您行进的步伐渐次铺展。您走到哪里，这幅画卷就铺展到哪里。呼伦贝尔大草原给人感觉第一是辽阔，第二还是辽阔，第三也还是辽阔。

这是中国最大的草原，总面积约 10 万平方公里，几乎与整个福建省的面积一样大。这里海拔约 700 米，生长着碱草、针茅、苜蓿、冰草等 120 多种营养丰富的牧草，茂盛而滋润，茁壮而柔美。3000 多条河流在这里纵横交错，500 多个湖泊在这里星罗棋布，草原因有呼伦湖和贝尔湖两个大湖而得名。可以说，不亲眼看到呼伦贝尔大草原，您就很难理解什么叫“辽阔”。

辽阔的呼伦贝尔大草原在哺育了丰美的牧草、无数的牛羊的同时，也养育了勇敢的人们、剽悍的部族。成吉思汗就是他们当中的一个代表性人物。他不仅统一了蒙古高原各部落，而且曾把势力范围扩大到中亚甚至南欧。呼伦贝尔市中心的大广场就叫成吉思汗广场。这个占地面积 20 多公顷的广场规模宏大，气势雄伟。广场上成吉思汗的战将群雕等大型雕塑再现了成吉思汗叱咤风云的荣耀一生，展示了草原文化的厚重内涵。草原这样辽阔，生活在这里的人们天天在辽阔的草原上驰骋，自然而然就生成一种勇敢剽悍的禀赋。可以说，正是辽阔的草原培养了人们豪放的性格。

我们在草原的一处牧民聚居地一下车，就感受到草原人民特有的豪放性格。穿着民族盛装的牧民唱着雄浑的歌曲向我们献哈达，敬美酒。他们称这为下马酒。按照导游的事先指导，当主人向我们敬酒时，我们接过酒杯后用无名指蘸酒向天、向地、向火神各弹一下，不会喝酒也用嘴唇在盛酒的牛角杯上沾一下，表示接受了主人纯洁隆盛的情谊。

接着一个重要仪式是祭敖包。敖包是用石头堆成的圆锥形的实心塔，通常设在地势较高的地方，顶端插着一根长杆，杆头上系着牲畜毛角和经文布条，四面放着烧柏香的垫石，旁边还插了许多树枝。敖包在蒙古语里是“堆子”的意思，又译作鄂博，蒙古族人用来做路标和界标，可见敖包的产生与草原的辽阔也有直接关系。因为草原太辽阔，就要设敖包来作为标志，好让人辨识。后来，人们就把敖包当作山神、路神来祭祀。我们肃立在敖包前，口中念念有词，虔诚祭拜，然后顺时针绕敖包三圈。这是辽阔草原最隆重的祭祀仪式。

中午我们边品尝蒙古族传统美食手扒羊肉，边欣赏草原歌手的民族歌舞。辽阔的草原培养了豪放的性格，也滋养了雄浑的艺术。一曲曲高亢嘹亮的蒙古族歌曲在洁白的蒙古包里回荡，在辽阔的草原上飞扬，我们都陶醉了。虽然因为时间关系，没能观看蒙古族人的摔跤、赛马、射箭等体育类表演，但欣赏了蒙古族人的歌舞艺术，我们就已经深深感受到蒙古族人特有的文化性格和禀赋魅力了。

只用一两天时间就要游览 10 万平方公里的辽阔地域，当然只是“走马观花”。不过，我在呼伦贝尔大草原拍了上百张照片，其中既有单帧小幅的，也有 360 度全景的，还拍了好几段视频。感谢现代科技手段，让我能用手中的相机记录下这些如诗如画的景色、如幻如梦的场面，拷入我的电脑，让我随时调出来观赏、回味。现在每每回放呼伦贝尔大草原的照片和视频，耳边总是回旋着降央卓玛那首高亢美妙的歌声：“我的心爱在天边，天边有一片辽阔的大草原。草原茫茫天地间，洁白的蒙古包散落在河边……呼伦贝尔大草原，白云朵朵飘在飘在我心间。呼伦贝尔大草原，我的心爱，我的思恋。”那初睹草原、体验辽阔的震撼感还在敲击心扉，久久难以消退。

麻辣的成都

我喜欢成都，但我又害怕成都，因为我的饮食口味十分清淡，无福享用成都那够麻够辣的川菜。在成都下辖一个县级市地震灾区参加援建工作近一个月，还是适应不了麻辣的成都。不过，我不能吃不到葡萄就说葡萄酸，毕竟有太多人喜欢成都的麻辣。

在成都，还没走进饭店就闻到飘荡在空气中的麻辣气味；进得饭店，一眼瞥见火锅汤底上浮着亮光闪闪的红油，尚未开口进食，麻辣香味早已沁入肺腑，让人肚肠翻滚；吃完饭走出饭店，身上的麻辣味还很浓郁，久久无法散去，因为那麻辣味已经深深渗入衣服里了，必须回住处洗澡换衣，才能把麻辣味清除。看来，成都的麻辣名不虚传，川菜的麻辣名不虚传。

川菜历史悠久，源远流长，它和鲁、苏、粤菜一起，被列为中国四大菜系。川菜源于成都，始于秦汉。由于四川号称“天府之国”，物产丰富，品种繁多，特别是山珍野味举不胜举，为烹调师们提供了极为雄厚的物质基础、极为广阔的挥洒空间。川菜烹饪所用的原材料基本上都是四川及西南地区所产，其选料范围广，烹制方法多，专家概括其特点为十六字经：“选料认真，切配精细，烹制考究，味别多样”。中国各地菜系都讲究色、香、味、形，而川菜似乎更突出一个“味”字。据说川菜的菜谱有3000多种，其中较有名气的也有300多种。美食家认为川菜“一菜一格、百菜百味”。单听那些五花八门的菜名，就几乎让人晕过去。什么龙抄手、夫妻肺片、老妈蹄髈、串串香、肥肠粉、川烧羊腩、辣子鸡、水煮鱼、凉拌白肉、田鸭肠、辣子田螺、东坡肘子、回锅肉、麻婆豆腐、奇味鸭、麻花肥羊、石锅干笋烧牛腩、鱼香肉丝、童子鱼、香辣虾蟹、芙蓉牛肉，等等，单列菜名就可以足足写满几十页纸。

成都人以爱吃、善吃著称于世，“人人都是美食家，个个都是烹调师”。在成都人眼中，“民以食为天，好吃就是硬道理”。成都人虽然人人都能在家里炒几个好菜，却喜欢上馆子，因为那里的厨师毕竟是专业的。据说，成都市区较有规模的餐馆就有3万多家，就是一天换一家地轮着吃，把这些餐馆都走一遍也要将近100年。麻辣成为川菜的主要调味品，也成为川菜的一大特色。

就说川菜中最平民化的串串香。这种一般老百姓都能吃得起的火锅，把空心菜、白菜、黄芽白等摘成一段一段的，把土豆、豆腐干、莲藕等切成一块块的，还有蘑菇、螺蛳肉、火腿肠、麻辣牛肉、海带片等，然后把这些菜用细长的竹棍串起来，放在麻辣的锅底里生烫，又麻又辣又香，花十几二十元就可以把肚子撑得受不了，真是物美价廉。串串香在成都有不少连锁店，天天人头攒动，食客盈门。

成都人口味喜麻辣，与那里的气候有关。有个成语叫“蜀犬吠日”，就可以看出成都的气候特点。蜀地多阴雨，阳光稀缺，比较潮湿，容易得关节炎。按中医的说法，多吃麻辣，可以去风湿，健筋骨，预防关节炎。

成都与上海、大连等城市一样，是典型的移民城市，而且大量移民的历史要比上海、大连早得多。“湖广填四川”是历史上有名的重大事件。川菜之所以“百菜百味”，与成都人来自五湖四海有直接关系。成都虽然离海很远，却有容纳百川的博大胸怀，吸取各地菜系的特点、优点，逐渐形成自己的特点、优点。因此，川菜虽以麻辣为主基调，也以麻辣著称，却也不完全是麻辣的，如成都最有名的川菜之一龙抄手，类似于其他地方的馄饨或扁食，如果不放麻辣佐料吃起来还是蛮清淡的。而一般火锅都在中间用铜片隔成两半，形成一个太极图形，汤底一边辣，一边不辣，俗称双味火锅、鸳鸯火锅或阴阳火锅，便于不同口味的食客随意享用。我在成都近一个月里，常要求厨师做些不辣的菜，吃饭时有时挑些不辣的菜，有时在面前备一碗茶水，夹到麻辣的菜就先在茶水中洗一下，但也把川菜特有的风味洗掉了，着实有点可惜。

不过，虽然广东、福建人口味较清淡，而像我这样清淡的不多。一般人都能接受成都的麻辣，喜欢麻辣的成都。也正是因为麻辣，成都的菜肴给我留下了特别深刻的印象。

人鱼同乐浦源村

几年前，北京一文友打电话问福建省是不是有个叫鲤鱼溪的地方，当时我对此虽然略有耳闻，但还没有到过，对是否“值得一游”的问题还真一时答不上来。

原来文友是从北京市小学语文课本第五册的课文《奇妙的鲤鱼溪》得到这一信息的。看来，鲤鱼溪早已名声在外，我还孤陋寡闻如井底之蛙。刚好不久前有机会身临其境，体验了鲤鱼溪人鱼同乐、天人合一的感觉。

鲤鱼溪在福建省周宁县距离县城约 5 公里的浦源村，是一条宽两三米、深不到一米的小小溪流，清澈见底，缓缓地在村子里穿行。本来，这样的小溪在南方的野外乡村到处都有，没有什么稀奇。只是这溪中遨游着大红的、金黄的、灰黑的、墨绿的、红白相间的、红黑交错的等各色各样的鲤鱼，穿梭来往，忽聚忽散，一列列、一串串、一簇簇，足足有上万条之多，把这条清澈的小溪点染成色彩斑斓的水道，与众不同，极具特色。据说，鲤鱼耐寒、耐碱、耐缺氧，对外界有着很强的适应能力；食性杂，不论是螺、蚌等淡水壳类软体动物还是水生昆虫都是其美味佳肴，甚至水草和植物碎屑，也可饱餐一顿，因而生存空间极为宽广。

这里的鲤鱼大的有几十厘米长，小的只有几厘米长，在溪水中自由自在，都是那样的悠然自得。它们都不怕生，而且似乎爱热闹，很好客，在水面探头探脑，张开小嘴一动一动的，好像在说着什么，是表示欢迎，还是讲述故事，或是介绍风情，不得而知，但我知道它们与我们一样快乐。鲤鱼极通人性，善解人意。游客漫步在小溪边的青石板路上，走到哪里，鲤鱼们会跟着游到哪里，“载歌载舞”，真可谓“闻人声而至，见人影而聚”。村中有小顽童，拿一节猪小肠逗鱼，鲤鱼一口咬住使劲往水底拖，村童则使劲往上拉，一拖一拉，就像人与鱼在拔河，在角力，在游戏，在嬉闹，人鱼同乐，比什么杂技马戏都好看。游客从当地村民手中买上几块“光饼”，掰开投到溪中喂鲤鱼，它们就摇头摆尾地游过来，欢蹦扑腾，用尾巴拍打溪水，给你献上几朵小水花，让你乐得合不拢嘴。

村里的民居就分列在小溪两边，其间有石拱桥或石板桥相连。虽然都是福建常见的普通瓦房，但因为夹溪而建，傍水而立，或白墙红瓦，或黄墙黛瓦，倒映在溪水中，构成一幅“小桥流水人家”的风情民俗画，天人合一，韵味十足。我们这时似乎成了画中人，静听导游把鲤鱼溪的故事娓娓道来。传说距今800多年的南宋嘉定年间，河南开封的朝奉大夫郑尚公官场失意，南迁到这里，依山傍水，在这世外桃源过起了“采菊东篱下，悠然见南山”的日子。为了防止饮用水源被污染或投毒，聪明的郑氏祖先就在这条溪流中放养鲤鱼，一则去污澄清，二则预防外人投毒。为了保护鲤鱼溪中的鲤鱼，郑氏祖先订立乡规民约，禁止垂钓捕捞，违者严加惩处。据说，那位主持建造了宗祠的浦源郑氏八世祖还使“苦肉计”，告诫人们不得捕食鲤鱼。这位当时村里的族长，被称为郑晋十公，威望很高，又极富远见，为保护溪中鲤鱼，曾暗示孙子偷鱼，然后将其抓起来吊打，并处以宴请村人三日的惩罚。开宴前，他还让村人立下誓言：无溪中鲤鱼，则无浦源村人。从此，浦源村人对鲤鱼倍加珍惜，没人去捕捞。倘若鱼死了还要焚香礼拜，隆重安葬。村里就有一个“鱼冢”，专门用来安葬老死的鲤鱼。为了确保鲤鱼能在溪中自由快乐地生活，村民沿溪建房时都要在路下修建“L”形的下水道，以便鲤鱼在发大水时躲藏。而与村民和睦相处的鲤鱼们当然也不愿意离开这里，会紧咬下水道的水草，不让大水冲走。

平日，村民和鲤鱼“亲如一家人”。每到傍晚时分，村民搬条凳子，坐在家门口，坐在小溪边，尽情地欣赏溪中温顺可爱的鲤鱼。大人和小孩都端着饭碗，拨一口进自己嘴里，就拨一点到溪中喂鱼，这样人一口，鱼一口，人鱼共进餐，好不惬意。早晨，村姑们在溪中洗菜时，有时鲤鱼会突然游过来，叼走一茎菜叶，然后把水花溅在村姑身上，把村姑的花衣裳打湿。夏天，有的孩子会光着身子跳进溪中与鲤鱼嬉戏。雨季到来，有时溪水漫上溪边的村中石径，漫入农家小院，鲤鱼会蹦进农家门，主人们高兴极了，说是“鲤鱼跳龙门”，在家中养着它们，等水退时让鲤鱼游回溪中。这爱鱼护鱼的淳朴民风千百年来代代相传，既是确凿可靠的真实故事，又带有几分神秘的传奇色彩。正是有了村民这样的精心呵护，我们今天才能在这里目睹溪中彩鳞翻飞、溪畔笑脸相映的和谐画面和感人情景。

周宁是个山区县，周宁县城是福建省海拔最高的县城，这个县上千米的山峰很多，浦源处在四面环山的盆地中。从高处看浦源，这个古老的山村恰似一幅太极图，而蜿蜒曲折的鲤鱼溪恰似这太极图中的太极线。有人称之为八卦地，村中巷道仿佛迷宫一般，让初来的游客容易迷路。浦源村历史悠久，不仅自然风光优美宜人，而且很有传统文化内涵。村中有不少古迹，形如船舶的郑氏宗祠、极具闽浙特色的廊桥，以及文昌阁、观音阁、林公庙、通天圣母宫等，可以满足喜好寻幽觅古者的要求。《庄子》记载庄子与惠施讨论“鱼之乐”的事，庄子说鱼出游从容“是鱼之乐也”。惠子说：“子非鱼，安知鱼之乐？”庄子回答说：“子非我，安知我不知鱼之乐？”只有身临鲤鱼溪，才能更真切地体验和回味天与人的融合、人与鱼的同乐。

这自然风光和人文蕴含俱佳的旅游点让人流连忘返，因此，当网上评选“福建十大最美乡村”时，我毫不犹豫地投了周宁浦源村一票。我还打电话告诉北京的文友，浦源村鲤鱼溪的确“值得一游”。

硕士导游

在马公机场下了飞机，我们刚走出机场到达口，澎湖县政府和澎湖科技大学的朋友们就迎上来，跟我们握手，向我们问候，好像久别重逢的亲人，一下子给人一种到家的感觉。这时，在迎接我们的人群中，一位美丽端庄的小姐以银铃般的声音，微笑着向我们作自我介绍："大家好！我叫蔡佳汶，是你们的导游。这几天会一直陪伴你们，为你们提供服务。"大家一下子都把目光投向这个留着短发、穿着短袖T恤衫的少女。她显得那样的文静，那样的温柔，又是那样的淳朴。

在机场停车处，我们乘车开往马公市中心。佳汶就站在车门旁，微笑着迎候我们一个个上车。遇到年纪较大的，她就上前扶一把。大家都上车以后，她以十分标准的国语介绍澎湖的基本情况。到澎湖游客中心，我们要下车参观。佳汶又站在车门旁，彬彬有礼地逐个引导我们下车。在澎湖的几天时间里，每逢我们上车下车，佳汶都是这样精心照料我们，从不懈怠，从无例外，让我们备感温馨，深受感动。

这次我们到澎湖，是应澎湖县政府邀请，前来参加2011年两岸地质公园维护管理与旅游发展研讨会，几次乘游艇到附近小岛去实地考察澎湖火山地质地貌。澎湖列岛的自然奇观比校园歌曲《外婆的澎湖湾》描绘的要美得多，海水是那样的清澈湛蓝，天空是那样的深邃辽阔，海鸟是那样的轻盈矫健，岛屿是那样的奇特壮观，我顾不得游艇在海浪中颠簸，拿着照相机一会儿跑到船头，一会儿站到船中央，一会儿靠到栏杆旁，不断地按快门，拍下一张又一张难得的美景。但由于风浪大，在船上站不稳，每一次都多亏佳汶把我扶稳，让我尽情地赏景，尽情地拍摄。她还用自己的照相机为我拍照，把我在游艇上赏景和拍照的"憨态"

拍摄进她的镜头。

我们从大陆来的 17 名宾客多是在地质、经管、旅游等方面颇有造诣的专家，其中还有中科院院士。因为佳汶的服务工作好得出乎人们的意料，大家经常不知不觉地议论起来，说这值得大陆的一些导游人员学习仿效。虽然大家明白不宜打探别人特别是少女的“隐私”的道理，但还是私下打听佳汶的真实身份。后来才知道，佳汶是台湾大学研究生毕业，获得硕士学位以后到澎湖科技大学担任一位教授的助手，这次是临时充任导游。我们都还误以为是读过旅游专业、训练有素的职业导游。等我们得到这些一鳞半爪、支离破碎的“秘密”，而且还不知道这些“情报”是否准确的时候，我们已经要跟她说“再见”了。

又一次来到马公机场，我们要离开“阳光、沙滩、海浪、仙人掌”的澎湖了。我们带不走这里的一草一木、一沙一石，但我们却可以带走对这位硕士导游的美好印象。

坛子岭遐思

坛子岭因外形如同一个倒扣的坛子而得名，海拔 262 米，本来是一个不起眼的小山包，可是地处三峡坝区，是这个 15 平方公里区域的制高点，在大坝建设中成为主要勘测点，而在参观游览中则成为三峡工程全景的最佳观赏点。登上坛子岭的顶部观景台，不仅能欣赏雄浑壮伟的三峡大坝，看到被称为“长江第四峡”的双向五级船闸，还可饱览西陵峡黄牛岩的秀美风光和秭归新县城的靓丽景观。

关于坛子岭以及峡壁上的黄牛岩、江中央的中堡岛有一个美丽的传说，都与中国古代的治水英雄大禹有关。相传当年大禹治水三过家门而不入，在神牛帮助下打通夔门，推开了 400 里水道，川江的百姓感恩不尽，用巨舟载 24 头肥猪和一大坛美酒前来犒劳。行至三斗坪时，却见那神牛腾云而去，只在那高山上留下了影像，后来这个崖壁被百姓称为黄牛岩。那大禹也追踪神牛远行而去，留下了一尊巨石作为纪念。人们深受感动，久久不肯离去，令巨舟在江中守候，结果巨舟化成一座小岛——中堡岛。船上的肥猪投入江中，变作 24 座礁石，而那坛美酒则放在了左岸，幻化成现今的坛子岭。每逢晴朗天气时，微风拂过，峰间江中，酒香飘逸，令人陶醉。

坛子岭现在被开发成风景区，成为游客参观三峡工程必到的地方。整个景区包括模型展示厅、巨型钢铁书、观景台、浮雕群和公园绿地等，分为三层，总面积约 10 万平方米。精心设计的公园绿地里有壮观的喷泉、秀美的瀑布、蜿蜒的溪水、翠绿的草坪点缀其间，静中有动，动中有静，形成一个统一而多彩的美丽景观。巨型钢铁书大概是全国最大的一本书了，书是翻开着的，上面记载了三峡工程的基本情况，是一部钢制的三峡史册。最引人注目的是江底石、截流石和坝址基石等几块巨石。特别是那块重达28吨的截流石，三角四面，形状奇特，因为这是三维体中稳定性最好的，抛下水后能迅速地插入水下的淤泥中，并且相互契合，从而很好地阻挡水流对它的冲击。这个供参观的截流石比施工实际所用的截流石大一倍，安放在这里是作为镇水的标志、现代水利工程的象征。截流石下是一个直径20米的下陷式广场，上面是一个八卦图，象征着四面八方的人支援三峡工程的建设和三峡工程建设的天时地利人和。坛子岭已经成为中外游客游览三峡工地的首选景区，每年接待游客近100万。

长江三峡上起重庆奉节白帝城，下迄湖北宜昌南津关，由瞿塘峡、巫峡、西陵峡组成，总长约200公里。三峡水利枢纽工程的坝址位于西陵峡中的三斗坪镇，这里地质条件优越，基岩为完整坚硬的花岗岩，地形条件也有利于布置枢纽建筑物和施工场地，坝线就在坛子岭与对岸的白岩尖之间，并穿过河床中的中堡岛。那天天气虽然不是十分晴朗，但能见度还算可以。放眼望去，高185米、长2300多米的拦江大坝就在我们脚下。大坝拦截形成的巨大水面烟波浩渺，一望无际，据说总库容近400亿立方米。通航船闸全景也呈现在我们面前，这个双向五级连续梯级船闸，闸室长280米，宽34米，闸坎上水深5米，可通过万吨级船队，还有一台巨大的升船机，是单线一级垂直式，可通过1条3000吨级的客货轮。

我们请来的导游具有特殊身份，是三峡工程权威新闻发言人之一，对三峡工程的方方面面都了如指掌，介绍工程情况如数家珍，说出的一长串数据都是天文数字，让人惊叹，如三峡工程主体建筑土石方挖填量达1.34亿立方米，混凝土浇筑量2800万立方米，用钢筋46万吨，建成的水力发电站总装机容量1820万千瓦，年发电量847亿度，是世界上工程量最大的水利枢纽工程。他一口气说出三峡工程的十个世界之最，如世界建筑规模最大的水利工程、世界施工难度最大的水利工程、世界泄洪能力最大的泄洪闸、世界级数最多总水头最高的内河船闸、世界规模最大难度最高的升船机，等等，说实在我们记也记不住。

站得高，看得远。远处的秭归新县城、雄伟的西陵大桥、壮美的黄牛岩、连绵起伏的山峰、喧腾繁忙的工地，远近美景，尽收眼底。这样举世无双的巨大工程，站在这里远远望去，就好像是什么模型或道具似的，上千万立方米混凝土浇筑而成的“巨无霸”也显不出其雄伟。叉腰挺立在坛子岭观景台，清新凉爽的江风轻轻吹在脸上，顿时胸中有如长江水在涌动。我这时真切地感受到人类力量的伟大，有一种豪情满怀、壮志凌云的感觉，甚至有些飘飘然起来。人真不愧是万物之灵长，什么奇迹都可以创造出来，眼前的三峡工程就是最好的证明。下了坛子岭以后，我们还到大坝顶上来回走了一趟，从坝顶俯瞰大坝上游浩瀚的“高峡平湖”和大坝下游奔腾的“人工瀑布”。接着，又到大坝下方远处的一个观景台，仰望大坝雄姿，更是思绪万千。20多个泄洪口冲出巨大的水流，气吞山河，震耳欲聋，不知要比万马奔腾气势磅礴多少倍。看，桀骜不驯的中国第一大江，在人类的智慧和力量前，变得那样的驯服老实，听从指挥。

不过，刚一离开坛子岭，我澎湃的心潮很快归于平静。我们千万不要太陶醉于人类对于大自然的征服。人类必须按照自然规律办事，惹怒了上苍会受到大自然的报复和惩罚。可不是吗？这些年的许多自然灾害说到底都是人类破坏环境造成的，说是天灾，却也是人祸。人还要有敬畏之心，敬畏大自然，敬畏生我们养我们的天地万物！

万国建筑博览会——天津西式建筑巡礼

建筑是人类改变自然以符合自身需要的一项伟大发明，是人类文明的集中体现，是社会发展的物化记忆，是历史长河的文化积淀，是物质遗产的主要载体。我每到一个城市、集镇、村落，总是醉心于那里独具特色的建筑，仔细观赏，认真揣摩，深入研究。对于中国各地的古代建筑如此，对于国内不多见的异国风情的建筑也是如此。上海的南京路和外滩、广州的沙面、哈尔滨的中央大街、厦门的鼓浪屿，那里的西式建筑总是让我流连忘返。

天津可说是北方乃至整个中国西式建筑最多也最集中最有特色的城市。天津的西式建筑俗称小洋楼，有人说“北京四合院，天津小洋楼”，“不看小洋楼，枉到天津游”。天津的西式建筑主要集中在五大道、解放北路、劝业场和意式风情区等几个区域，各具特色。

五大道温馨安详、千姿百态

五大道是指坐落在天津市和平区成都道以南，马场道以北，西康路以东，马场道与南京路交口以西的一片长方形区域，总面积约 1 平方公里，位于原英国租界内。其中主要有马场道、睦南道、大理道、常德道、重庆道等五条道路，因此这一区域就俗称五大道。马场道是五大道地区修筑最早、最宽、最长的马路，因连接马场和住宅区而得名，而大理道原名新加坡路，睦南道原名香港道，常德道原名科伦坡道，重庆道原名爱丁堡道，成都道原名伦敦路。

这里原是一片坑洼塘淀，从1919年至1926年的七年间，英租界工部局利用疏浚海河的淤泥在这里填洼修路，逐步形成了五大道的交通脉络。英国先农公司、比利时仪品公司、外国教会及部分中资公司来此承建房屋。大量风格各异的欧陆风情小洋楼相继建成，形成了独特的景观。辛亥革命以后，政权瞬息更迭，社会风云变幻，许多政要、富豪把这里作为避风港，蜂拥而至，竞相置地建房，比邻而居。许多达官权贵下野后就住进这里，颐养天年，其中有总统、总理，也有总长、督军，还有省长、市长等。鳞次栉比地竖立着的200多幢欧陆风情小洋楼，其住者可说非富即贵，其中有据可查的名人名宅就有50多座。

笔者认为，五大道西式建筑的最大特色是温馨安详、千姿百态。这里的小洋楼，多为独立宅邸，即使是名人名楼，也都以门牌为标识，不另命名，不设匾牌，街巷也不以胡同为名，这与北京是不同的。建筑尺度宜人，多为两三层，没有高楼；隔院临街，院中花木掩住里边的楼窗。院墙多为实墙，很少使用栏杆。如顾维钧旧居，为西洋古典式砖混结构3层楼房，占地面积1320平方米，建筑面积1547平方米，房屋48间。木屋架起脊，红缸砖墙面，木楼板楼梯，双槽玻璃窗，二、三楼均有平台。楼内卫生、暖气设备齐全。楼门前一对巴洛克式麻花柱，上方有雕花，进门左侧装有楼内配套的硬木沙发式座席，菲律宾木人字地板，护墙板，英式壁炉。又如金邦平旧居，为一幢仿德庭院式楼房，砖木结构，主体2层，局部3层。清水墙，2层中部作梯形阳台，顶部为多坡顶，房顶左侧为陡峭的牛舌瓦顶，右侧为稍缓的大筒瓦顶，有老虎窗。居室宽敞明亮，进门大厅为彩色马赛克地面，三槽硬木窗，设施齐全，院落宽敞。从现代人的生活需要来说，设施齐全的小洋楼总比传统的四合院要舒适方便得多。

这里的小洋楼把庄重肃穆的古典风格、高耸挺拔的哥特风格、繁复夸饰的巴洛克风格、雄奇粗犷的浪漫风格等各种不同的风格糅合在一起，根据建筑物主人的需要，按照建筑设计师的理念，呈现出各自鲜明的特色，而总体上则有一种折中主义的建筑美学倾向。这里的小洋楼因为是建在中国，设计者虽然多为外国人，但也有些中国设计师，但建设者则是中国工人，因此大多不如欧洲本土建筑那样原汁原味和精雕细刻，结构相对简单，如同中西合璧。建筑物的主人们，对各种外来的建筑样式随意取舍，觉得科林森式的柱子好看就在房上加几根，喜欢哥特式的拱顶便在门厅里造一个，反正是私人住宅，各由其便。这反而给建筑师们更多自由发挥的空间，显示出更多的个性色彩。有的建筑物依照主人的意愿随意增加和删减，装饰图案加入中国式的吉祥动物，如龙、凤、麒麟、蝙蝠等；吉祥植物则有松、竹、梅、兰，还有如意、古钱、银锭等吉祥器物以及福、禄、寿、双喜、祥云等吉祥图案，使这些西洋建筑中国化。

漫步在五大道上，道路两旁绿树掩映着的风格各异的小洋楼，没有两座建筑是一样的，各具特色，千姿百态，路、房、树的空间尺度恰到好处，就如同在建筑艺术长廊里巡游，细细品味鉴赏那凝固的音乐，让人大饱眼福，目不暇接。

解放北路高大雄伟、气势恢宏

与五大道的温馨安详不同，解放北路西式建筑给人的感觉是高大雄伟、气势恢宏。五大道是原英租界，而解放北路则一段是原英租界，一段是原法租界；五大道是居住区，而解放北路则是金融街。站在解放北路，放眼望去，一座金融大厦连着一座金融大厦，巍然耸立，挺拔豪迈，呈现出与五大道截然不同的建筑风貌。

解放北路原名为中街，19 世纪末 20 世纪初，一些外国银行相继在这里投资建造了许多风格迥异、特色鲜明的银行建筑。英国汇丰银行率先于清光绪六年（1880 年）来这里筹设机构，成为天津的第一家外国银行，于光绪八年（1882 年）开业。随后，英国汇丰、麦加利，德国德华，俄国道胜，日本横滨正金、朝鲜，比利时华比，美国花旗、运通、美丰，法国东方汇理，意大利华义等 10 余家银行都在这里设立机构，世界著名企业美孚、亚细亚、德士古石油公司等也在这里设立机构，英、法都在这里设立工部局，使这里成为外国政治经济势力在天津的活动中心。

这些高大的建筑物大多由钢筋混凝土和大理石、花岗石、红砖等材料建成，采用古典复兴的建筑造型，门前竖着粗壮的廊柱，造型稳定华丽大方，呈现庄严典雅肃穆的风格。如花旗银行大楼，建于1921年，占地面积2200平方米，建筑面积2034平方米，楼后有砖木结构2层楼房，建筑面积282平方米。大楼为3层钢筋混凝土结构，设有地下室，西洋古典建筑形式，门前由4根爱奥尼克立柱撑托，构成开放式柱廊，廊前铺砌欧式石阶。营业大厅立有7根方柱，内墙面有壁柱，顶部花雕精细。又如东方汇理银行天津分行，由总行设在巴黎的法国东方汇理银行创办，清光绪三十三年（1907年）来津租用法租界西宾馆开设天津分行，光绪三十四年（1908年）在法租界中街73号购地建造大楼，1912年建成后迁入营业。占地面积1245平方米，总建筑面积3651平方米，为3层水泥平顶砖木结构楼房，有地下室，台基用条石砌筑。外檐首层以水泥横条饰面，二、三层为红砖清水墙，砖砌图案装点。正门分设两个台阶，两段之间设空心花饰铁门。

有一个美国人在介绍天津近代历史的专题演讲中说：各位知道中国有一座城市的一条街上，比巴特农神庙的柱子还多吗？——那就是天津今天的解放北路。这条街历史上曾有30多家银行，被誉为“东方华尔街”。与上海外滩相比较，这里毫不逊色。如果说上海外滩是中国华东的华尔街，天津解放北路就是中国华北的华尔街。

意式风情街的浪漫和劝业场的繁华

天津意式风情区，是意大利本国以外在世界上唯一一处大型建筑群。这里是原意大利租界区，也是中国历史上唯一的意大利租界，1902年建成。这里有许多意大利租界时期留下的小洋楼和名人故居，经过整修成为旅游和商务休闲场所。

马可波罗广场位于两条街道交口，是典型的意大利风格建筑，保留着100多年前的地中海风情，是意式风情区标志性的建筑。风情区内仿造的威尼斯水城，使人不到意大利就可以领略这个世界著名景点的独特风貌。在这里还可以参观梁启超饮冰室、曹禺故居和意大利兵营等特色建筑。由于这里洋溢着意大利的浪漫风情，成为许多影视剧的取景地，如2009年上映的由范冰冰、章子怡主演的《非常完美》和由张铁林、郭富城主演的《白银帝国》等。漫步意式风情区，穿越时空隧道，品味异国风情，想象昔日辉煌，心中充盈着浪漫的情怀。

劝业场历史文化街区则主要是商业建筑，这是19世纪末20世纪初形成的法租界商业区。随着法租界建设的日趋完善，劝业场街区内逐步形成了规整的方格路网格局，两条商业步行街和平路、滨江道十字相交，成为街区主要的道路骨架。路口四周建成的劝业场、惠中饭店、交通饭店及浙江兴业银行，四位一体，形成和平路、滨江道商业区的龙头和心脏。劝业场建成于1926年，由法籍工程师慕乐设计，建筑风格明显受折中主义建筑形式的影响。主体五层，转角局部七层，钢筋混凝土框架结构。七层之上建有高耸的塔楼，由两层六角形的塔座、两层圆形塔身和穹隆式的塔顶所组成，上面装有旗杆、避雷针兼做装饰物。整栋建筑显得壮丽挺拔。商场内部是中空回廊式。中间有一座过桥相连通，过桥两侧设置两部双向楼梯。场内四角分别设有四座楼梯和五部电梯，沟通垂直交通。

劝业场建筑面积原为16500平方米，经过几次改造修建，现在建筑面积为29600平方米。商业建筑占地面积大、体量大，相对而言道路就显得狭窄拥挤，而狭窄拥挤显得人头攒动，熙熙攘攘，呈现红火兴旺的效应，这大概也是所有商业建筑、商业街区的共同特点。穿行劝业场步行街，给人的感觉就是两个字：繁华。

不是结语的结语

建筑是凝固的音乐，是物化的文明，它可以长久遗存于人世间。星移斗转，岁月沧桑，看看解放北路金融街，如今那些巨富大亨早已离去，烟消云散，而那些高大建筑还在向我们诉说着时代的变迁，展示着曾经的辉煌。我想，这就是建筑的伟大之处！

巍峨壮观清水岩

来到蓬莱仙境，登上 108 级朝圣台阶，穿过一段旅游商品街，抬头仰望，就可以看到一组呈“帝”字形的巍峨壮观的建筑，这就是安溪清水岩寺。

清水岩峰海拔 767 米，清水岩祖殿就建在海拔 500 米处，庙宇依山而筑，背倚峭壁，面临深壑，如同空中楼阁、天上宫阙，十分险峻。民间工匠巧妙地将人工建筑与天然岩壑融为一体，无论是建筑布局还是装饰工艺都颇具特色。这座楼阁式的建筑共三层，第一层是昊天口，第二层是祖师殿，第三层是释迦楼。两翼有钟楼、鼓楼、观音阁、檀樾厅、芳名厅、僧舍等，崇楼曲廊，鳞次栉比，层叠回环，跌宕起伏。远远望去，其外观犹如一个“帝”字，规模宏大，气势磅礴，给人以心灵的震撼。走到殿前，有楼廊、扶栏，凭栏极目，只见奇岩怪石，千姿百态；丛林佳木，葱郁繁茂；沟壑深邃，溪流蜿蜒；山间秀色尽收眼底，使人洗尽烦恼，心旷神怡，恍若置身于仙境之中。

据考，清水岩始建于北宋元丰六年（1083 年）。清水祖师原名陈普足，从小落发为僧，在清水岩修行，造桥修路，为人治病，做了许多善事，被称为普足禅师。普足禅师居岩十九年间“造成通泉、谷口、汰口诸桥，砌洋中亭路，靡费巨万，资于施者”，又建造洋中亭，作为治病救人的义诊之所。建中靖国元年（1101 年）五月十三日，普足禅师圆寂，附近乡亲刻沉香木为像，供在岩寺中，称为清水祖师。此后，清水岩宇续建、重建、扩建、改建、重修达三十多次，规模不断扩大。据说至明嘉靖四十三年（1564 年）时，清水岩的僧尼相传多达七八十人，颇为兴盛。清水祖师是中国百仙之一，因而清水岩成为享誉海内外的朝圣旅游胜地。在中国台湾地区以及东南亚、日本等国的清水岩分庙有300多座。

祖殿周边文物古迹和天然景点很多，殿后岩上有埋藏清水祖师骨灰的宋代“真空塔”，中殿后巨石下有一深邃的岩洞“狮喉”，殿前出山门有裂竹、清珠帘、方鉴塘、石面盆、罗汉松、觉亭、石粟柜、浮雕“岩图”碑及护碑亭、枝枝向北、三忠庙等景点。

清水岩吸引游客之处，除祖殿宏伟壮观、分庙数量众多之外，还在于岩宇四周的许多景点都蕴含着动人的传说故事。往往一个景点，就是一个故事。如觉亭边的“枝枝向北”是一株几个人才能合抱的古樟树，树身粗壮，擎天耸立，由于地势、气流和风向等原因，它的枝枝杈杈几乎全都向北伸展。传说南宋初，民族英雄岳飞被奸臣秦桧所害，这株有人一样感情的樟树被深深触动，因此枝叶全向北伸展，以示纪念。又如裂竹，传说宋代有一即将分娩的孕妇至此进香，依此翠竹生下一婴，竹即裂开揽护。这个婴儿长大成人后金榜题名，使“裂竹”这一原本普通的地方平添了几分神秘。还有山中的一块巨石，好像被剑砍削过一样平坦光滑，传说是清水祖师在试宝剑时削去一半，故名试剑石。出米石就更绝了，传说祖师建造岩宇时，石隙每天都流出大米以饷工，“工竣而米竭”。有了这样的民间传说，就会增添景点的神秘色彩，提升景点的文化层次，就会“点铁成金”，甚至“化腐朽为神奇”，使原本一般的景点变成耐人寻味和琢磨的景点，游客就会在景点前多逗留一些时间。

由此想起笔者家乡漳州的一些景点，就因为缺少这样的传说故事，游客在不少景点前匆匆走过，看来可以借鉴清水岩的做法，收集整理相关的民间传说故事，以增加景点文化内涵。

民间有谚：到安溪必到清水岩，到清水岩必有所得。身临其境，果真如此。

婺源，最美的乡村

到过婺源，那独具江南特色的青山绿水和打着徽派烙印的粉墙黛瓦，会在人的脑海中镌刻下深深的印记，让人萦绕于怀，挥之不去，永生难忘。

婺源，江西省东北部的一个县，位于安徽、浙江、江西三省交界处，但在20世纪30年代以前却曾隶属徽州1200年，因而，它的村落建筑和地域特色都烙下深刻的徽州印记，成为徽派文化的代表之一。

婺源境内多山，当地人说是“八分半山一分田，半分水路和庄园”。在西北部连绵不断的群山中，有一座鄣公山，从这里起源的一条河流叫婺水，婺水流经的地方就称为婺源。婺源山高路远，交通不便，历史上一直是中原地区官宦士族躲避战乱、归隐自然的落脚之地。公元4世纪初的晋代、9世纪末的唐末和12世纪的南宋年间，三次来自中原的大规模人口迁徙，在皖南山区开始形成了星罗棋布的村落。由于移民越来越多，耕地却越来越少。到了明清时期，很多人为了谋生而外出经商，由此形成了中国历史上著名的徽州商帮，徽商财富中的相当一部分回流到家乡，用来置田地，筑豪宅，修街巷，建祠堂，而崇山峻岭又阻隔了历年战火的硝烟，把这一个个世外桃源般的美丽村落原汁原味地留给后世，让子孙们惊诧和感叹。

在婺源，李坑也许可算是把深厚悠远的文化底蕴与恬静自然的田园风光融为一体的一个典型了。在当地方言里，“坑”就是溪的意思。顾名思义，“李坑”就是李姓聚居的村落。走进李坑，首先映入眼帘便是淙淙的溪水。一条蜿蜒曲折的小溪穿过这个古老的村落，沿着磨得光滑的青石板路，只见小溪两旁错落有致的古朴民居，粉墙黛瓦，飞檐翘角，勾勒出优美舒展的线条，鳞次栉比，层层叠叠，向小溪的尽头延伸过去，这一切又全都倒映在清澈的溪水中。

溪水穿村而过，民居多在小溪两岸，村民串门、出村都离不开桥，可说“出门即上桥”。李坑不过200多户人家，而大小桥梁却多达36座。通济桥是其中最漂亮的一座，始建于明代，半圆形的桥拱与水中的倒影正好合成一颗浑圆的大宝珠，再加上两条小溪正好在这里汇合，于是这座桥被形象地称为“双龙戏珠”。小溪清澈见底，站在通济桥上，可见溪中遨游着无数色彩斑斓的鲤鱼，倒映在水中的粉墙黛瓦、飞檐翘角摇晃着，动荡着，变幻着。好一派“小桥流水人家”的徽州水乡风情画！

南宋乾道年间，这里出了个武状元，叫李知诚。李知诚故居虽然已经显得衰落破旧，但“风韵犹存”，宽阔的大厅、精美的木雕，特别是硕大的“武”字和“魁”字中堂，可以让人想象当年的豪华与气派。故居后花园里有一棵古老的紫薇树，大部分树枝看似枯萎，只剩下半边还有活力，但是用手轻轻抚摸树皮，整棵树的枝叶都会像被搔痒一样地轻轻摇晃，甚为奇特。

从故居后门出去，有一条小路通往村后的小山林。这里茂林修竹，鸟语花香，空气清新，沁人心脾。走到高处，可以鸟瞰村落全貌，蜿蜒曲折的溪流、高低错落的瓦房、样式各异的小桥、点缀其间的灯笼、房前屋后的古树、历尽沧桑的石径、远处朦胧的群山、空中飘浮的彩云，一幅长长的山水画卷铺展面前，尽收眼底。我们游览到李知诚故居后院门时，导游小姐说，后面是上山的路，如果大家累了就不要去。幸好没听导游的话，否则就要错过这俯瞰全村的最佳的地点和角度了。

李坑往东不远的汪口则是一个商埠名村，古代曾是婺源水路交通“通舟止此”的端点，地处双河汇合口，因碧水汪汪而得名。汪口村属江湾镇，是个人才辈出的千年古村。据记载，自宋代至清代的数百年间，这个村子出过进士14人、七品以上文武官员73人、著书立说闻名于世的9人。明清时期，这里是徽州和饶州重要的水上交通口岸和物资集散地，当年店铺林立，商贾云集，船行如梭。

村中至今还保存着一座完好的五凤楼宗祠——俞氏宗祠。“五凤门楼”在宫廷建筑中较为多见，但在民间宗祠建筑中却极为罕见。这是因为清朝乾隆年间汪口村里出了个叫俞应纶的文人，曾当过太子的教师，回乡捐建俞氏宗祠，皇帝特批可以将山门建成“五凤门楼”。五凤门楼坐北朝南，飞檐上雕塑着五只凤，有皇宫气派，为中轴歇山式建筑，占地面积达665平方米，分为三进院落，由山门、享堂、寝堂三部分组成。宗祠的梁枋、斗拱、脊吻等处均巧琢雕饰，有大小不一、形体各异的图案100多组。门楼内部的雕刻有“万象更新”“双凤朝阳”和“福如东海”等，这些雕刻采用浅雕、深雕、透雕等刀法，十分细腻精巧。门楼北面的飞檐上雕塑着鳌鱼，背脊上雕塑着无数小天狗。门楼内部翘角上的雕刻，是以卷云花草、亭台楼阁、小桥流水为内容，层次分明，形态逼真，栩栩如生，凝聚了明清时期的雕刻艺术精华。支撑长廊的吊柱，原本上面各雕刻了一只狮子，狮子的头部顶着花托，支撑起了长廊与屋檐的重量。因而，俞氏宗祠有“江南第一宗祠”之美誉，是古建筑专家经常前来考察研究的“艺术宝库”，现在是国家级文物保护单位。

村中还有古朴典雅的“一经堂”“懋德堂”“大夫第”和“养源书屋”等众多官第、商宅、书屋、民居，散落在18条古老的小街巷中。庭院内那些雕梁画栋、门楼牌坊间都体现着深厚的文化意蕴，不论是鹤鹿同春、五子登科、兰桂齐芳，还是抬头见喜、麻姑献寿、福寿双全，都表达了人们美好的愿望和祝福；雨落天井，肥水不流外人田；堂内瓶、桌、几、凳，暗示一种四平八稳；室内折扇，百年不坠，意在从善；蜂、蝶、蝠、莲、丹、桂，也各领风骚，皆有企盼。面对着被称为“婺源三宝”的精美石雕、木雕、砖雕，我深切地感受到：山水是婺源的外貌，文化是婺源的灵魂。

漫步在汪口村长长的千年古街上，走过对应着18个河埠码头的18条巷道，细细观赏着两旁爬满青藤的粉墙、长着青苔的黛瓦、褪去铅华的彩绘、陈旧剥落的木门，久久眺望远处的樟树林和环抱村子的河流，叨念回味着一首描写婺源的旧诗：“古树高低屋，斜阳远近山。林梢烟似带，村外水如环”。感觉似在画中游，自己就是画中人。

离开婺源回到闹市中心的家里，婺源乡村在我心中营建起来的清新与宁静维持了好长一段时间，然而，终究敌不住都市喧嚣与浮躁的侵扰。今天打开电脑调出游览婺源时拍摄的 160 多幅景物照片，试图找回当时的那份清爽与空灵。

邂逅美丽

晶莹剔透的品质、赏心悦目的构图、斑斓绚丽的颜色、千姿百态的造型，一提到传承、弘扬传统文化，我立即会想到陶瓷，因为中国是陶瓷的故乡，陶瓷文化是最具中国特色的一种传统文化。在英文里，china 既是中国的意思，又是陶瓷的意思。我喜欢陶瓷，参观过许多陶瓷生产基地、陶瓷展示中心，对这类景点、景区有比较苛刻挑剔的眼光，但在大埔县富大陶瓷工业旅游区，还是被深深震撼了。

一来到这里就是进入了一个五彩缤纷的陶瓷世界。不但大门两边的立柱和院墙都用色彩斑斓的瓷片粘贴包裹，院子里绿地上的花盆花坛、桌子凳子是陶瓷的，连地面甬道也都是用瓷片铺成的，所有的建筑物的外墙也贴满瓷片，这些瓷片都组成充满吉祥、洋溢喜庆的精美图案。室内就更不用说了，地上铺满美丽的瓷砖、瓷片，四面墙上都缀满陶瓷艺术品，茶几、圆凳甚至沙发都全是瓷的。可以说是“无物不瓷”“无处不瓷”“触目皆瓷”。我们邂逅美丽，置身于五彩缤纷、琳琅满目的陶瓷世界，被神奇的美丽所拥抱、所淹没。

中国生产的陶瓷受到老外的青睐，一直是海上丝绸之路外销出口的主打商品，学术界有人甚至把海上丝绸之路称为陶瓷之路。可以说，一部中国陶瓷史就是一部形象的中国历史，一部形象的中国文化史。大埔县是中国青花瓷之乡，大埔高陂镇是国内知名的陶瓷古镇之一，素有“白玉城”“南国瓷都”之美誉，高陂以其 800 多年的制瓷历史，积淀了丰富的陶瓷文化和精湛的陶瓷技艺。陶瓷在我心目中一直有着独特的神奇感和神圣感。你想想，原本卑微低贱的泥土经过聪明的脑袋、灵巧的双手转化成精美高雅的陶瓷，凝聚了人类多少聪明才智啊。我现在来到的这个旅游区集陶瓷工业观光、体验、科普教育于一体，整个旅游区分为原料加工区、制坯成型区、施釉彩绘区、烧窑包装区、产品展示区、游客体验区、古陶瓷展示区、名家作品展示区八大区，展示了陶瓷从生产原料到成品的系列流程以及名家作品、古陶瓷历史等丰富的陶瓷文化。

在这里，我们可以尽览中国古陶瓷的演变与发展，从陶瓷技艺的发展、器型花面的创新、烧炼方式的改革以及新材料、新工艺运用等方面，领略古今陶瓷艺术的魅力，感受陶瓷文化的熏陶。游客既可以参观陶瓷的制作过程，了解陶瓷的历史知识，学习陶瓷烧造技术，可以与制瓷师傅聊天，向他们请教相关问题，也可以自己动手捏土、拉坯、塑形，制造陶瓷土坯，也可以自己提笔在半成品上写字作画，让师傅替你烧制，把你的作品定格在陶瓷上。可惜我不是书家画家，无法尝试一下过把瘾。

“点石成金”是神话，可是“点土成金”在这里却是活生生的事实。在陶瓷制作师傅的那双魔术师般的手中，卑微低贱的泥土转化成精美高雅的陶瓷，让我们今天在这里得以邂逅美丽。

一座洋楼和一座人桥

镇江市区地势很平坦，却也有一些小山坡，赛珍珠故居就坐落在绿树成荫的登云山上。在繁华的中山西路中段有一条通往登云山顶的坡道，叫润州山路，踏过大约100级台阶，一座别致的小洋楼映入眼帘，门牌是润州山路6号A，这就是赛珍珠故居。

赛珍珠故居占地面积约400平方米，砖木结构，楼四周都有铁栏杆围护。楼两层，楼下有客厅、厨房，还有女佣王妈的卧室等，楼上主要是赛珍珠的卧室和书房以及其父亲赛兆祥的卧室和书房。楼上与楼下由楼中央的木制楼梯连接起来，楼的四周都有窗户，整个布局科学合理，通风采光都很好。楼内基本按原样恢复当年的装饰陈设，并展出赛珍珠各种版本的著作、研究资料及相关物品。一层活动室摆着两张旧式靠背椅和一张茶几，茶几上摆着紫砂陶茶壶，西式壁炉上摆着二胡和笛子。来到这里，我们似乎看到女佣王妈一边教赛珍珠品尝中国茶，一边向赛珍珠讲述“水漫金山”的故事；又仿佛看到邻居艺人在为赛珍珠拉二胡、吹笛子。二层赛珍珠的书房里摆着一张写字桌，我们似乎看到赛珍珠在苦读《论语》和《庄子》，又仿佛看到赛珍珠在奋笔疾书，创作反映中国农民生活的小说。据说，过去在登云山顶向北就可以眺望长江，然而，现在周围都建起了多层楼房，而且长江航道也有了改变，这里再也看不到滔滔江水了。

因为赛珍珠与我的乡贤林语堂有特殊的关系，所以我特别关注赛珍珠的生平与创作及其研究情况。到庐山游览时也特别留心赛珍珠在牯岭的故居，细细参观，还拍了许多照片。今天，来到镇江——赛珍珠的中国故乡，对其故居倍感亲切。赛珍珠出生于1892年，出生4个月后就随着当传教士的父母漂洋过海，不远万里来到中国。在江苏省淮阴市短暂居住后就来到镇江定居，在这里度过了她的童年、少年、青年，前后 10 多年。赛珍珠把镇江作为她的中国故乡，她对这里的人民和山水充满了深厚的感情。她在自传和其他文章中多次提到她在镇江的故居和生活，用深情的笔调描写了她与伙伴一起在屋旁玩耍以及拜访周围农家等许多难忘的经历。

镇江赛珍珠故居不像其他一些地方的名人故居有蜡像再现名人当年的生活场景，我倒觉得这可以更好地发挥参观者的想象力，在脑海中浮现有血有肉的人物形象，比冷冰冰的蜡像要好得多。想象一下，黑眼珠、黄皮肤的孔老先生作为家庭教师，每天来到这里，为蓝眼珠、白皮肤的美国少女讲儒家思想、古典文学、中国历史、观音菩萨，低吟高咏，抑扬顿挫；一个美国少女还没有学会英文，就开始学习中文，接受中国文化的熏陶，这是一件多么有趣的事情。赛珍珠后来说："我最早的小说知识，关于怎样叙述故事和怎样写故事，都是在中国学到的。"她还说："中国人生来就充满智慧，老练豁达，聪明无邪，就是与一位不识字的老农交谈，也能听到其明智、幽默的哲理。当我在我的国家找不到哲理时，就特别想念中国。我们的人民有观念、信念、偏见、想法，但缺乏哲理。也许这些哲理只属于几千年文明史的民族。"赛珍珠的前半生基本上是在中国度过的，这正是一个人世界观、人生观形成的关键阶段，因此，赛珍珠思想中打下中国文化的深刻烙印，她甚至把中文称为"第一语言"，是理所当然，毫不奇怪的。

赛珍珠才华横溢，一生创作了 100 多部作品，是世界上最多产的作家之一，1938 年因描写中国农民生活的鸿篇巨制《大地三部曲》而获诺贝尔文学奖。与我的乡贤林语堂一样，赛珍珠一生致力于东西方文化的交流与沟通，是中国人民的好朋友。1973 年 3 月 26 日，美国前总统尼克松在赛珍珠葬礼的悼词中称她是"一位伟大的艺术家，一位敏感而富有同情心的人"，是"一座沟通东西文明的人桥"。

镇江赛珍珠故居是一座普通的小洋楼，与其他洋楼相比没有什么特别之处。然而，由于从这座小洋楼里走出了一座"人桥"，一座"沟通东西文明的人桥"——"人桥"不见洋楼在，因此变得引人注目，令人向往。

悠闲的成都

有一个笑话说，一位领导乘飞机去成都，因为成都平原雾多且浓，能见度很差，就问随行人员：“成都到了没有？”随行人员回答道：“只要听见麻将声，就到成都了。”

这笑话虽说是夸大了点，但却事出有因。成都街头巷尾经常可以见到围着麻将桌埋头酣战的人，成为成都一道独特的风景。麻将可谓中国的一大国粹，全国各地都有麻将爱好者，被戏称为“搓麻族”，然而像成都这样“全民皆麻”，男女老少都热衷于此，沉迷于此，把麻将打到店铺前、马路边，蔚为壮观的，恐怕是绝无仅有的。笔者参加四川地震灾区重建家园的援建工作时，住在成都辖下的一个县级市，住处附近有一个小茶馆，门口有一副对联：“四面顾客打麻将，八方朋友斗地主”。这里天天“麻友”盈门，打得天昏地暗，不知东南西北。“5·12”八级地震过后，四川北部余震不断，但成都人依旧乐此不疲，显得那样悠闲自在。或许可以从中看出成都人对于灾难的心理承受力，他们很快就把地震造成的心理创伤抚平修复。

更能体现成都悠闲的还是遍布在这里每一个角落的茶馆。有俗话说：“头上晴天少，眼前茶馆多。”成都茶馆之多与成都晴天之少一样有名。北京、广州等许多大城市也有不少茶馆，但绝没有成都茶馆这样富有特色。“泡茶”在成都茶馆里那才真叫“泡”。花上五元十元，就可以在茶馆里“泡”上大半天。人们在这里边喝茶，边聊天，四川人称“摆龙门阵”，国际国内，家长里短，天上地下，古今中外，搅成一团，煮成一锅，真是“杯里乾坤大，茶中日月长”。当然，在茶馆里不只是聊天，还可以听音乐，看变脸，还可以接受掏耳朵之类的特色服务。不知不觉中，一天的时间就这样打发过去了。

成都的休闲方式很多，除了喜欢喝茶、搓麻，还有养鸟、遛狗等。一进公园，只见枝繁叶茂的树上到处挂着竹编的鸟笼。听着那悦耳的鸟鸣，看着斜倚在长椅上眯眼养神的鸟主人，你能不跟着也悠闲起来吗？因为成都人养狗太普遍，拉到街上遛的狗有俊的，也有丑的，有高贵的，也有邋遢的，由此可见养狗不见得都是达官贵人的专利，遛狗已经成为许多成都人精神生活的一个不可或缺的部分。悠闲的心态浸透了生活的每一个部分，也体现在生活的每一个方面。

成都流传着一个故事，说是一位地震灾害幸存者，被外国救援队救了出来，看到周围都是高鼻子蓝眼睛，愣了一会儿说："狗日的，这地震真厉害，把老子震到外国去了。"可见成都人的幽默。而幽默其实不单纯是艺术，而是一种生活态度。正因为成都人有悠闲的文化性格，才能幽默。

有趣的是成都人喜欢说"马上"。不过，这个"马上"可能是半个小时，也可能是三五天。在四川地震灾区建设过渡安置房时，援建人员有事找到成都人，心急火燎的，而成都人却往往显得胸有成竹，泰然自若，嘴上说"马上，马上"，却仍是慢条斯理，按部就班做事，虽然最后事是办成了，但常让不知就里的援建人员急出一身汗。

其实，悠闲不是颓废的代名词。悠闲的文化性格可以调节紧张的现代生活。悠闲似乎也更接近人的本能，因为舒适和享乐毕竟是人的一种内心追求。生活之弦不能绷得太紧，应该有张有弛，张弛有度。生活需要悠闲的性格、悠闲的心态。我的乡亲、著名的现代文学大师林语堂就曾经批评美国人的生活节奏太快，说他们不懂得生活。因此，没有必要也不应该简单地褒贬成都的悠闲和悠闲的成都。

一方水土养一方人。自从2000多年前的李冰主持修建了闻名中外的水利工程都江堰，驯服了汹涌倔骜的岷江，使得成都平原从此"水旱从人，不知饥馑，时无荒年，天下谓之天府也"。衣食不愁，温饱无忧，人们自然就会追求精神的享受、心灵的松弛，是优越的生活环境造就了成都人的文化性格。

四川是道教的主要发祥地。离成都几十公里处就有一座道教名山，叫青城山，已经进入世界文化遗产名录。成都城里有一个道观，叫青羊宫，也是远近闻名的道教圣地。道家讲的是道法自然，无为而治。不知是成都的悠闲性格孕育了道教的思想精髓，还是道教的思想精髓造就了成都的悠闲性格，或者两者兼而有之。在许多人的印象中，道观本是清净地，但你一进青羊宫却看到成都人把茶具都摆到宫里去了，可见道教的平民化、世俗化。道教思想与成都人日常生活已经完全融为一体了。

如果要从物质和精神两个方面探究成都悠闲文化性格的缘由，可以谈的“成都现象”其实还很多。我不敢说成都是最美丽的城市或最宜居的城市，但我敢说成都是最有特色的城市，一个悠闲的城市。

园林中的碑林

沿着曲折的长廊细细欣赏年代不同的作品，坐在园中的石凳上慢慢回味风格各异的书法，伸出激动的双手轻轻抚摸心仪已久的碑刻，聚起全部目力远远眺望高悬峭壁的石刻，是一件多么惬意而又有几分奢侈的事。

我瞻仰过西安碑林，作为中国首屈一指的碑林，其收藏的古代碑石数量之多、档次之高实在令人叹为观止。数以千计的书法石刻精品让人目不暇接，我自始至终以敬仰的目光和虔诚的神情在鉴赏，紧张得几乎要窒息。而在镇江焦山碑林，我的精神要放松得多，因为我是在洋溢着江南风格的园林中漫步、欣赏、咀嚼、回味，一会儿走走看看，一会儿坐坐歇歇，陶醉在艺术宝库中。

文物界有“北有西安碑林，南有镇江碑林”的说法。镇江焦山碑林是江南最大的碑林，系全国重点文物保护单位，历史十分悠久。碑林陈列始于北宋庆历八年（1048 年），原名宝墨亭，明代扩建为宝墨轩。后来在镇江地区陆续发现的大批珍贵历代碑刻也加入其中，又进行过多次扩建。目前，整个碑林由摩崖石刻和碑林陈列馆组成，珍藏历代碑刻 500 余方，沿江峭壁之上留有近百处摩崖石刻，绵延 200 余米。必须承认，比起碑林的“大哥大”西安来说，焦山碑林只能算是小弟弟。然而，小弟弟有小弟弟自身的特色，小弟弟有小弟弟存在的价值。

焦山又名樵山、谯山、狮岩，山上有一座始建于东汉献帝兴平元年（194 年）的定慧寺。传说东汉末年名士焦化来此隐居，朝廷曾三诏其出仕而不从，因此称为焦山。焦山海拔 71 米，方圆 38 公顷，位于江苏镇江市区东北方向的长江中，从市区到焦山要从长江南岸的象山渡口乘船过去，几分钟时间就可抵达。远远望去，只见白墙青瓦掩映在漫山苍松翠柏修竹茂林之中，与镇江西北方向的金山“寺包山”相反，这里是“山包寺”。焦山碑林就处于这样一个风景名胜区中。

焦山碑林总面积约6000平方米，主要有序馆、碑刻发展史馆、史料碑馆、文苑碑刻馆、瘗鹤铭馆等，展出历代碑刻精品。风格各异的碑刻有的镶嵌在长廊中，有的立在凉亭内，有的供奉在阁楼里，这里与其说是一个收藏丰富的碑林，不如说是一个异彩纷呈的园林。一条条长廊、一个个小亭、一座座展馆，把这些古代碑刻供起来，串起来，形成一条璀璨夺目的艺术链条，让参观者在优雅的环境中、清新的空气里享受艺术的熏陶，在鉴赏中国独特的书法艺术的同时欣赏中国独特的园林艺术。

东晋王羲之《破邪论序》、初唐妙品《魏法师碑》、颜真卿《题多宝塔五言诗》、大气磅礴的《陆游踏雪观瘗鹤铭》、跌宕多姿的《澄鉴堂石刻》、明文徵明《钱王先生志铭》、清成亲王《归去来辞》等，都是他们所处时代的书法艺术典范、模本，真是琳琅满目，美不胜收。在一片茂密的竹林中央摆着几方天然奇石，竹林后面有一个悬着“兰亭”匾额的亭子里，供奉着米芾临摹的王羲之兰亭集序，特别引起我的兴致。我想起浙江绍兴的兰亭，想起这位嗜石如命的米老兄。在他的雕像和作品前摆上奇石，遍植翠竹是再合适不过的了。此时正是深秋，阵阵桂花香扑鼻而来，沁人心脾，各种叫不出名字的鸟在树上欢唱展歌喉。视觉、听觉、嗅觉，几乎所有的感觉器官都在尽情地享受。

在这诸多书法艺术珍品中，最为珍贵的当然是号称“大字之祖”的《瘗鹤铭》。这是一方悼念仙鹤的铭文石刻，是从隶书向楷书演变过程中的重要里程碑。书法界有“南有镇江《瘗鹤铭》，北有洛阳《石门铭》”的说法。《瘗鹤铭》原刻于焦山西麓摩崖之上，后崩落到于江中。清康熙五十二年（1713年），陈鹏年募工从江中捞起5块残石。现真迹仅存93字，其中残缺12字。铭文只写甲子，不列朝代，只书其号，不写真名，托名仙侣华阳真逸撰，上皇山樵书，未著撰写年月。究竟何人所书，何年之作，至今仍是众说纷纭。然而，不管是东晋王羲之的笔意，还是梁朝陶弘景的手迹，其艺术价值和历史价值则是公认的。大文豪苏东坡认为：“大字难于结密而无间，小字难于宽绰而有余”。宋代著名诗人、书法家黄庭坚则称之为“大字之祖”。现在，这5块残石被粘合起来，供奉在特别为这个碑刻建起来的瘗鹤铭馆内。不巧的是我们去观摩的那天正好没电，瘗鹤铭馆内一片漆黑。几个游客一起打开手机的电筒，借着微光领略了《瘗鹤铭》的“朦胧美”。馆前有一口池塘，岸边有石栏杆，水上有九曲桥，塘中碧波荡漾，锦鳞游泳，塘边有石桌石凳，我坐在石凳上冥想了好一会儿，好像看到《瘗鹤铭》的创作者在凝思，在铺纸，在挥毫。我冥想中呼吸着清新的空气，在享受着艺术的恩赐，久久不愿离开。

能在园林中欣赏碑林，在碑林中享受园林，真是一种莫大的福分。

走在和顺小巷

云南省腾冲市地处滇西边陲，县域与缅甸接壤的国境线长达 148.7 公里，被称为“极边第一城”。这里的 90 多座火山连绵雄峙，80 余处温泉喷珠溅玉，是中国火山和温泉最密集的县份，极富地域特色的自然景观向游客展示了巨大的魅力。不过，这些是我到腾冲前就预料到的，而让我意想不到的是县城西南 4 公里处的和顺镇，在我想象中的蛮荒之地竟然有那样深邃的文化底蕴和厚重的历史积淀。

走在和顺小巷，仿佛是徜徉在江南水乡名镇。古色古香的民居建筑、原汁原味的生态环境、古朴淳厚的民风民情，构成一幅人与自然和谐的诗画意境。小巷沿三合河而建，铺着当地特有的青石板，被岁月的风霜打磨得光滑发亮。小巷很长，从人口较为密集的镇区延伸到山间湖畔，一直到镇区西北地势较高的艾思奇故居。一路上，巍峨雄伟的牌坊、庄重气派的宗祠、典雅精致的院落，栩栩如生的圆雕、枝繁叶茂的乔木、翠绿硕大的荷叶，不断映入眼帘，让人目不暇接，如在画中游。许多老宅院悬挂着名人题写的匾额、楹联，有民国开国元勋蔡锷题写的匾额“民国人瑞”，有国民党元老李根源题写的匾额“节寿双高”，有清末著名书法家陈荣昌撰写的楹联“儿孙能读陈情表，家世惟传道德经”，等等，都渗透着中国传统文化及理想追求的浓浓韵味。

图书馆业的发展状况，是衡量一个国家或地区科学文化水平的重要标志。和顺图书馆是中国近代诞生最早而目前仍是全国规模最大的乡村图书馆。和顺图书馆位于双虹桥畔，坐东朝西，占地 1000 多平方米，整个建筑群由大门、中门、花园、主楼、藏书楼等组成，具有中西合璧的风格。牌楼式的大门门额上悬挂着和顺清朝举人张砺题写的匾额，“和顺图书馆”5个白色大字在蓝底匾额的衬托下分外醒目。进了大门，登上10来级石阶，来到西式造型的平顶拱形中门，门额上有李石曾题写的“文化之津”石刻和胡适题写的“和顺图书馆”木匾。中门内是花园，园内花木扶疏，典雅宁静。花园后面就是馆舍主楼，二层五开间木结构，两侧向前突出两个半六角亭，立面显得玲珑别致，气宇轩昂。楼上前部为通廊，后部为书库，主楼后面是藏书楼，藏书总量7万余册，其中不少是珍本甚至是孤本。书香与花香一起飘逸，我们在这里顿时觉得有一种进入知识殿堂的神圣感。居住在和顺镇的民众经常到这里来借书、读报。在我们参观时，就看到一位老人在聚精会神地读报，一名青年在专心致志地看书，似乎没有感觉到游人就在身边。我们这些游客见此情景，不敢大声说话，都在细细地观赏，静静地感受，只听到照相机“咔嚓”的响声。出到门外，我们才听导游讲解，说清朝末年和顺的一些知识分子在这里组织“咸新社”读书会，许多华侨踊跃捐书或捐款购书，书报逐渐增多，1928年正式成立和顺图书馆。日军侵占腾冲和“文革”期间，人们冒着危险，克服困难，保住了馆舍和大部分图书。

参观了和顺图书馆，我们在心底由衷地赞叹和顺民众深厚的崇文传统，而就在图书馆边上的“滇缅抗战博物馆”则让人感受到和顺民众的另一面，就是他们强烈的尚武精神。

滇缅抗战博物馆建在当年中国远征军20集团军司令部旧址，是中国第一个民间投资、民间收藏的抗战博物馆。博物馆以5000多件珍贵文物、历史照片和许多绘画、雕塑、影视资料，真实再现了中华民族反法西斯战争的那段难忘历史。整个展览分山河破碎、悲壮出征、沦陷岁月、剑扫风烟、日月重光5个部分。来腾冲之前，我曾想象腾冲就是热气腾腾向上冲，腾冲人一定都是极具阳刚之气的人。参观了滇缅抗战博物馆，我的心灵受到了极大的震撼，觉得果然如此，腾冲人民、和顺人民为捍卫中华民族的尊严，进行过可歌可泣的英勇斗争，这是一段不可抹杀的历史。腾冲市城郊就有一座“国殇墓园”，里面安息着数千为国捐躯的抗日阵亡将士，充盈着冲天的浩然正气。滇缅抗战博物馆里有一件雕塑特别令人难忘。雕塑的原形是当年美军士兵用炮弹壳制成的和平鸽，体现了人民对和平的渴求，其实这也正是博物馆的主题。崇文与尚武并不矛盾，包括和顺人民在内的全体中国人民都十分热爱和平，有时被迫拿起武器，也是为了化剑为犁，捍卫人民的和平生活。和顺把抗战博物馆与图书馆建在一起，真是意味深长，发人深省。

走在和顺小巷，除了参观和顺图书馆、滇缅抗战博物馆，还可以游览文昌宫、弯楼子民居博物馆、马帮博物馆、造纸坊展览、刘氏宗祠、洗衣亭，一个景点紧接一个景点，耳边有时响着茶马古道上的马铃声，有时又响着抗日战场上的冲锋号，如同漫步在历史与现实的交汇处，一会儿进入历史，一会儿回到现实，让人应接不暇又思绪万千。

心灵感悟

保存还是抛弃

面对满满一大箱的录音磁带，是保存还是抛弃？我脑子里两个相反的声音一样高亢，一样执着，互不相让，叫我陷入两难窘境，不知如何是好。

这些录音磁带大多是中外名曲，中国古典名曲中有二胡、琵琶等器乐曲的分类专题集，外国名曲中有巴赫、莫扎特、海顿、贝多芬、舒伯特、舒曼、约翰斯特劳斯、柴可夫斯基、勃拉姆斯、肖邦等名家的名曲。当初，为了买到这些名曲录音磁带，特别是为了配齐一些名曲的全套录音磁带，我可以说绞尽脑汁，费尽周折。20 世纪 80 年代，出差到外地逛书店，我既淘书，也找录音磁带。记得那时在北京跑了多少家音像书店，才在王府井外文书店买到几盒贝多芬音乐磁带，终于配齐全套的贝多芬交响曲，了却一桩多年的心愿，当时就如同见到心仪已久的知心朋友一样，兴奋得简直想当场在书店里手舞足蹈起来。我买名曲录音磁带还特别注意带子的质量，尽量挑广州太平洋影音公司等名牌厂家的产品，走带比较流畅，不容易卡带，杂音少，音质好。

为了听这些录音带，省吃俭用，花重金买了一台磁带录放机，是四个喇叭的三用机，所谓“四个喇叭”，就是两大两小，播放时有立体声效果；所谓“三用”就是可以收，可以录，可以放，功能较多。这在当时可算是时髦的，赶得上潮流的。

我没有太多的嗜好，欣赏音乐和读书写作成为我主要的休闲方式。那些录音磁带不知给我带来多少难以言表的快乐，陪伴我度过多少美好醉人的时光。它们虽然没有生命，却成为我亲密的朋友，感情日益加深。如今，它们却似乎已经完成自己的历史使命，静静地躺在那里。我已经好久好久没有去碰它们了，因为现在欣赏音乐已经改用多媒体电脑，用数码随身听了。多媒体电脑、数码随身听播放音乐，效果比磁带录放机好得多，也不必担心磁带被卡时发出的尖叫声。

这个世界太精彩，这个世界变化快。曾几何时，提着三用机在街上招摇过市，飘来一曲孟丽君的老歌，会引来众多羡慕的眼光。如今，提着三用机在街上招摇过市，八成被人看成是神经病。录音磁带，录放机，怎么一转眼就成了老古董，被人毫不犹豫地送进历史博物馆了呢?

其实，何止录音磁带的命运是这样。记得20世纪90年代初，我拥有当时还是稀罕奢侈品的电脑时，开始时使用的存储介质是5英寸的软盘，存储量是1M，夹在硬纸板里，娇贵得不得了，很容易损伤，一不小心软盘就报废了。后来有了3英寸软盘，1.44M的，容量大了，而且有塑料壳保护着，还可以装在透明塑料盒里，随便放在口袋里，携带很方便。但这种软盘也没风光多久。21世纪初已经是优盘流行的时代了，起初是16M的，觉得十分了得，一个小小优盘相当于十多片软盘，后来的优盘的容量不是以M计，而是以G计，让人感叹科学技术的日新月异。

然而，这些录音磁带毕竟是陪伴我多年的老朋友，不能说放弃就放弃。“喜新厌旧”被一般人认为是一种不应有的思想感情。但是，逼仄的房间很难找到它们适当的位置。VCD、DVD之类的新物品层出不穷，把那些成为老古董的东西逼到被人遗忘的角落，而家里又不是博物馆，没有展示大厅，没有文物仓库，这些录音磁带放在哪儿?

步行上班

过去骑自行车上班，比起骑摩托车甚或驾小汽车上班的人，已经算是节能减排、低碳生活了。后来，我看到有些朋友上班路途比我远，却都步行上班，从去年年底开始我效仿这些朋友也步行上班了。

漳州市区不算大，而人口聚集的旧城区就更小巧了，旧城区从东头走到西头或从南头走到北头，都不过5公里左右。头几回步行上班，一路上我特别频频看手机里的时间，有时稍快点，有时稍慢点，每一回都在20分钟以内，想想北京、上海等大城市上班乘车单程往往也要一两个小时，我上班这点路程、这点时间算得了什么？

城区的道路大体呈网格状，从居住点到上班处，有几条不同的路线，而距离基本相同。我把它归纳成A、B、C三条线，过一两天就改变一下上班步行的路线，有时走A线，有时走B线，有时走C线，这样可以减少路途的雷同感和走路的疲劳感，可以扩大观察街景的范围，提高步行的兴致。

步行上班，边走边鉴赏街景，边品味生活。过去骑自行车上班，大街小巷都是匆匆而过。如今步行上班，速度放缓，可以细细观察熙熙攘攘的各式人等，有的步履匆匆，有的慢条斯理，有的高视阔步，有的小心看路，芸芸众生，真是“同一种米吃出千百样人”。然而，多数人脸上都透露出闽南小城居民特有的淡定。由于造物的特别钟爱，漳州地处福建省最大的冲积平原，自然条件十分优越，气候温和，雨量充足，山明水秀，特别宜居，漳州人常自豪地说这里“随便插根扁担也会发芽”，因此自古就有“鱼米花果之乡”的美誉。这种特殊的地理环境造就了漳州人特有的文化性格，大多温顺平和，容易满足。

也因为步行速度比骑车慢，可以如同欣赏艺术品一样的看看路两边的商店。旧城区的商店鳞次栉比，吃的、穿的、用的，传统的、时尚的，什么样的店铺都有，什么样的货物都有。其中居然还有一家画像店，会用纸笔为人画黑白肖像，纯人工，很费时，这种店在漳州市区可能是“只此一家，别无分店”，在全国可能也是屈指可数的。从我每次经过时的观察，这家店铺总是门前冷落，在照相技术如此发达的现代社会，这种商店还会有人光顾吗?

上班路上的一个丁字路口有一座纪念明朝中后期的5位漳籍高官古牌坊，为礼部尚书林士章、工部尚书朱天球、兵部尚书戴耀、户部侍郎卢维祯、兵部和户部侍郎石应岳所立，称为“五星聚奎”。这座石牌坊现在被包裹在一个小店铺里，只露出顶部和一根石柱的上半部分，匆匆过客若没特别注意就发现不了。现在，我每次步行上班路过那儿，总是情不自禁地抬头瞄上一眼，我也不知道自己的这种目光是崇敬、钦佩还是惋惜、悲悯。

人是世间最莫明其妙的动物，常常自认清高，希望逃避城市的喧嚣，躲入幽静的世界，但又往往吃不了清苦、耐不住寂寞，喜欢城市的舒适、群居的热闹。自认为俗人一个的作家张爱玲曾说:“我喜欢听市声。比我较有诗意的人在枕上听松涛、听海啸，我是非得听见电车声才睡得着觉。”其实我们自己就是芸芸众生中的一员，走路上班，漫步街头，让我们暂时跳脱出来，作为一个旁观者来欣赏街景，观察人生，也是蛮有意思的。

惭愧

这是北方的一个大城市，公共交通网覆盖了城区的每一个角落，市民出行十分方便。公共汽车每到一个站点，乘客前门上，后门下，秩序井然。

从起点站开始，车上虽然不很拥挤，但座位还是坐满了乘客。几个没有座位的乘客或扶着座椅靠背，或拉着车顶吊环，前后交错站立着，使得车厢显得不那么逼仄狭窄。站着的都是年轻人，坐着的则大多是中老年人。似乎习惯于这样的出行方式，大家脸上都露出从容淡定的表情，有时肢体互相碰撞，就相视一笑，似乎在向对方表示歉意。

又到一个站了，这时一个白发苍苍的老太太提着一个塑料手提袋上车，她似乎刚从超市里买了点东西准备回家。看到车上的座位都坐满了人，她提着手提袋的手扶着座椅靠背，另一只手则拉着车顶吊环，站在一名乘客的边上，没有半点埋怨的表情。才过几十秒钟，车厢后部传来一个沉稳而坚定的声音：“小伙子你不让个座好意思吗？”发出声音的是一个站着的中年汉子。从中年人与老太太的眼神可以看出，这两人相互并不认识，更不可能是什么亲戚关系。早就听说过北方人的质朴和爽直，今天又让我见识到了这一阳刚性格。这位中年汉子这样大胆、直言不讳地提出批评，要求年轻人为老年人让座，着实让我佩服。我想，以我的性格可能做不到这样毫无顾忌。

坐在老太太身边座位上的年轻人立即站起身来给这位老太太让座，脸上一阵红、一阵白，充满愧色。老太太也谦让地说自己三站地就到了，年轻人也很辛苦，不必让座了。这位年轻人还是坚持扶老太太坐到自己的座位上。整个车厢还是那样平静，似乎什么都没发生过。然而，我发觉车上的乘客都对这张惭愧的脸投去赞赏的目光。

我脑海中立即映过两句唐诗:“身多疾病思田里，邑有流亡愧俸钱”，韦应物的这两句诗历来为人所称道，宋朝学者朱熹就评议说:“以唐人仕官多夸美州宅风土，此独谓身多疾病邑有流亡，贤矣。”我佩服中年汉子的爽快和直言，也尊敬老太太对年轻人的谅解和理解，然而我更赞赏这位年轻人的知愧和改错。我觉得这张一阵红、一阵白的惭愧的脸是我今天在公共汽车上看到的最美丽的一张脸。

春天在哪里

春天来了，春天来了，人人欢欣鼓舞，个个笑逐颜开。那什么是春天?《现代汉语词典》解释说，“春天”就是“春季”，而“春季”是“一年的第一季，我国习惯指立春到立夏的三个月时间，也指农历‘正、二、三’三个月”。这个解释当然很正确，然而太抽象。因为这么说来，春天是一个时间概念，而时间是看不见、摸不着的。请问谁看见过时间了?怪不得人们常说要去踏春，去寻春。那春天究竟在哪里?

春天在郊野。天城山上，林前岩周，桃红李白，在春风的吹拂下向人们绽开娇嫩的笑容。满山遍野的桃花李花，还有满山遍野的踏春游人。我们不但听到人们的欢声笑语，静下心来还好像听到花开的声音，处处洋溢着春的气息。古村山重，红艳艳的樱花和金灿灿的油菜花竞相开放，与土黄的村居农舍、黝黑的鹅卵石路形成鲜明的对比，春天像一个善于调配色彩的油画家，让这个千年古村落一下子变得无比艳丽，充满无限生机。

春天在公园。中山公园里，高大挺拔的木棉，铁骨铮铮的枯枝上成簇成簇地绽放出古钟状的肉质花朵，像一团团火苗在高处跳跃，像一盏盏灯笼在枝头映照，像一片片朝霞在天空铺陈，向人们传递着春的信息。九龙公园里，画眉鸟在春光里举行多声部的大合唱。这里每天聚集着上百位爱鸟人，在这里遛鸟、赏景、泡茶、聊天，怡然自得，陶醉在大自然的怀抱中。画眉鸟是天生的歌唱家，受春天明媚阳光的刺激，会鸣叫得更加欢快清脆、婉转动听。芝山公园、江滨公园，一个在山之麓，一个在水之畔，各具特色，各显魅力。被春天这座上苍的闹钟唤醒了，那些叫得出名字与叫不出名字的奇花异卉都互不相让，鼓起干劲，有的延伸着柔韧的枝条，有的展示着肥厚的叶片，有的绽放着硕大的花朵，姹紫嫣红、色彩缤纷、妩媚多姿、风情万种。

春天在街头。延安北路上，白玉兰树青翠欲滴的树叶送来淡淡的清香，引得香料制造商垂涎欲滴、蠢蠢欲动。新浦路上，蓝花楹树覆满枝头的羽状复叶越发繁盛，正在为绽放独具魅力的花朵积蓄力量。芝山路上，小叶榕树努力向深处向周边延展它的根系，要吸取更多的养分，要开拓更大的地盘。元光南路上，杧果树越加枝繁叶茂，准备为人们奉献肾脏形的累累果实。其实，春天的气息不但洋溢在行道树的枝头，更体现在行路人的脸上。“一年之计在于春。”大街小巷，芸芸众生，南来北往，熙熙攘攘，有的步履匆匆，有的慢条斯理，无论是美女帅哥还是老人儿童，个个神情自若，精神饱满，怀着梦想，带着期盼，要在春天播下希望，秋天收获硕果。

春天在美文。古今中外，春天都是作家不肯放过的重要题材。爱读书的人会在书里寻觅春天，阅读春天，感受春天。在汗牛充栋的描写春天的美文中，我首先想到的是小时读过无数遍的朱自清的《春》：“盼望着，盼望着，东风来了，春天的脚步近了。一切都像刚睡醒的样子，欣欣然张开了眼。山朗润起来了，水长起来了，太阳的脸红起来了。……春天像刚落地的娃娃，从头到脚都是新的，它生长着。春天像小姑娘，花枝招展的，笑着，走着。春天像健壮的青年，有铁一般的胳膊和腰脚，他领着我们上前去。”虽然文学里的春天不如生活中的春天鲜活，但是文学里的春天却要比生活中的春天恒久。

春天在古诗。三月的漳州春雨绵绵，一连下了半个多月。从微信里看到许多微友的感叹：“春雨婆婆太缠绵，太阳公公已出走。太阳公公听到吗，请您尽快回岗位。”春雨之夜，无法散步，在家从书橱抽出不知读过多少遍的《千家诗》，斜躺在沙发上随手乱翻，一首首描写春天的诗歌映入眼帘，跳进脑海：“春眠不觉晓，处处闻啼鸟。夜来风雨声，花落知多少。”“胜日寻芳泗水滨，无边光景一时新。等闲识得东风面，万紫千红总是春。”真的，遇到雨天别郁闷，诗里觅春好惬意。

春天在心里。春天不但给人增添活力，还会为人滋润心灵，春天已经成为生机与活力的象征，已经成为轻松与快乐的代名词。这让人想起提倡闲适文学的幽默大师林语堂，我们的这位乡贤说：“我总以为生活的目的即是生活的真享受，其间没有是非之争。”他讴歌快乐，追求生活的舒适，丝毫不掩饰人性中的欲念，也丝毫不以有此欲念为羞耻，始终是一个无忧无虑的乐天派。我想，只要像他那样悠闲恬淡，看透人生，笑对世界，就肯定会在心底永远充满着明媚的春光，心扉永远吹拂着和暖的春风，心湖永远荡漾着清澈的春水。作为季节的春天总会过去，作为情感的春天却永驻心间。春天就在我身边，春天更在我心里。

多彩善变郁金香

像一个个高脚酒杯，像一个个玉质大碗，亭亭玉立于枝头，一簇簇，一丛丛，有单瓣，有重瓣，有红色，有黄色，有白色，有橙色，有紫色，有褐色，那样的抢眼，那样的醉人。一种花连畦成片就可以给人以百花园的感觉。这就是郁金香在百花中与众不同的独特魅力。因此，我觉得誉称其为“世界花后”并不为过。

郁金香花朵硕大、色彩艳丽，而且开在修长的茎顶，不会被绿叶遮蔽，不必担心喧宾夺主，视觉效果特别好，无论是丛栽还是瓶插，都显得典雅脱俗，受到人们的青睐也就毫不奇怪了。不仅如此，郁金香的品种特别多，据园艺家介绍，现在全世界的郁金香品种超过 8000 种。其中大量栽培供人欣赏的也有 150 多种，令人目不暇接。那种在花瓣上洒有红点的黄花，称为“国王的血”。而在花瓣上有条纹分布的红花，称为“奥林匹克火炬”。还有花瓣相互抱卷的红色花，叫作“情人的热吻”，等等。法国作家大仲马曾赞美过一种称为“黑寡妇”的黑郁金香“艳丽得叫人睁不开眼睛，完美得让人透不过气来”，使这种黑郁金香身价百倍，被视为稀世奇珍。其实黑郁金香并非纯黑，而是红到发紫，是一种暗紫色。每年漳州花博会，我到花博园也会比较关注郁金香，但还是没看到过黑郁金香。郁金香品种容易培育，却也容易退化。不精心培育，很快就退化变种。

郁金香的花语是博爱、体贴、高雅、富贵、能干、聪颖、善良。而且各种颜色的郁金香的花语还有所不同。紫色的郁金香花语是无尽的爱、最爱，白色的是纯洁清高的恋情，粉色的是永远的爱，红色的是爱的告白、喜悦、热烈的爱意，黄色的是开朗，而黑色的则是神秘、高贵、独特领袖权力、荣誉的皇冠，如此等等。不过，我觉得要用一个词来概括，郁金香的花语应该是爱，郁金香就是爱的象征。

郁金香在全球受到广泛的喜爱，因而也成为许多国家的国花，花的王国荷兰就不用多说，还有匈牙利、土耳其、伊朗等国，都把郁金香作为国花。因此，我印象中一直把郁金香看成是外来的花种。不久前到以郁金香为国花的荷兰，才知道其实这是一种误会。郁金香虽然以荷兰的最有名，它和风车、奶酪和木鞋一起成为荷兰的“四大国宝”，其出口量占世界 80% 以上，但却不是原产于荷兰。郁金香原产于中国天山西部和喜马拉雅山脉一带，也就是西藏新疆和古代称为西域的地方。早在 1300 多年前，中国唐朝大诗人李白就有作品写到郁金香：“兰陵美酒郁金香，玉碗盛来琥珀光。但使主人能醉客，不知何处是他乡。”后来通过“丝绸之路”才传至中亚，又经中亚流入欧洲及世界各地。郁金香传入荷兰只有 400 多年历史。目前世界各地均有种植，成为花的世界里代表时尚和国际化的一个符号。

不过，由于郁金香喜寒怕热，在漳州这个属于亚热带的地方难以培植，无法留种，需要靠从国外进口。而且因为不同的品种有不同的花期，有的从播种到开花需 60 多天，有的只有 45 天左右，引进需要准确计算时间。播种前还要对种头进行低温处理，否则就不会开花。唯其难种，更显珍贵。我想，现代园艺技术这么发达，在天气暖和的地区应该也可以创造适宜郁金香生长、开放的自然条件。我期待着。

给观赏石起个好名字

在“中国·漳州首届海峡两岸奇石展”上，题为《一代高僧》的九龙壁奇石荣获金奖，而且所得分数是五个金奖之首。然而，许多人却不知道，同样是这件奇石，曾经送评却被淘汰掉。这一挫折后获得殊荣的曲折历程与如何给石头命名有很大关系。

这件奇石原名为“林则徐”，人们一看，就有疑惑：这怎么像林则徐？因此，送评被刷下来是理所当然的。后来，奇石的名字改为“一代高僧弘一法师”，就比原来的名字要贴切一些。这件奇石形如一个披着袈裟的僧人，但如果太具体地把它说成就是弘一法师，就存在两个问题：一是人们会问“弘一法师”是这样的吗？二是起名过于“直”“露”“实”“俗”，不能给人以想像的空间，乃奇石命名之大忌。因此，笔者提议把名字8个字中后面“画蛇添足”的4个字去掉，只留下“一代高僧”4个字，不特指弘一法师。一代高僧，可能是弘一法师，也可能不是弘一法师，有联想的余地，有想象的空间，就比原来8个字的名字好多了。这个名字很快被大家所接受。可见，给观赏石起个好名字是很重要的。

奇石的命名，在赏石过程中对于点化主题、挖掘内涵、寄寓情感、拓宽境界、升华神韵、启迪思维、加深印象，具有不可忽视的重要作用。一个好的命名，使奇石内涵凸显、价值倍增，使观者耳目一新、心灵震撼。可以说，奇石的命名是奇石鉴赏不可或缺的一个重要环节。

奇石的命名如同大画家石涛说的“至人无法，非无法也。无法而法，乃为至法”，没有什么特定的框框。重要的在于发现和挖掘。根据奇石的内涵，汇集广大观赏者的观感，综合其意见去粗取精之后，命名之境界可以大大提升。

命题贵在含蓄，即情在意中，意在言外，使观赏者通过端详、深思、联想和想象，能够领悟到奇石所蕴含的深刻韵味和作者所寄寓的思想感情。然而命名不可晦涩，因为晦涩就是偏离主题，故弄玄虚，让人捉摸不透，迷离恍惚，百思而不得其解。象形类的奇石，如雄鹰、猎犬、凤凰等，容易命名；抽象类的奇石的命名则要考虑既含蓄引发联想又不可过于晦涩难解。

奇石的命名应体现奇石自身个性。奇石以自然美、抽象美见长。名字尽可能朴实、概括、古雅。通俗而不庸俗，要考虑群众的欣赏能力和习俗，但不必附和市井陋习而有媚俗之嫌。当然命名一些吉祥安康的字眼，还是讨人喜欢的，因为追求吉祥安康是人们的一种普遍心理，而吉祥安康本身也可以是高雅的。

观赏石贵在自然

观赏石贵在自然，如果经过人工雕琢，其价值就大打折扣甚至损失殆尽。因为石头经过加工，就成为人为的工艺品，就应该离开观赏石的范畴。中国人的这种赏石观与传统的道家思想有着密切的关系。

道家主张:“人法地，地法天，天法道，道法自然”。就是崇尚自然，要求返璞归真。根据“道法自然”的理念，我们在鉴赏石头的过程中，就自然要否定人为因素，拒绝以打磨、切片、雕琢等手段来对石头固有的面貌进行“改观”，必须严格保持石头的原始自然状态。

观赏石的美与丑、虚与实、刚与柔，干枯与润泽、粗糙与细腻、灵巧与顽拙，各具其美，美在自然，美在真实，美在原始。如果按照人的意愿刻意改变石头的面貌，便使石头失去原始状态，失去自然，失去真实，也就失去了美，失去了观赏石作为赏石人鉴赏对象的价值。道家认为石头与人类同为自在之物。石头诞生在人类之前，人作为欣赏者，要欣赏石头自然状态，欣赏其协调之美、和谐之美、宁静之美、阳刚之美或阴柔之美，总而言之是石头的天然之美、原始之美。

道家认为，美的最高境界是“天人合一”，称为“大美”，是一种宁静致远的化境之美，是顺其自然的超越之美。观赏石是历经沧海桑田的锻造、漫长岁月的淘洗才形成的纯天然珍品，看似艺术品，但没有任何人工因素，是大自然创造的“艺术品”，其中蕴含的天地灵气、日月精华，无比奥妙神奇，只可意会，不可言传。那坚硬细腻的质地，清晰流畅的纹理，斑斓绚丽的色彩，千变万化的形态，给人以美的享受，是造物赐给人类的不可再生的宝贵自然资源。观赏石之美，都是天成地就的，如果经过加工，使之成为工艺品，是对道家“道法自然”理想和宗旨的违背。赏石是发现美的过程，也是培养和增强热爱大自然现代意识的过程。面对着千姿百态的观赏石，就如同投入大自然的怀抱中，大自然之美就浓缩在自己的茶几上、在自己的房间里，足不出户就可以“坐拥山水，卧游天下”，就可以“汲天地之精华，涤凡心之污浊”。玩石励志，赏石益智，藏石增寿。

真正的赏石，是在鉴赏过程中，因石之自然美感化了人，打动了人心，从观石到读石，再到悟石，达到“天人合一”的境界。人意和石头相通，情感与石头相融，人的意念神游于石魂的精气之中，由此而顿悟出世界万物变化的玄机。因此，观赏石贵在自然就是毫无疑义的。

何处听鸟鸣

我喜欢聆听鸟鸣与我的名字叫“初鸣”没有多大关系。只是我觉得，在风声、雨声、流水声、兽吼声等所有天籁之音当中，鸟鸣最动听悦耳，惹人喜爱。

近日从网上下载了一个名叫“点图听鸟鸣”的软件，从中总共可以听到18种鸟鸣声，其中包括黄莺、云雀、杜鹃、燕子，还有啄木鸟、猫头鹰等。只要用鼠标在页面上点击某一种鸟的图像框内，就可以听到这种鸟鸣叫的声音，而点击文字框内，鸟鸣就立即停止。我因此感受到人作为万物之灵的骄傲和自豪。“你叫它叫，它不敢不叫；你叫它停，它不能不停”，要听鸟鸣这么方便，你能说人类不聪明吗？然而，虽然电脑上听到的鸟鸣是从大自然中录下来的，可算相当真切，基本不走样，但听起来却总觉得有点缺憾，甚至有点别扭，因为那毕竟不是原汁原味的鸟鸣。还不如走到阳台上去听自然的鸟鸣。

我住所的阳台正对着小区的中心绿地，绿地上种着大大小小一二十棵树。较大的树上一些不知名的鸟儿时不时会歌唱起来，一展歌喉。这些鸟儿中既有常住户，也有一些暂住户，甚至有一些是临时过客，并不是什么时候都会唱。而且它们“唧唧喳喳”的歌唱声敌不过人们制造的嘈杂声，往往淹没在住宅小区内人的呼叫声和车的引擎声当中。这时想，要听鸟鸣还是要到公园去。

在市区几个公园特别是九龙公园内，每天早晨都会有一些市民提着鸟笼来遛鸟，他们养的大多是画眉鸟。画眉鸟体态优美，羽色艳丽，鸣声悦耳，素以委婉动听的歌喉而被人们誉为“林中歌星”。在公园的花木丛中，几十上百个鸟笼摆成几条弧线，围成几个大圈。打开鸟笼的布幔，笼中的画眉鸟见到光明，放声歌唱，互相之间你呼我应，竞唱不绝，响成一片，如同一场盛大的自然音乐会，供人欣赏，让人陶醉。有时，鸟友们还会让两只鸟笼的门相对，然后打开笼门，让两只鸟儿打斗厮杀，鸟友和游人则在一旁，或站或坐，一边品茗，一边观战，自得其乐。但是，一到八九点钟，鸟友们就会盖上布幔，提起鸟笼，渐次离去。公园一下子寂静了许多。这时想，如果到动物园的鸟语林里，那里的鸟儿种类多，白天都开放着，在那里听鸟鸣可能也是不错的选择。

然而，到动物园听鸟鸣，不仅要门票，而且那都是被禁锢在一张巨大的网中的鸟儿，最多只能算处于半自然状态，跟大自然里自由自在的鸟儿根本不可同日而语。网虽大，毕竟有一定范围的限制，鸟儿虽然衣食无忧，但已经不能随心所欲地飞向高高的蓝天，歌声似乎也没有那么动听了。看来，听鸟鸣还是要到郊外大自然中去。

从市区出发，往东可以到云洞岩，往西可以到圆山或天宝山，往北可以到芝山，往南可以到石狮岩或林前岩。到郊外去呼吸沁人心脾的空气，欣赏草木繁盛的山景，听着树上各种小鸟的悦耳歌声，有的“叽叽喳喳”，有的“咕啾咕啾”，有时好像是独唱，有时又似乎是合唱，汇成一支宏大的森林交响曲，洋溢着欢快的气氛，充盈着生命的活力。那无与伦比的上苍赐予的美妙歌喉，是邓丽君、毛阿敏都比不上的。这里的鸟不仅比城里多，而且是自由的，欢快的。自由自在地歌唱，声音当然要比失去自由的鸣叫好听得多。“两个黄鹂鸣翠柳，一行白鹭上青天”，这里才有这种诗画境界，这里才是聆听鸟鸣的好地方。

听说我们的城市要建许多郊野公园、森林公园，以后我们就都生活在公园中，都依偎在大自然的怀抱中了。开窗山清水秀，出门鸟语花香，随时随地都可以听到鸟鸣，实在令人振奋。想到这些，我夜里的梦都做得特别甜。

花

《闽南日报》副刊有一个小栏目，每期推出一种花卉，描写其形态，解读其蕴含，传递其神韵，很是惹人喜爱，这大概也是漳州作为花果之城的一个重要特色。

花，色、香、姿、韵四美俱全，具有极高的审美价值。花不仅可以涵养水分，保护环境；又可以点缀世界，美化生活；还可以寄托精神，传递情愫。人们把花看成美的集中体现，用花来比喻各类美好的事物，形容各种美好的感情，如儿童是“祖国的花朵”，艺术是“心灵的花朵”，发明创造是“智慧的花朵”，举不胜举。中国人民爱花种花的传统十分悠久，陶渊明爱菊、陆游爱梅、周敦颐爱莲，都是众人皆知的佳话美谈。

古人爱花爱得发了狂，不但靓女而且帅哥都有在头上插花的爱好。《东京梦华录》记载：汴京大街上“游人如织，子弟多有簪花者。彼女子争睹围观者众，有甚者，窃羡之，低蛾眉，其状若狂。”连梁山泊英雄这样阳刚气十足的男子汉也喜欢把花插在头上。《水浒传》就说浪子燕青“鬓边长插四季花”，短命二郎阮小五则“鬓边插朵石榴花”，而病关索杨雄“鬓边爱插芙蓉花”，连职业杀手蔡庆也因有“头插一枝花”的嗜好而得了个“一枝花”的外号。

古代文人墨客吟咏花卉、描写赏花的诗词可谓汗牛充栋。杜甫《江畔独步寻花》：“黄四娘家花满蹊，千朵万朵压枝低。流连戏蝶时时舞，自在娇莺恰恰啼。”传神地写出古人赏花寻春、沉迷花海的动人情景。还有白居易的“日出江花红胜火，春来江水绿如蓝”，陆游的“小楼一夜听春雨，深巷明朝卖杏花”，王安石的“浓绿万枝红一点，动人春色不须多”，宋祁的“绿杨烟外晓寒轻，红杏枝头春意闹”等，都是脍炙人口、流传千秋的名句。连提倡“存天理灭人欲”的朱熹老先生也写出《春日》这样的诗：“胜日寻芳泗水滨，无边光景一时新。等闲识得东风面，万紫千红总是春。”当然他在描绘春暖花开的同时，也忘不了传递他心中的哲理思想。

漳州地处东南沿海，气候温暖，降水充足，有着栽培花卉的得天独厚的气候条件和地理环境，也许因此孕育出民众平和闲适的文化性格。因此，从高官富豪到布衣平民，没有一家不种花的。来到漳州，看看每家每户厅堂内、阳台里、窗台上摆满的鲜花盆景，你就会感叹“花果之城”名不虚传。走在家乡漳州的街头，满眼绿树成荫，到处鲜花盛开，让人沉醉在审美的情趣中。

人们往往在花身上寄寓自己的感情体验，把花作为自己某种理想的象征，甚至把花完全“人格化”了。梅花具有傲霜斗雪的特性，与松竹并称为“岁寒三友”，与兰竹菊并称为“四君子”，自古成为高尚坚贞、不畏强暴的象征，因此赢得广大人民特别是文人墨客的喜爱。国色天香牡丹也蕴含着勇敢坚强、不畏权势的寓意。传说，唐朝武则天把冬天抗旨不放的牡丹贬到洛阳，并施以火刑；然而，牡丹被火烧后反而开得更加繁盛艳丽。莲花雅洁素丽，“出淤泥而不染，濯清涟而不妖，中通外直，不蔓不枝，香远益清，亭亭净植，可远观而不可亵玩焉”，象征着超凡脱俗的情怀和高尚正直的品格。漳州的市花水仙花，以娉婷绰约的秀姿、沁人心脾的幽香、冰肌玉骨的神韵，深得人们喜爱，被誉为“凌波仙子”。真是“一沙一世界，一花一精神。”花之所以美，就在于它的五彩缤纷、姹紫嫣红、争奇斗艳。如果世界上只有一种花，即使再美丽也会让人觉得单调寡味。因此，人们常说“一花独放不是春，万紫千红才是春”。同样道理，我们的报纸副刊，我们的文学园地也需要百花齐放。

花是美的化身、美的象征、美的使者，是造物主赐给人类的珍贵礼物！昌盛时代、文明社会，谁不爱花？！

可怜的孔子

走进漳州孔庙，庭院中一尊铜制立式雕像首先映入眼帘。这位老先生身穿袍服，头上梳着髻，双手拱胸前，一副泰然自若、恭敬谦和的样子。我觉得这大体符合《论语》对他的描述：“子温而厉，威而不猛，恭而安”。

孔子生前很不得志，周游列国多方求职而不见用，身后方得殊荣。自从汉武帝“罢黜百家，独尊儒术”以后，孔子的地位被越抬越高，直到封为“大成至圣文宣先师”，有人甚至说出“天不生仲尼，万古如长夜”这样的话来，可谓无以复加了。然而，孔子也从此变成一种工具甚或武器，他的思想受到种种的曲解、歪曲和改造，无论是尊孔还是反孔，往往都把孔子当枪使。

统治者把孔子的思想改造成统治之术，把他的思想核心概括成“三纲五常”，提出“君为臣纲，父为子纲，夫为妻纲”，以维护至上的君权，而孔子的民本理念被彻底阉割了。到20世纪初，神州大地上刮起“打倒孔家店”的旋风，尊孔和反孔两种思潮势不两立，尊孔者在把孔子抬到至高无上的地位的同时，把自己打扮成孔子思想的代言人，分明是把孔子当成垫脚石；反孔者把孔子说成阻碍中国发展的千古罪人，认为中国要跟上世界潮流就必须搬掉孔子这个绊脚石，分明是把孔子作为出气筒。到了20世纪70年代，又搞什么“批林批孔批周公”，实际上“醉翁之意不在酒”，是为了打倒某一政治人物，又拿孔子来陪斩。你说孔子冤不冤？

前些年，有学者把孔子熬成一锅美味可口的“心灵鸡汤”，认为“《论语》的真谛，就是告诉大家，怎么样才能过上我们心灵所需要的那种快乐生活”。如果只听这个讲坛而不看《论语》原著，人们看到的只能是变了形的孔子，是打着普及的旗号而被曲解的孔子。江南塞北都有一些人频频掀起“孔子热”，组织小学生到孔庙摇头晃脑地读经，不知了解了多少孔子的真谛。还有听说全球各地办了不少孔子学院，其实这里主要只是学汉语，并不是真正在研究孔子，孔子只是一个符号。近日，随着电影《孔子》的放映，一些出版社又应用搭顺风车的市场营销策略，推出小说《孔子》等书，好不热闹，但总让人不得不怀疑其中炒作与泡沫的成分。

孔子被供奉在圣殿上，人们以崇敬的目光仰望这位至圣先师，毕恭毕敬甚至有些诚惶诚恐。其实，他和我们一样有七情六欲，有自己的喜怒哀乐。老先生喜欢音乐，经常跟着别人学唱歌。他也讲究吃喝穿戴，可以说出一通美食和服饰的理论。老先生并非总是闲适从容，温文尔雅，也有着急的时候，甚至会赌咒，说出“予所否者天厌之天厌之”之类的话来。他虽然是“诲人不倦”，十分耐心，但也与常人一样会忍不住骂人，就曾骂学生“朽木不可雕也”。真是一个有血有肉、有情有义、可爱可亲的老头。

孔子虽然生前到处碰壁，郁郁不得志，但首创私学，聚众授课，弟子三千，贤人七十，还删《诗》《书》，定《礼》《乐》，作《春秋》，凭这些“业绩”就足以使他成为伟大的教育家和思想家了。《论语》是他的弟子及再传弟子根据他的谈话编纂而成的，忠实于孔子本人的言行，是一部语录式的著作，但是全书比较散乱，没有系统的谋篇布局和严格的先后次第，甚至不乏自相矛盾之处，可说是一锅大杂烩。由于人们的理解不同，从这部著作看到的孔子也就不同。可以说，一千个读者就有一千个孔子。就说孔子的相貌吧，有人把孔子想象成教师，有人则把孔子看成法官，也有人认为孔子是一名政治家，还有人觉得孔子是一名标新立异者。美国人觉得他长了个大长脸，日本人认为他是一个小矮个。山东省曲阜师范大学教授骆承烈收集的孔子像就有 2600 多种，中国孔子基金会试图推出孔子标准像来解决孔子形象不统一的问题，引发不少学者的质疑。孔子的相貌问题就这么复杂了，孔子的思想不知要比孔子的相貌复杂多少倍，自然更加见仁见智，莫衷一是。即使孔子有知，也奈何不得。

其实，一个人的思想有自相矛盾之处并不奇怪。乡贤林语堂就说自己是“一捆矛盾”。孔子既不是鬼，也不是神，而是一个复杂丰富乃至自相矛盾的统一体。正因为如此，任何人都可以各取所需，随心所欲地做出不同的解读，塑成不同的模样。孔子受到后人的种种误读、歪曲、改造，把它作为自己手中的工具甚至武器，也就毫不奇怪了。

转了一圈，从孔庙里走出，不禁叹道：唉，可怜的孔子。

孔融让梨

孔融让梨是中国千百年来流传的一个道德教育故事。在父辈的反复教育和熏陶下，这个故事从小就记在脑海中，融在血液里。

记得在漳州一中上学的时候，因为家里居所拥挤，我从初一年级开始就在学校寄宿，每周一早晨到学校，每周六傍晚才回家。那时国穷民贫，学校食堂伙食只能吃得饱，不能吃得好。主食和素菜基本保证，肉食则凭票供应，是十分稀缺的奢侈品。每逢周六中午通常会有加菜，当时叫“改膳”，无非是在碟子中多几片薄薄的猪肉片。有时“改膳”会换换口味，把米饭菜肴改成一长条馒头加上一块大约一两（50 克）重的卤猪肉。平常难得看到这么大块的猪肉和又白又松软的面制品，未进嘴巴就会直咽口水。想到家中还有几个弟弟，他们在家里更难得有机会尝到馒头卤肉，我舍不得吃，小心翼翼地用白纱布包好，准备下午放学后带回去给弟弟们尝尝。

那天下午，正好学校组织学生去烈士陵园扫墓，我们上了一节课后就背着装书的网兜排队出发。那时没有现在这么豪华花哨的双背带书包，中学生时兴用一种纱质细带编成的网兜装书。我的网兜里多了一包馒头卤肉，比平常要重一些。烈士陵园在城南一个小山头上，我个小力气小，从城里走到城南脚已经有点酸，要爬数十上百级台阶到烈士陵园更是力不从心。当时在我们班实习教语文的福建师大学生看到我背的网兜特别沉，热情地接过我的网兜背在她肩上，问我的网兜为什么特别沉，我只好如实说出里头多了一包馒头卤肉。这位实习生很感动，说我是懂事的好学生，就像孔融让梨一样。实习生虽然还是学生，但当时在我眼里已经是大人，是老师。听到她的表扬，我很高兴，很感动。我们一边爬石阶，一边谈学习，我就不觉得累了。后来，这位实习生在我们班实习教学一个多月，对我特别关心，让我深深感受到真挚的师生情。

几十年间，社会生活的变化用天翻地覆来形容一点也不过分。一位朋友告诉我，有一天他给小孩讲孔融让梨的故事。小孩说，孔融真是傻孩子，让什么让，再去买一个大点的梨不就得了。作为父亲的这位朋友一时无语。的确，物资匮乏的年代，粥少僧多，亲友之间在物质生活方面互相谦让是很自然的事。现在物资丰富了，你有我有他也有，似乎不需要谦让了。特别是现在普遍都是独生子女，更缺乏谦让的环境、氛围和习惯。“孔融让梨”还有意义吗?

其实，孔融让梨让的应该不单单是梨。前天，看到十字路口有两个骑脚踏车的人面对面撞在一起，互不相让，吵了半天才各自气呼呼地走了。另外一个路口两个骑脚踏车的人也是面对面撞在一起，但他们友好地相视一笑，就骑上车走了。看到这一幕，我又想到“孔融让梨”。

快乐没有标价

“快乐每一天”是时下最流行的祝福语之一。是啊，谁不希望每一天都开开心心、快快乐乐？

然而，许多人会说，我常常遇上一些烦心事，怎么快乐得起来？的确，人生道路难免有起伏、有坎坷，常言道：“不如意事常八九”。问题是我们要给自己的快乐找到理由。我对自己的生活目标定得很低，没有大的抱负，没有高的标准，日常生活中只要有小的成功、小的触动，例如看到窗前的茉莉花开了，例如望见天上飘过一朵美丽的彩云，例如发现一个可以方便购物的商业网点，例如接到远方女儿打来的电话，例如写成一篇短文，例如买到一本好书，诸如此类在别人看来微不足道的小事，都会让我感到快乐。目标定得低，容易满足，而满足就快乐。这大概就是人们常说的“知足常乐”吧？而碰到不舒心的事，我便想，这种事别人也碰到过，而且事态比这更严重，我们碰到的这件倒霉事对那些人算不了什么。“岂能尽如人意，但求无愧己心”是我的座右铭。因此，那些不如意事在心中形成的疙瘩也就逐渐解开了。林语堂就认为，“即使这尘世是一个黑暗的地牢，但我们总得尽力使生活美满”。他曾引用基士爵士的话表达这样的观点：“认为尘世是唯一的天堂，那么他们必将更竭尽全力把这个世界造成天堂。”是的，我们应该学会消解烦恼、寻求快乐。

快乐的方式不同，快乐的理由也不同，但“条条道路通罗马”。通过不同方式、凭借不同理由，都可以得到快乐。有人看到我业余时间手不释卷，深感不解，劝我到舞场歌厅去放松一下，寻找快乐。而我觉得，读书是我最大的快乐。“清心莫善寡欲，至乐无如读书。”我喜欢在书海里遨游。读一本书，品味一首好诗或一篇美文，让人击节赞叹，让人沉迷陶醉，我感到快乐；看到书中有与自己相同的见解，如同遇上知音，觉得这个世界多了一个可以交流的朋友，我感到快乐；无意中发现某个资料，正是苦寻已久的对象，自己的求知欲得到满足，我感到快乐，等等。在我刚刚捧读林语堂《生活的艺术》时就有这样一些感觉，得空我经常随意翻翻这本书，不知读过多少遍，但是每翻阅一次都会有新收获、都会收获新的快乐。我不反对别人进舞场歌厅，甚至羡慕别人常进舞场歌厅去潇洒走一回，但觉得“一种米吃出千万种人”，各人获取快乐、感受快乐的方式不同，不管是唱歌、跳舞，还是读书、上网，只要能自己快乐又不妨碍别人快乐就行。

快乐只是一种内心感受。“有人认为享受悠闲生活必须具备足够的金钱。其实没有太多的金钱同样能够享受快乐生活，而有钱的人也未必能够真正领悟悠闲生活的情趣。这是因为享受悠闲生活需要的是享受者有一个恬静的心态，乐天旷达地尽情玩赏大自然的胸怀。消费悠闲并非富有者和权势者的专利，而是心灵丰富、爱好简朴、淡泊名利、超凡脱俗者的结果，而那些整天钻营、追名逐利的人与悠闲生活是不可能有缘的。”金钱不是快乐生活的必要条件，而自由不羁却是快乐生活的基本前提。快乐不是超市中的高档昂贵的商品，那价格高得让你望而生畏。快乐没有标价，你随时可以得到它，只要你具有一种良好的心态。

老婆还是自己的好

坊间有一种说法："文章是自己的好，老婆是别人的好。"其实，翻开书刊、登录网站，好文章多的是，凭什么说文章就是自己的好？自己的快乐谁最愿意与你分享，自己的痛苦谁最愿意与你分担，还不是自己的老婆？凭什么说自己的老婆就不如别人的？

不过，要说自己的老婆好，想举个具体典型的例子来加以说明，却还真一时说不出个子丑寅卯，因为日子过得太平淡，好似一杯淡茶，甚至就是一壶白开水。"文似看山不喜平。"几乎连一圈涟漪都没有的生活，你写什么？你怎么写？

硬着头皮从柴米油盐、锅碗瓢盆说起。家中事务，我只负责做早饭，因为做早饭最省事，只要把米放进压力锅，淘洗两遍，加上适量的水，盖好锅盖，接通电源就万事大吉。我有早起看书的习惯，顺带做早饭义不容辞，就主动承担做早饭的任务，几十年如一日。除此之外，买菜、炒菜、做中晚餐、洗衣服、拖地板，一切家务基本都是妻子一手包办，我基本上是"甩手掌柜"："饭来张口，衣来伸手"。夫妻退休之前，虽然两人都是上班族，但妻子总是回家早些，等我回到家中，饭菜基本就绪，我吃过午饭倒头就睡，午休起来，妻子已在我面前放着一个削好的香梨或苹果，或者是一些可以方便食用的水果。吃过水果我又去上班了。就这样，日复一日，天天如此。妻子觉得本该如此，我也习以为常。你说这样没有任何波澜起伏的日子有什么可写的？

平日太平淡，说年节吧。每到逢年过节，千篇一律的生活日程表才似乎有点变化，但也无非是妻子早早安排好相关准备工作。要过春节了，妻子就会在挂历上做些记号，这就是她的"节日计划"，诸如提前几天彻底擦洗门窗，提前几天换洗蚊帐被褥，提前几天购置年货中的干品，提前几天购置年货中的鲜品，什么时候做什么事情，一切按部就班，有条不紊。但这些也都属鸡毛蒜皮之类的事，又有什么值得一写?

要说拌嘴吵架，可能会给生活增添点色彩，但夫妻矛盾纠纷，从没有酿起过一场较有规模的“战争”，往往顶多大声嚷几句，因为没有任何“重大原则问题”，几分钟就化干戈为玉帛，迅即归于平静。真是死水一潭，任凭太平洋刮来多大的风，也搅不起波澜。写到这里，我已经无计可施，挠首抓腮，不知如何把文章继续下去。

转个话题说说读书这个夫妻的共同爱好。我们家是各级有关部门认定的书香之家，我嗜书如命，妻子也酷爱读书，曾被市图书馆工作人员戏称为铁杆读者。然而，在读书问题上我们基本上是各自为政，互不干预，她读她喜欢的以家庭生活为题材的文学作品或杂志报纸，张恨水的《啼笑因缘》《金粉世家》曾在她手上翻过几遍，《家庭》《知音》等刊物更是她所爱。我读的书比较杂，文学、历史、人文乃至工具书都喜欢。不过，我们的阅读也会产生交集，翻阅林语堂著作便是其中之一。家里有一套《林语堂名著全集》30本，还有零零碎碎的许多林语堂作品单行本，常常随意地放在书桌或床头。我翻翻放下，她拿起来看看。她看看放下，我又拿起来翻翻。有一次，她指着林语堂《八十自叙》里的一段话，说廖翠凤很有眼光，我拿过来一看，林语堂是这样写的:

“她母亲向她说‘语堂是个穷牧师的儿子，但是家里没有钱。’她坚定而得意地回答说:‘穷有什么关系?’”

我笑笑说:“是的，当初廖翠凤也可能并没有料到林语堂会成为世界级的文学大师，但她看到林语堂质朴真诚有智慧，所以肯把一生托付给林语堂。”

林语堂没有娶到他心爱的陈锦端，可谓人生一大遗憾，但他却与廖翠凤共同谱写了金玉良缘的美好乐章。他在《八十自叙》中写道:“我们的孩子们说过好多次:‘天下再没有像爸爸妈妈那么不相同的。’妻是外向的，我却是内向的，我好比一个气球，她就是沉重的坠头儿，我们就这么互相恭维。气球无坠头儿而乱飘，会招致灾祸。她做事井井有条，郑重其事，衣裳穿着整齐，一切规规矩矩。吃饭时，她总拣切得周正的肉块吃，如鸡胸或鸡腿，她避免吃鸡肫鸡肝儿。我总是爱吃翅膀儿、鸡肫、鸡脖子，凡是讲究吃的人爱吃的东西，我都喜欢吃。我是没有一刻安静，遇事乐观，对人生是采取游戏人间的态度。一切约束限制的东西我都恨，诸如领带、裤腰带、鞋带儿。"

其实，我们夫妻何尝不是如此，两人的性格也有很大差异。有一次，我们同时读塞万提斯的名著，我说我像堂吉诃德，你像桑丘。她说，有点儿吧。我说：但是，上帝却从千千万万个男人中把我挑出来，从千千万万个女人中把你挑出来，把我们牵在一起，让我们相互厮守，就像性格截然相反的堂吉诃德和桑丘生活轨迹偏偏交叉起来一样。"百年修得同船渡，千年修得同床眠。"这是天定的缘分，我们只有珍惜，别无选择。

我从台湾参加林语堂国际研讨会回来，把我在台北林语堂故居拍的照片给妻子看，我特别介绍：林语堂故居里的餐桌、餐椅是林语堂先生自己设计的，每张餐椅上都雕刻了"凤"字图案，以表达对夫人廖翠凤深深的爱情，很有意思。

林语堂说："我和我太太的婚姻是旧式的"，"这种婚姻的特点，是爱情由结婚才开始，是以婚姻为基础而发展的。"可以说，林语堂是先结婚后恋爱，而我们经过一年的恋爱后才结婚，论婚姻的基础应该更牢靠得多才是。而且与廖翠凤一样，妻子也是一个中国标准贤妻良母型的女人，我应该庆幸这是怎样修来的福。

现在，我们夫妻有时会拿林语堂、廖翠凤的金玉良缘作参照系，来给自己的夫妻生活加油。没有林语堂的成就，却有林语堂一样的美满婚姻，夫复何求？我更坚定了自己的信念：老婆还是自己的好。

美景就在眼前

一走进云洞岩风景区，我就会想起据说在阿尔卑斯山的入口处石碑上面刻着的一行字："慢慢走，欣赏啊！"是的，云洞岩的景色，不仅要用眼睛来看，更需要用心灵去慢慢地感受和品味。

云洞岩是省级风景名胜区，在漳州市区东部，距离老城区只有10公里左右，说去就去，很容易。景区面积虽不算大，景点却也不少。且不必说穿行仅可容身的"一线天"，欣赏堪称奇观的"三月峡"，轻抚摇摇欲坠的"风动石"，趣味盎然，就是登上绝顶，坐在山石上静静地俯瞰漳州城区，看着远处母亲河九龙江西溪水缓缓东流，任凭阵阵凉爽的轻风吹在自己脸上，也是惬意无比的。

其实，云洞岩风景名胜区的价值主要还是体现在其文化内涵上。云洞岩是闽南第一碑林，现存摩崖石刻200多处，真草篆隶，各体皆备。天柱绝壁上"搔首"二字隶书，悬于高空，据说是清代岁贡林祖澎的留言；石室屋顶上"云深处"三个大字风格雄健奇崛，据说是明代名士王慎中的遗墨；而霞窝峭壁上"溪山第一"四个大字风格雍容高雅，则是我们的"老市长"朱熹先生的笔迹。

最妙的石刻是"得朋"，在诵芬亭附近。明代学士丰熙慕名来云洞岩拜访蔡烈，两人一起登山，边走边谈，十分投机。走到这里，无意中抬头看到面前矗立着两块并列的巨石，丰熙不由得停步沉吟起来：这两块石头像个什么字？没想到蔡烈却说："朝前走，朝前走。"丰熙毕竟是个聪明过人的学者，立即悟出蔡烈说的是"朋"字。"朝前走，朝前走"这个谜面的谜底不就是"朋"字吗？！漳州不愧是灯谜之乡！丰熙立马叫来纸笔，欣然题下"得朋"二字。丰熙的题字既写出了眼前景，更写出了得到蔡烈这样好朋友的好心情。

有的人一提到游山玩水，就想到坐火车、乘飞机，千里迢迢赴省外乃至国外，去游览那些名山大川。名山大川有名山大川的风光，小景小物也有小景小物的韵味，两者不可相互替代。旅游与旅行，一字之差，意义大不相同。如果把旅游当成旅行，好像要完成什么任务似的，匆匆忙忙赶路，走马观花，浮光掠影，蜻蜓点水，浅尝辄止，还不如就近找个小景点，细细地观赏品味。

“仁者乐山，智者乐水。”重要的是要拥有平和心态，具备历史常识，学点景观美学，把自己的心灵融入大自然，悠闲从容地静观细赏，慢慢咀嚼品味天地造化的神韵与奥妙。只要有这种心态和素养，不必舍近求远，就可以得到赏景怡情之乐趣，因为美景就在眼前。

谜缘

汽车在台湾高速公路 3 号线上由北向南飞驰，天气越来越晴朗，阳光越来越灿烂。我们就要去高雄会台湾谜友了，心情当然与天气一样晴朗，与阳光一样灿烂。

还没到高雄市，我们就通过移动电话与台湾谜友徐添河先生联系，他约我们在高雄港观海台见面。一进入高雄市，我们便直奔高雄港观海台。我不认识徐先生，同行的大陆谜友中简、魏两位先生认识徐先生。车子刚在观海台停车场停妥，我们就以急切的眼光在观海台入口处搜寻。我们很快在观海台入口处找到目标。一位仪表斯文、气质极佳的先生手持一包书籍立在那儿，眼睛也朝我们这个方向望。简先生和魏先生异口同声地叫道："徐先生！"我虽然不认识徐先生，但一见到这位斯文老者，也在心中断定这是我们要见的徐先生。我们快步趋向前，徐先生也快步迎上来。几双手紧紧握在一起。

我们一起走上观海台。高雄港地处台湾海峡与巴士海峡航运要道上，水深港阔，是国际有名的天然良港，年吞吐量超亿吨，曾居世界商港第三位，虽说这几年位次有所后退，也仍名列前茅。高雄港观海台已经成为高雄市一个重要景点，供游客赏景。在约十米高、上百米长的观海台上，向西眺望充满现代气息的世界名港，可以看到蔚蓝水面上的万吨轮，向东眺望高雄市区，可以看到曾是台湾最高建筑的 85 大厦（后来被台北的 101 大厦超过）的雄姿。海风在脸上轻拂，真是惬意极了。我们在靠近栏杆处找到一张桌子围坐一起畅谈。简先生和魏先生与徐添河先生寒暄叙旧几句，我们就进入了正题。徐先生是高雄市谜学研究会理事长、台湾谜学研究会常务理事，台湾知名的谜家。他把近期出版的

《台湾谜学》送给我们每人一套，向我们介绍了台湾谜协开展活动的最新动态，仔细询问了大陆谜界的近况。其实，徐先生对大陆谜界了解的深入和全面不亚于我们，因为他对大陆谜坛一直十分关注。

晚上，我们在高雄有名的饭店——担担面饭馆聚餐。担担面是四川名小吃，在台湾也极受欢迎，颇为流行。两岸饮食习惯相同，这也是我们在台湾倍感亲切的一个重要原因。高雄市谜学研究会前理事长沈志谦先生做东。真是三句不离本行，一上餐桌，话题很快就集中到灯谜上来。我对谜学知之甚少，但为助谈兴，临时磨枪上阵，班门弄斧，先出了个谜："一元二角四分，打一台湾作家名。"徐添河先生几乎不假思索就揭了谜底："三毛。"让我感受到台湾谜友反应之敏捷、谜艺之高超。接着，他反过来"考"我："心中有爱口难开，打一医学术语。"我踌躇了一下，试探着回答："白内障。"徐先生夸奖了我几句，让我很不好意思。其实，我是谜学门外汉，在谜家面前不出丑就已经很满足了。沈志谦先生是台湾有名的大谜家，为推展传统谜艺贡献很大，他出的谜面是："一毛两毛都是钱。"谜底是常用语"三角恋爱"。大家都赞赏这个谜语通俗。就这样，你出一个谜，他来揭谜底；他出一个谜，你来揭谜底。围绕共同的话题，大家谈兴越来越浓。

灯谜，作为中华传统文化的一个组成部分，深受台湾同胞的喜爱。在台湾，灯谜是新春佳节必不可少的文娱活动。著名史学家连横与他的父亲连永昌都是"谜痴"。每当台湾有悬谜征射，连永昌几乎每场必到，常常猜到三更半夜。他不但善于猜灯谜，而且会制灯谜，日积月累，谜稿竟有一尺多高。幼年的连横经常跟着父亲涉足谜坛，渐渐对灯谜也产生了兴趣，有时竟成父亲身边的猜谜"军师"。1930年，连横与台南一群爱好文学的雅士创办《三六九小报》，开辟"文虎待射"专栏，推展谜艺。台湾不仅谜事极盛，而且有许多两岸谜学交流的佳话。清代，许多台湾谜友逢年过节经常渡海来大陆切磋灯谜文化。到民国时期，这种交流就更频繁了。改革开放以后，两岸中断了三十年的谜学交流恢复了。

在交谈中，我才知道，徐添河先生10年来专程到大陆交流谜学竟达26次之多！10年26次，这是一个多么让人惊叹的数字！真不愧是两岸文化交流的使者。我对徐添河先生更加敬重了，禁不住表达了内心的激动：“两岸文化同根同源，谜缘真是诉不尽。”当我们依依不舍地道别时，相约各位谜友以后在台湾再相会，在大陆再相会，再续两岸谜缘，再谱两岸谜学交流互动、共同发展的新篇章。

木棉花开了

木棉花开了，开得那么突然，在我不经意之间一下子挂满了枝头。

我每天上班经过一座学校，校园约 3 米高的围墙内有两株高大的木棉，矫健的枝条伸出墙头，探到道路上空，有 10 多米高，在我们头上凌空伸展。然而，芸芸众生每天在这条路上行走，来去匆匆，很少抬头仰视。直到有一天，我看到路上有掉落的木棉花，才突然发现木棉花开了。因此，说它开得突然，其实是因为它开在高处，开在我们的一般视野之上，不被我们注意而已。

木棉树是木棉科的落叶大乔木，身躯雄伟高大挺拔，每年的三四月份，在铁骨铮铮的枯枝上，就成簇成簇地绽放出古钟状的肉质花朵。没有绿叶陪衬，它以蓝天为背景，像一团团火苗在高处跳跃，像一盏盏灯笼在枝头映照，像一片片朝霞在天空铺陈，“浓须大面好英雄，壮气高冠何落落”，激情奔放，气势恢宏，超凡脱俗，卓尔不群，可说是花木世界中特立独行的侠客。怪不得人们都称木棉树为英雄树，称木棉花为英雄花。

当我发现木棉花盛开的时候，也是木棉花掉落的时候。一般的花朵的谢去都是花瓣渐渐凋零枯萎，一瓣一瓣地随风飘落，直到整朵花儿完全凋谢掉落，让人生出无限的哀怜。而木棉花却是整朵地掉落，“啪”的一声猛然跌落，好像是从树上一跃而下，掷地有声，惊心动魄。花还是活鲜鲜的，水灵灵的，花瓣没有枯萎，颜色不曾消退，生机依然蓬勃，整朵好好的，怎么就这样离开树枝？！这大概也是木棉花的与众不同之处。盛开，它开得红红火火，轰轰烈烈；掉落，它落得痛痛快快，利利索索。盛开时映红天空，掉落时染红大地。

当我看到路面落满木棉花，任由环卫工人把它扫到一边时，心中隐隐作痛。但又一转念，这是不可抗拒的自然规律。因为它已经向人们展示了最美好的形象，奏过了最壮丽的乐章。木棉花掉落之后，就要开始长叶了。木棉树外观就这样随着季节的变化而变化：春天，繁花盛开，一树橙红；夏天，绿叶成荫，始结硕果；秋天，枝叶萧瑟，凌霄挺立；冬天，如伞枝干，铁骨铮铮。不同的季节呈现不同的季相，美就在不断的变化中。

木棉树具有很高的观赏价值，因此得到人们的喜爱，成为中国南方重要的风景树。广东的广州市、台湾的高雄市都把它定为市树。我的家乡漳州属南亚热带地区，十分适合木棉树的生长。市人大办公楼前，漳州师院、漳州一中、漳州二中等多个学校的校园内，还有许多地方，都有木棉树，中山公园内木棉树是市区树龄最长的木棉树。近几年，每当木棉花盛开的时节，我喜欢带上照相机来到木棉树下，崇敬地仰视，深情地观赏，并为它们拍照留影，有全身的，有半身的，还有特写，然后输入我的电脑。这样，我电脑里的木棉花就永远是盛开着的。

清明的色调

每一个节日都有自己的色调，而清明节的色调最奇特，最微妙。

清明首先是一个节气。清明一到，气温升高，雨量增多，正是春耕春种的大好时节。故有“清明前后，点瓜种豆”“植树造林，莫过清明”的农谚。按《岁时百问》的说法：“万物生长此时，皆清洁而明净。故谓之清明。”可见这个节气与农业生产有着密切的关系。清明是二十四节气之一，然而二十四节气中成为节日的唯有清明一个。它承载着中国人的多少传统内涵，隐藏着中国人的多少文化密码，因此才会浸染着奇特而微妙的色调。

在一般人眼里，清明的色调是暗淡沉重的，因为清明节是扫墓节。人们携带酒食果品、纸钱等物品到墓地，将食物供祭在亲人墓前，再将纸钱焚化，为坟墓培上新土，折几枝嫩绿的新枝插在坟上，然后叩头行礼祭拜，最后围在一起，吃掉酒食才回家。白居易的《寒食野望吟》有这样生动的描绘：“乌啼鹊噪昏乔木，清明寒食谁家哭。风吹旷野纸钱飞，古墓累累春草绿。棠梨花映白杨树，尽是死生离别处。冥寞重泉听不闻，潇潇暮雨人归去。”上坟哭祭的人间活动，在连绵春雨的自然背景映衬下，格外令人伤心悲凉。

然而，清明的色调又是明丽轻快的，因为清明节又是踏青节。清明时节，正值大地春回、万物复苏的美好光阴，这时走向郊野，沐浴春光，观赏春景，感受春意，进行户外游乐活动，是一件十分惬意的事。古人在门前挂上象征万物萌生的青色旗子，妇女则用青布剪成春燕、春蝶戴在头上，带上好酒好菜，来到郊外游乐。他们认为到户外踏青可以祛除不祥。晋代诗人张华有诗云：“阳气清明，膏泽流盈。习习祥风，启滞导生。禽鸟逸豫，桑麻滋荣。纤条披绿，翠华含英。”说的就是这个意思。这一习俗代代相传，在全国各地都颇为流行。因此古代有“江上冰消岸草青，三三五五踏青行”的诗句。清明踏青开始时还结合祭祀扫墓到郊外野炊，后来发展到结伴相携往郊外举行荡秋千、放风筝等丰富多彩的活动。

林语堂认为，中国人最懂得生活，最会享受人生。的确如此，在清明节，中国人把扫墓与踏青结合起来，扫墓祭祀先人，心情沉重；而踏青回归自然，又心情舒畅。记得小时读《千家诗》，里面有一首高翥的《清明》:“南北山头多墓田，清明祭扫各纷然。纸灰飞作白蝴蝶，泪血染成红杜鹃。日落狐狸眠冢上，夜归儿女笑灯前。人生有酒须当醉，一滴何曾到九泉。”我初读时感到很不理解，祭祀先人理应悲伤，怎么能够“笑灯前”？但再深入想想，觉得这似乎也可以理解。同样在《千家诗》里，就在这首诗的前面，也有一首《清明》，是黄庭坚写的，诗的末尾两句是:“贤愚千载知谁是，满眼蓬蒿共一丘。”人的生命很短暂，不管生前是伟大还是渺小，是富贵还是贫穷，最终归宿都是一个样。由此看来，尊重现世，善待今天，别无选择。

中国人把扫墓与踏青两种活动结合起来，让暗淡与明丽两种色调融为一体，有一个过程。据说，唐高宗曾发布命令，认为扫墓时“复为欢乐”，“曾无戚容”，“既玷风猷，并宜禁断”。但是，民间扫墓结合踏青已成习俗，清明既是祭祀性节日又是游乐性节日的趋势不可阻挡。因此，后来唐玄宗不得不改变禁令，只是要求在扫墓之后“食于他所，不得作乐”，算是网开一面。在思想开放、文化多元的现代，扫墓与踏青结合，暗淡与明丽掺和，这当然已经不成问题。

清明节糅杂了哀悼与祈福，混合着沉痛与欢畅，浸染着沉重与轻快，呈现着暗淡与明丽，令人有点摸不着头脑，然而它既蕴含了缅怀先人的感情，又体现了善待今天的智慧，恰恰是这个节日与其他节日不同的特点。要用三言两语把中国人这种独特的文化密码揭示出来，真不是一件容易的事。最高明的要数杜牧了，他的《清明》诗老幼皆知，无人不晓。你看:“清明时节雨纷纷，路上行人欲断魂。借问酒家何处有，牧童遥指杏花村。”春雨纷飞，行人上路，欲断魂又要寻酒家，寥寥 28 个字勾画出一个凄迷而美丽的境界，传递出行旅之人极其复杂微妙的情绪，浅近而又悠远，鲜明而又含蓄，把暗淡沉重与明丽轻快的两种不同的色调恰到好处、天衣无缝地融为一体，真不愧为“清明”的千古绝唱。

诗意盎然中秋夜

光阴似箭。不知不觉中，墙上的日历本变得越来越薄了，已经撕去大半本。猛然间发现，暑热正在消退，凉风逐渐吹来，中秋佳节到了。

中秋节与春节、清明、端午并称为中国四大传统节日。不过，在我看来，中秋的文化韵味比其他三个节日要厚重浓郁得多，因为中秋节最富有诗的色彩、诗的风情、诗的意味。

中秋的月将大地照得如同白昼，而她的光辉却是那样的柔软宜人，不像太阳光那样刺得人睁不开眼睛，让人不敢仰望，更谈不上欣赏。对于月亮，对于被月光拥抱的大地万物，你可以尽情地观赏，尽情地感受，尽情地品味，尽情地享用。

中秋夜是思念的时刻。女儿还小的时候，每逢中秋佳节，妻子总是郑重其事地精心准备赏月时品尝的月饼和各式水果，吃过晚饭就把小茶几、小椅子搬到阳台上，一家三口人围坐在一起赏月、谈天、品茗、尝月饼、吃水果。如今，女儿长大了，在外地学习、工作、定居，中秋夜一下子寂寞了许多，夫妻在两人世界中难免生出思念之情。

中秋夜是伤感的时刻。面对浑圆明亮的月亮，人们总希望月亮永远那样浑圆明亮，然而“此事古难全”。怪不得自古有“年怕中秋月怕圆”的说法。到了中秋节，一年进入最美好最充实最宜人的节令，但也意味着一年时光过去了一大半；月亮到了最圆最亮的时刻，也意味着又要逐渐变成月牙儿了。人们难免从“人有悲欢离合，月有阴晴圆缺”的现象中生出一丝伤感。

中秋夜是幻想的时刻。仰望月空，千百年来人们不知展开了多少想象，生发了多少梦幻，创造了多少民间故事。嫦娥，你还想念人间的生活吗？吴刚，你把桂树伐断了吗？玉兔，你又捣成了什么灵丹妙药？人们祭拜月亮娘娘，请她保佑找到如意郎君，请她保佑家庭永远幸福美满。

无论是开心、思念，还是伤感、幻想，都是人们情感和情绪的体现，都蕴含着浓浓的诗意，这是一个诗意盎然的节日。因此，自古以来，以中秋、以明月为题材的诗词可谓汗牛充栋。一首《静夜思》："床前明月光，疑是地上霜。举头望明月，低头思故乡。"寥寥20个字竟成千古绝唱。可以说，只要懂汉语的人，没有一个不知道这首诗，没有一个不会背诵这首诗的。这么平淡的字眼，这么平常的构思，凭什么能够成为中国古典诗歌最经典的作品？我认为就是因为它写出了月光下人人心中有、他人笔下无的思绪和情感。

由于现代人们的生活方式和思维方式急剧变化，中秋的节日韵味和气氛似乎变得越来越淡薄了。在高楼大厦林立的城市，已经很难找到一个可供静心赏月的传统家庭院落。有人甚至说，中秋是传统的节日，不是现代的节日；中秋是姓农业文明的，不是姓工业文明的；中秋是属于乡村的，不是属于城市的。其实，只要人间还有爱情、有亲情、有友情、有乡情，只要人们还在追求诗意，还在追求诗意的生活，就会喜欢诗意盎然的中秋夜，就会继续传承古老的中秋文化。对此，我充满乐观。

石狮岩上洗尘心

一阵大雨过后，秋意渐浓，阳光渐软，气温渐低，天不冷不热，正是出游的好时光，约上二三文友一起到郊外溜达。石狮岩距市中心只有四五公里，自然风光秀丽，文化蕴含深厚，当然是游览休闲的首选之地。

石狮岩山型秀丽，远望如同一头匍匐的雄狮，因此得名。它实际上包括多个岩，因为石狮岩的名字为人所熟知，所以成为这些岩的总称。其中特别有名的是石狮岩、虎崆岩、罗汉岩、玉泉岩、普陀岩、紫云岩、日照岩等七处，统称为内七首岩。而地处城东的云洞岩、瑞竹岩等七处则称为外七首岩。入秋以来，虽然北方冷空气已经多次南下，但还未明显影响到处于北回归线附近的漳州。从市区出西洋坪桥南行，一路上草木繁盛，欣欣向荣，没有一点北方那种秋风萧瑟的感觉。

石狮岩山势为南北走向，北高南低。北部最高点200多米，逶迤向南直到九龙江西溪畔的丹霞山，丹霞山下就是人们熟悉的南山寺。这里的山峰较低且平缓，蜿蜒起伏，虽然海拔不高，但是因为地处漳州平原，石狮岩还是显得有几分雄伟，登上山顶远眺，可以俯瞰漳州城区，无边风光尽收眼底。山上有许多形状奇特的怪石，有像狮子的，有像蟾蜍的，但不少因早年开山采石而遭受破坏，令人惋惜。山上有株树龄500年的大树，是明朝高僧容朴实禅师种下的。树高10多米，树干笔直粗壮，枝繁叶茂，看似两株，实则一株，有一个共同的根系，两根树干并肩紧依，如同相恋的伴侣。许多年轻恋人在这里默默许愿，要如同这株古树一样琴瑟和鸣，相敬相爱，直到永远，因此把它称为和合许愿树。仰望耸入云天的大树，只见上面挂满了许愿的红丝带，让人感受到爱的神奇力量。

由于石狮岩风光秀丽，距离城区很近，又当城区南面的交通要道，因此自古以来就成为文人墨客、远近民众登临赏景和佛门僧侣营造清净世界的绝佳处所。朱熹、黄道周、庄亨阳、蔡世远等历史名人都在这里留下足迹、题刻和诗词。仅据《漳州府志》《南岩志》等史书记载，吟咏石狮岩的诗词就有上百首。黄道周曾题写“南岩第一”四个大字，赞美这里的自然人文景观。宋郡守李弥逊有诗云：“翠合峰峦万叶稠，云擎佛屋出岩幽。秋光不到庭阴树，晓日先明竹外楼。户牖高低分世界，川原远大失汀洲。杨休示我真消息，更在灵山最上头。”我国著名地理学家张燮晚年就在石狮岩的万石室里隐居。我们这位400多年前的老乡著述达15种700卷之多，其中特别是《东西洋考》可以用来证明中国对西沙群岛、南沙群岛自古就拥有无可争辩的主权，有极高的文献价值。石狮岩因此增加了厚重的人文内涵，与其秀丽的自然景观相互辉映，相得益彰。

围坐在石狮岩上的一张石桌旁，我们几个文友与这里的住持照光师父闲聊起来。同行的美女诗人说，处在这样幽静的环境中，心也格外平静安闲。我说，现代城里人生活在喧嚣俗务中，能有机会出来真该多出来走走，不要把自己窝在水泥盒子里。同行的著名散文诗作家陶醉在绿意盎然、空气清新的氛围中，似乎正在构思一篇美文。人是群居动物，拒绝孤独，拒绝封闭，需要交往，需要热闹，但也拒绝喧嚣，拒绝浮躁，需要安静，需要思索。

与博学广识的出家人交流，我们的话题很快转到人生哲理方面。照光师父说，他刚来这里的时候，附近的村民对他不太理解，因此事情不大好做。出家人以其特有的慈悲胸怀，坦诚地对待每一个村民，与他们交往，帮他们解忧，终于以自己的良言善行感化了村民，取得了他们的信任和支持。村民们知道这些出家人整修和恢复石狮岩的历史本来面貌，为漳州民众打造一个朝圣、游览、休闲的诗画境界，在不懈地努力，在默默地奉献，不为名，不为利，便开始转而支持他们的善事。石狮岩的僧人们除了修复和重建几座寺庙殿堂，新建景区内总长几公里的水泥路，建成雄伟壮观的山门，还出资10多万元在路口建设有佛寺特色的公交站亭，在路上安装减速带，在路旁竖立巨幅指示牌。他们还经常捐资帮助困难学子圆上学梦，帮助贫困民众渡过生活难关，现在还准备建立社会孤儿和缺医病人的救助机制。同行的美女诗人是一位十分优秀的爱心人士，她说，她曾经做过许多帮助弱势群体的善事，但有些受助人却忘记了别人的帮助。照光师父说，“助人为乐”，帮助别人是高尚的，而帮助别人不求回报更高尚。这些话语朴实平淡，并不深奥难懂，但却使人有醍醐灌顶之感觉，让人有一洗尘心之效应。

我们一身轻松，双手合十向石狮岩的师父道别，都说还会经常前来叨扰，及时清扫蒙在心灵上的灰尘的。

顺其自然

上班的路上要经过几个红绿灯。每天骑脚踏车上下班，一路上可以观赏世间百态，体验人情冷暖，甚至感受岁月沧桑，有时会悟出一点什么。

有一次上班路上，看到一个白发老者与我同向，不紧不慢，优哉游哉地踏着半新半旧的脚踏车，我紧踏两下，超车走在他前面。不久，到了岔路口，我在等红灯时发现这位老者虽然仍是不紧不慢，优哉游哉，但也来到路口。绿灯一亮，我们又一起出发。重新出发后，我踏车稍快一些，又走在他前面。不久，又到了岔路口，我又在等红灯时发现这位老者虽然仍是不紧不慢，优哉游哉，但也来到路口。绿灯一亮，我们又一起出发。

看来，今天我即使踏得再快一点，大概也只能与这位老者为伴，不可能比他快多少，何必紧赶慢赶呢？自此以后，我骑车也就顺其自然，不再急匆匆地。因为城里的行人太多，路口需要红绿灯来控制；而因为有红绿灯控制，急匆匆赶路往往达不到快的目的。倒不如不紧不慢，优哉游哉地。这样，虽然行进速度慢了，失掉了一两分钟时间，但却可以有更从容的心境、更平和的心态来观察各色人等、世态炎凉，也许又可以从中悟出点什么。“物质不灭，能量守恒”。从这里损失，也许又从那里补回，还是顺其自然的好。

为自己活着

总觉得君子之交淡如水，因此平日疏于交际，很少串门。近日，因请教电脑软件知识而造访朋友府第。

朋友的家在一个教师宿舍区内，离喧嚣的大街较远，闹中取静，尤其是入夜以后，更是安静恬谧，甚至给人几分偏僻寂寞的感觉。进其客厅，只见面积适中，装修简单，灯光柔和，案几整洁。一般客厅里的沙发都是一张三座位的长沙发和两张单座位的短沙发，这朋友却把两张单座位的木沙发移到窗边，在这两张短沙发上支起一片比一张小床还大的木板，作为大书案，上面摆着文房四宝、笔记本电脑，还有一把吉他。他说，这就是我的工作室，平时少有客人光顾，你算是稀客。

大书案上有几幅他最近刚写的字，其书法水平不比市里书法展上的某些作品差。我说，你的字写得这样好，作品可以入选书法展，你应该加入书法家协会。他说，我写字是兴之所至就铺纸涂鸦，不是为了参展，不是为了卖钱。看看当下书坛，有些人书艺锤炼上没下几天工夫，人际关系上却下了一番功夫，混个某级会员，挂个什么名分，就摆出一副王羲之再世的模样来，为自己作品标价每平方尺润笔若干。在这个到处狂刮浮躁风的世界，这位朋友也太“脱离现实”了。不过，人各有志，不可强也。朋友说，他从书法中没有收获名利，却得到快乐，这就够了，内心的快乐比外在的名利重要得多。

完成有关电脑软件使用方法的正题之后，两人就斜倚沙发闲聊起来。真是“酒逢知己千杯少，话不投机半句多。”没有美酒助兴，只有淡茶相伴，却是海阔天空，越聊越起劲。聊到兴致处，朋友拿起书案上的吉他轻轻地弹奏起来。吉他本是一种西洋乐器，朋友却用它弹出中国古典风格来。一曲阳春白雪，“嘈嘈切切错杂弹，大珠小珠落玉盘”，虽不能说已经达到“绕梁三日”的火候，但美妙的乐曲在夜空中飘荡，如细雨滋润心田，令人为之陶醉。他说自己的女儿钢琴弹得不错，但他并不要求女儿成为钢琴演奏家，只是希望女儿能在学琴的过程中得到音乐的熏陶，培养艺术气质，提升自身素养。

朋友不仅会乐器、长书法，还擅摄影、精电脑，各种软件都应用自如，排版设计更是不在话下，照理说以此之长赚点外快并不困难。他说，如今物欲横流，“天下熙熙，皆为利来，天下攘攘，皆为利往。”名利是身外之物，一心追名逐利，如果要以牺牲人格、亏待内心为代价，那么即使名利双收也是得不偿失的。因为那是为别人活着而不是为自己活着。如果为谋得一官半职而委屈自己，巴结权贵，出卖灵魂，换取私利，时时看人脸色行事，处处顺人意志生存，更是为别人活着而不是为自己活着，更是不值得。

他说，他很欣赏《世说新语》中“雪夜访戴”的故事：“王子猷居山阴，夜大雪，眠觉，开室，命酌酒，四望皎然。因起彷徨，咏左思《招隐诗》，忽忆戴安道。时戴在剡，即便夜乘小舟就之。经宿方至，造门不前而返。人问其故，王曰：‘吾本乘兴而行，兴绝而返，何必见戴？’”他说：“我这个人就是做事随性，只听自己内心差遣，不受外力干扰，既不勉强别人，也不勉强自己，既不亏待别人，也不亏待自己，只求活得自在。”难怪这朋友身上处处流露出如今罕见的绅士风度。

一个人有一个人的活法。为自己活着，真好！

我装修新房的诀窍

一个人一生能有几次装修新房的经历和经验？我对于装修更是外行。业余时间光顾读书、写作、上网，对于装修知识的学习，“平时不烧香，临时抱佛脚”，到自己真的要装修新房了才急起来，“边干边学”。要说装修过程学到的相关知识和尝到的酸甜苦辣、总结的经验教训，足可以写厚厚的一本书了。就说厨房和卫生间吊顶的安装吧。

折腾了三四个月后，新房装修终于进入尾声，可以开始给厨房和卫生间装吊顶了。市区大街小巷经营吊顶的店铺少说也有上百家，都说自己卖的材料质量最上乘、最环保，技术含量最高，不知该听谁的。另外，吊顶的品种、规格、花色和品牌也多得让人眼花缭乱。我咨询请教有关的“专家”和过来人，参观考察朋友新房装修的实际效果，先确定基本材料不用扣板而采用集成吊顶，因为扣板现在有些过时，集成吊顶不仅美观，而且容易装卸，万一吊顶里面有什么问题需要维修，可以很方便地拆卸下来，然后又装上去。

按现在市场惯例，装吊顶是买材料包安装。买哪一家的集成吊顶，就让这一家来安装，因此选哪一家就很重要。我挑选的时候看看店家门面，太窝囊的不行，因为那可能经营不善，材料质量和售后服务都靠不住；太豪华的也不好，因为那可能经营成本较高，材料价格会比较贵。

做了材料的品牌、质量、花色、价格等几个方面的对比，通过一番筛选，只剩下三四家了可供选择了。我就把自己画的厨房和卫生间平面图带到店家，开始与老板谈判工料价格、质量保证和售后服务事宜了。先到其中一家，让老板按照我提供的平面图估算价格。再到另一家，也让老板估算价格。两家估算出来的价格差不多，可见行情大概就是这样了。我着重找距离我新房较近的那一家吊顶材料店，问价格能否再优惠点。老板说，那就再优惠点，算是交个朋友吧。于是就这样确定下来，在就近的一家店购买。

因为店家较近，吊顶安装过程中材料需要补充或者更换，有什么问题需要协调解决，都比较方便。吊顶安装以后，观感不错，还算满意。后来有的朋友来参观，也决定与我一样采用这一家的材料。

装修前后花了四个多月，总结一条最重要的经验，也可算是诀窍，就两个字:“比较”。俗话说“买的不如卖的精”，闽南话说“憨买无憨卖”。但是又说“不怕不识货，只怕货比货”。只要货比三家，多作比较，就能把性价比最高的那一个比出来，把你最满意的那一个比出来。

幸福就这么简单

每次下班回到家中，妻子就把热饭热菜摆在桌上，一看到我回来，立即一边叫我洗手，一边盛好一碗饭放在我面前，虽然没有什么山珍海味，但菜热饭香，干净清爽。妻子还经常想法变换点花样，主食有时煮芥菜饭，有时煮包菜饭，有时煮芋头饭，有时来点八宝粥，有时来点炒米粉，有时来点清汤面；菜肴也常有炒、有烫、有熬，有白、有绿、有红，有甜、有咸、有酸，让我胃口大开，从不厌食。我常因此心头涌动着一种温馨的热流。

看到窗台上成簇洁白的茉莉花探出头来，带着芳香向主人报告她的开放，让人不由得趋前去欣赏她那清雅秀丽的花朵和翠碧光润的叶子，放松一下被俗事绷紧的神经，感受一下天人合一的和谐融洽。窗台上和阳台上花卉品种不多，然而经常有花儿次第开放，即使没花时节也可以对着青枝绿叶怡神养性，心中油然生出对上苍、对自然的感激之情。

站在书橱前，随意抽出一本自己喜爱的书，捧在怀中，而后或端坐于书桌前，或斜躺在沙发上，漫无目的地随意翻看，或与先贤对话，或与今人切磋，读到得意处，禁不住高声朗读起来，有时还拿着书本在房间里走两圈，才让激动的心情平静下来。借他人之美酒浇心中之块垒，获得难以言表的阅读快感。

打开电脑，轻握鼠标随意点击，调看我平时搜集整理制作的电子书籍，有时查阅二十五史，有时咀嚼古文观止，有时诵读莎士比亚，有时追寻爱因斯坦，有时触摸希腊古堡，情不自禁地感叹这个虚拟世界如此浩瀚无际，游览这个世界如此轻松便捷，那种无拘无束无牵无挂的快乐真是妙不可言。

造访同学或文友，一壶开水，几杯清茶，促膝交谈，推心置腹，上至天文，下至地理，海阔天空，胡吹海侃，不论官阶，不排座次，不讲客套，不拘礼节，不言功利，只叙朋友情谊，只谈共同话题，可以高谈阔论，可以嬉笑怒骂，可以逗乐打趣，可以手舞足蹈，既交流思想，又增长知识，既沟通感情，又享受乐趣。

没有大红大紫，没有荣华富贵，没有升迁的特大喜讯，没有暴富的强烈刺激，每天就这样平平淡淡打发日子，能算幸福吗？我只是时常细心回味平淡生活中这些亲情的温馨，世俗的随意，心情的愉悦。我不知道这是不是人们所说的幸福，只是觉得，做好每一件事，过好每一天，幸福就在我们身边，幸福就在我们眼前，幸福就在我们心中。“愚人多福。”大概因为我对生活的要求太低，所以我感到满足了。大概因为我的头脑这么简单，所以我认为幸福就这么简单。

瀛洲亭前话文武

已有300年建庙历史的瀛洲亭在市区江滨公园杨老洲段，前面有一个几百平方米的小广场。站在瀛洲亭小广场眺望，浑圆美丽的圆山飘逸着凌波仙子的灵气，水仙花大桥如同卧波长虹在蓝天与碧水之间展示自己线条优美的身姿，漳州的母亲河在眼前自西向东缓缓流淌。好一个休闲静养的好去处！每到周日清晨，两条腿就不由自主地往那个地方走。

瀛洲亭小广场活跃着一群太极拳爱好者，性别有男有女，年龄有大有小。他们每天清晨天边刚露鱼肚白就来到这里习武，不需要上课铃声的召唤。我没加入这个群体，也不懂太极拳，但喜欢看他们打太极拳。太极拳是以中国传统儒、道哲学中的太极、阴阳辩证理念为核心思想，集颐养性情、强身健体、技击对抗等多种功能为一体的一种武术，是极富中国传统民族特色元素的文化形态，属国家级非物质文化遗产。他们打起太极拳来，刚柔相济，柔中寓刚，姿态优美，动作流畅，把力与美融为一体，让人赏心悦目，让人看得如痴如醉。

他们的教练赵丛林是科班出身，对于太极拳有很高的造诣，他教学有方，不仅拳术炉火纯青，而且理论头头是道。在他的精心调教下，这群太极拳爱好者习武认真，很有成效，已经在国家级甚至国际大赛中荣膺近百枚金牌。习武间歇时间，他们会在瀛洲亭小广场的大榕树下，围坐在小茶几旁聊天。赵老师对学员们讲解拳术套路，我虽然不习武，但喜欢听他讲太极拳。

赵老师说，太极拳是实践性很强的一种艺术、一门技巧，光学武术理论不行，要花时间下功夫反复练习，在反复练习中认真领会。可以说，功不是学来的，而是练出来的，只有肯下苦功，练至火候，功到自然成，欲速而不达也。我说，写作何尝不是如此，光学写作理论不动笔实践，就是读一百本写作课程书，把写作理论背得滚瓜烂熟，写作水平也无法提高。

练习太极拳切忌浮躁，要沉下心来，所谓“意守丹田”就是这个意思，主要是要求精神集中、呼吸自然，思想与行为相统一、相协调。用意不用力，是柔中藏刚，松是太极之门，僵硬是太极之绊，用气滞气，用力伤气，是太极拳之大忌。其实，写作也一样切忌浮躁，要沉下心来，所谓“潜心创作”是也。现代世界各种诱惑太多，人心浮躁，真正要坐下来很难，而写作必须“身坐下来、心沉下来”，以平静的心态把自己的心里话娓娓道来。不是一味追求华丽的辞藻，不是一味追求艰涩的思想，要像打太极拳那样放松情绪，回归自然。按照林语堂的说法，就是“把读者引为知己，向他说真心话，就犹如对老朋友畅所欲言毫不避讳什么一样”，这样写出来的文章才能够打动人。写作与习拳的道理是一样的。

瀛洲亭前既可欣赏自然风光，又可呼吸新鲜空气，还可聊天说文话武，沉淀思维，陶冶情操，何乐而不为？

永远的走读生

走读生的本义是只在学校上课、不在学校住宿的学生。我这里说的走读生却是又走路又读书的学生。我自幼的“雄心壮志”就是“读万卷书，行万里路”，能做一个不断读书、不断行走的走读生。

读书是在书本上旅行，旅行是在大地上读书。读书是在飘香的书页里穿行，沿着作者的思路跋涉，品鉴虚拟的世界，聆听智者的心音，感受共鸣的快乐。旅行是在壮丽的山水间穿行，沿着既定的路线前进，饱览名山大川，领略古迹名胜，体察风土人情。无论是读书还是旅行，都可以放逐心灵，开阔视野，陶冶情操，都是愉悦身心的乐事，超凡脱俗的雅事。

捧读莫言的《透明的红萝卜》，与作者一起在荒诞的年代感受饥饿给人生理和心理带来的双重压力和创伤。翻阅儒勒凡尔纳的《海底两万里》，跟着阿龙纳斯在海底两万里的行程中一起经历搁浅、土人围攻、同鲨鱼搏斗、冰山封路、章鱼袭击等种种险情。吟咏李白的《蜀道难》，与诗人一起游历奇丽险峻的秦蜀古道，体验这位诗仙寄情山水、放浪形骸的浪漫情怀。读书的感觉真是奇妙无穷，难以言喻。

行进在雪域高原中，远眺蓝天白云、雪山旷野，在随风飘舞的经幡下接受一场最隆重最纯净的心灵洗礼。跨越过呼伦贝尔草原，展阅牛羊、帐篷和绿茵、蓝天构成的美丽画卷，感受自然的奇丽和天地的辽阔。漫步在九寨沟的栈道上，欣赏湖水的斑斓绚丽、小溪的奔流欢唱、滩流的汹涌澎湃、瀑布的飞珠溅玉，感受人间仙境、童话世界的神奇瑰丽，让自己的身心完全沉浸在大自然的怀抱中。旅行的感觉真是趣味盎然，无法形容。

古人重视读书和旅行的紧密结合，把它们作为升华自己精神境界的两大手段。李白、杜甫、苏轼、陆游等，哪一个不是游遍名山大川的文人墨客？他们“读书破万卷，下笔如有神”，又走南闯北，深入生活，增长阅历，激发灵感，始终保持旺盛强劲的艺术创造力。我的前辈老乡林语堂更是把读书比喻成如同旅行的活动，他说读书“乐得像孙悟空在花果山饮涧水、采山花、觅树果”。他也是一个喜欢旅行的人，留学欧美，也游遍欧美，有一次甚至冒着生命危险去游览处于喷发期的维苏威火山。他的女儿林太乙在《林家次女》中生动地记述了这次让人惊心动魄的旅行。

“读万卷书”与“行万里路”相互补充，又相互促进。我发现，两个人同路旅行，读书多的人与读书少的人感受和收获是不一样的。书读得越多，在旅行中的感受就越深刻，收获就越丰厚。因此，我每次外出旅行都会做足功课，搜集与所要去的地方相关的资料，无论是地理气候、风土人情还是历史沿革，都尽可能多了解些。旅行回来后，又通过回放旅途拍摄的照片、视频和简要文字记录，通过撰写游记散文，重温旅程，缓缓“反刍”，细细回味。而我读书时脑海中总会浮现旅行的情景，把书本作者的感受融入自己的切身感受中。书中的人生体验毕竟是别人的，而旅行的人生体验则属于自己，因为“纸上得来终觉浅，绝知此事要躬行”。读书有旅行作铺垫，读书就有更深的感受和更大的收获，而旅行有读书作基础，也同样会有更深的感受和更大的收获。

我把读书看成旅行，把旅行看成读书，总是像读书一样去旅行，投入地感受大自然的神奇与瑰丽，像旅行一样去读书，深刻地体验创作者的情感与智慧。我希望自己“走读生”的角色能够永远扮演下去，且走且读，且读且走，直到读不了也走不动的那一天。

永远“落伍”的地图

在我的众多藏书中，有八张漳州市区地图，都是福建省地图出版社出版的。这八张地图，串成了一部可以引发多少联想和想象的漳州市区成长史！

20世纪50年代到70年代，漳州市区建成区只有几平方公里，总共不过几条窄小的小街小巷，小得可怜，那时没有也无须市区地图。1981年出版了漳州的第一张市区地图。那是小12开的，跟一本杂志封面差不多大小，正面是“漳州游览图”，左下角是“龙溪地区古迹分布图”，右下角是“漳州市简介”几段文字。背面是漳州市市花水仙花彩照和“南山寺导游图”。从这张地图看，漳州市区实在小得可怜，没几条像样的街道。当时最繁华最宽阔的街道是延安北路，但那时的延安北路不仅比现在窄小，而且路面到处是裂缝和破洞。除了延安北路，最宽的马路要数新华南北路了。70年代初，漳州战备大桥建成，新华南北路成为漳州城市交通主干道。那时，胜利路东边只到新华商场、供电所，短而窄，而且只有一小段是水泥路面。当时最长的新华东西路是1949年以前留下来的旧街，用现在的眼光看，简直就是一条长长的小巷。这张市区地图反映了改革开放前漳州城市街区的总貌，是一份珍贵的历史资料。

1985年，漳州地改市。1986年出了第二张市区地图，反映了行政建制刚刚改变的漳州的市区面貌。图是4开的，是1981年版的三倍大，单面。从图上看，胜利东路向东刚修到与新华东路交叉处。北起火车站的元光南北路已开通，那时称作胜利南北路，南边只到与解放路交叉处。

漳州的城市建设起步晚，历史欠账多。改革开放前七年，经济、社会处于转型初期，还不可能在城市建设方面投入较多的人力、财力和物力，有一些小的城建项目尚属“偿债”性质。

20 世纪 90 年代又出了三张市区地图。1992 年版的与 1986 年版的一样大；1994 年版就比 1986 年版的大一倍，市区东边扩大到规划建设中的丹霞路，市区图边上附有全市各县城区图，背面基本上都是商业广告；1997 年版市区范围又扩大了，龙文区进入漳州市区地图，各县城区图被放到背面去。这三张图增加了许多新内容。特别是 1997 年版的市区图，胜利路、新浦路和马灶路（现称水仙大街）向东延伸，与东环城路（现称九龙大道）相接；东立交桥、人民广场、九龙公园、芝山公园等许多新的市政公共场所开始出现在市区地图上；市区东面的丹霞路、迎宾路（现称漳华路）和西面的西洋坪路、西洋坪桥被用虚线描绘出来，表示即将建设。

21 世纪是漳州城市建设步入快车道的新世纪。从 2001 年、2005 年和 2008 年版的市区图可以捕捉到这种发展变化的轨迹。由于开始实施新区建设，市区进一步东扩，东环城路已经不能把新区囊括进来，因此改名九龙大道，水仙大街、新浦路和新建的建元路纷纷跨过九龙大道，继续向东延伸。龙文区的龙江路、龙文南北路也出现在市区地图上，龙文塔和云洞岩景区都进入了市区范围。市区的西面也有很大变化，西洋坪路打通了，西洋坪大桥也建成了。然而，2008 年最新版的市区地图又跟不上城建变化的步伐了。因为江滨路的西延伸段、漳华路的东段等市区重要道路在地图上还用虚线描绘，而实际上这几条路现在都已经建成了。当然，缺憾还不止这些，例如惠民小区这样重要的保障房项目没有在新的市区图上体现出来，不能不说是个遗憾。

30 年，在人类历史长河中只是一瞬间。然而，漳州这座有着 1300 多年历史的文化名城在改革开放 30 年间却发生了翻天覆地的变化。大家都说，漳州长大了，长高了，变绿了，变亮了，变美了，成为海峡西岸一颗璀璨的明珠。市区从改革开放前的不足 9 平方公里，扩大到目前的 40 多平方公里。城市面貌日新月异，很难及时在公开出版的市区地图上体现出来。新内容刚刚画上市区地图，又有更多更新的道路桥梁和公共建筑竣工问世，新出的市区地图又“过时”了。哎，永远“落伍”、赶不上城市变化的市区地图！

有情方丈夫

奥运会真是地球村全体村民的盛大节日，全球不知有多少眼球在追随这四年一次的体育盛事。连平时较少看电视的我这个书呆子，在北京奥运会期间也每天开三次电视机，早晨看上一天比赛集锦，中午和晚上看现场直播和录像重播。真要感谢古希腊人、感谢顾拜旦！感谢电视、感谢现代媒体！

我不太关心谁获得金牌。我只觉得奥运会是人类和平的聚会，是公平竞争的场所，是展示生命的殿堂，是一场高雅的游戏，看奥运就是找乐子，寻开心。人类丰富而隐秘的内心世界在奥运会上都充分表露出来，清晰地写在每一个运动员脸上。妻子最喜欢看颁奖仪式。每次看完一场比赛直播，我要转到其他台接着看另一场直播，她总是说：等等，看看颁奖仪式。她说，看领奖台上，有笑的，有哭的，有叫的，有跳的，有装鬼脸的，有送飞吻的。一百个运动员一百个面孔，一百种表情，真有意思。其中最感人的莫过于男子举重105公斤以上级的颁奖仪式。

荣膺金牌的马·施泰纳站在领奖台上，一手拿着奥运金牌，一手取出亡妻苏珊的照片亲吻，而后双手一起高高举起。这位德国大力士用一枚沉甸甸的奥运金牌来祭奠亡故的妻子，此情此景令人不禁潸然泪下。

施泰纳在挺举的最后一次试举中奋力举起了258公斤的杠铃，这一重量超出施泰纳此前的最好成绩8公斤。对亡妻的思念帮助这位来自德国的大力士完成了惊人的一举。马·施泰纳今年26岁，他在夺得金牌后激动地表示，他的亡妻苏珊在比赛中一直陪伴着他，给予他夺金的勇气。他说：“我所有的期盼就是苏珊在今天可以看到我的成功。我不是一个迷信的人，但我可以肯定的是，苏珊在注视着我，她在我的心里，给予我勇气和力量。这是一场献给苏珊的胜利。”马·施泰纳夺得的这枚奥运金牌不仅是德国16年来获得的第一枚奥运举重金牌，更证明了爱能创造奇迹。

施泰纳在上届雅典奥运会举重比赛中获得第七名，他和苏珊相识于2004年，当时苏珊寄给施泰纳一封交友的电子邮件。这对年轻人初次见面就坠入爱河，2005年底携手走进婚姻殿堂。从那天起，苏珊就开始储蓄，筹备北京之行的旅费，约好2008年到北京为丈夫助威加油。然而去年7月的一起车祸却无情地夺去了苏珊的生命，从此施泰纳就一直随身带着苏珊的照片。高强度的艰苦训练成为施泰纳摆脱痛苦的思念折磨的唯一途径。当施泰纳在19日高举亡妻的照片站在奥运颁奖台上时，人们不仅看到一个强壮的大力士，还感受到他对妻子深深的爱。这一刻成为北京奥运会上感人至深的一幕。怪不得有些“粉丝”说：嫁人要嫁这样的男人！

北京奥运会上这样感人至深的事情很多。8月23日，连破三项世界纪录的牙买加“飞人”博尔特向中国红十字基金会奔跑天使基金捐款5万美元，用于救治在汶川地震中因伤截肢的儿童。他说：“受伤的孩子也许再也不能享受奔跑或者跳舞的乐趣，希望我的绵薄之力能带给他们帮助和欢笑。”在本届奥运会上，博尔特不仅在男子100米、200米及4×100米接力赛上为牙买加队连添三枚金牌，而且打破了世界纪录。博尔特还把自己亲笔签名的足球送给两名灾区小朋友，并与其合影留念，希望他们尽早康复。

“体操王子”李宁是我最尊崇的运动员之一。我尊崇他，不仅是因为他获得过无数的世界大赛金牌，成为中国获得奥运金牌最多的几个运动员之一，而且因为当年兵败汉城回到北京以后遭到冷落，他敢于斥责某些部门某些官员心中只有金牌而没有运动员，拒绝留下当教练而选择退役。真是一个血性男子汉！在北京奥运会上，8月21日，他向33岁的德国体操运动员丘索维金娜捐赠了2万欧元，用以丘索维金娜儿子的白血病康复治疗。丘索维金娜已经33岁，被媒体称作“体操奶奶”。在北京奥运会上，她与小自己近 20 岁的对手们同场竞技，还拿到了一枚奥运会银牌，令人钦佩，令人感动，而李宁此举同样令人感动，让人在感动之后又有新的感动。

爱产生力量，爱温暖人心，爱带来和谐。爱是人类最美好的感情！过去有人认为“无毒不丈夫”，我却以为“有情方丈夫”。我看了半个多月的奥运会电视转播，更深深地感受到了这一点！

愚人多福

被文友、书友戏称为“20世纪最后一个书呆子”，我坦承自己的确有点死心眼，身上的书呆气是想改也改不了。

记得读小学时，有一次老师布置家庭作业，任务是生字抄十遍，课文读五遍。回家以后，我老老实实照着做了。第二天上学路上，一个同学低声问我：“昨天晚上，你课文读几遍？”我感到很奇怪：“老师不是讲得很清楚，要读五遍吗？”这个同学说：“生字抄十遍是书面作业，要检查，不做不行。课文你读不读，读多少遍，老师和检查作业的学习组长怎么知道？”我说：“虽然老师和检查作业的学习组长不知道，可我自己知道啊。”同学认为像我这样就叫“死心眼”，也可以叫“书呆气”，简单说就是“愚”。

我的书呆气不仅表现在读书上，也表现在写作上。写作中遇上拿不准的字词，就要老老实实停下来请教“字典”“词典”这些哑巴老师，决不随便使用自己没有真正弄明白的字眼。引文也要尽可能找到原著，细心核对，对转引的文字总是不大放心。写《漳州古代政绩卓著的地方官》一文时，引用《漳州府志》，转摘自原来的读书笔记，但怕做笔记时抄录有误，花了一个晚上的时间重新一一核对原书。

书呆气也带到工作中。领导安排什么工作，同事交代什么事情，总是不敢怠慢，认真去做，因此弄得整天忙忙碌碌。

然而，“死心眼”也不全是坏事，“书呆气”也不见得非改不可。就说读书吧。古语说：“读书百遍，其义自见。”既然老师布置读五遍，肯定有读五遍的道理。我们一般人没有过目成诵的天赋，即使能过目成诵，读五遍与读一遍的效果是不一样的。多读几遍，对课文意旨、韵味的领会、体悟肯定要深入得多，还可以在不知不觉中培养正确、优美的语感。读书本来就是书痴的兴趣，多读几遍，既收获知识，又收获快乐，何乐而不为？

因为觉得自己愚，“笨鸟先飞”，所以舍得下笨功夫。平时写材料、作文章，随时把写成的材料、作成的文章连同搜集来的资料用电脑分门别类储存起来，日积月累，越来越多，城市规划、城市建设、城市管理、城市经营、房地产业、建筑业、新材推广、环境保护，各个门类，各个部门都有，几千篇文章，几千份资料，整理有序，犹如建设一个专业资料宝库，查阅和使用相当方便，这正是愚人下笨功夫的结果。

其实，为人处事有点书呆气也无妨，虽然被有些人认为“愚”或“迂”，但诚实守信，以诚相待，与同事、朋友之间容易建立信任感，无须互相提防，能够交到真诚的朋友，得到真诚的帮助。这正是“愚”带来的好处，修来的福分。有时想想，如果世上所有的人都太聪明，这个世界不就太可怕了吗？君不见社会上多少“聪明反被聪明误”之事。看来还是愚人多福，既然天生愚人一个，还是继续愚下去吧。

栀子花

我爱花。无论是雍容富贵的牡丹、遒劲淡雅的梅花，还是端庄高洁的菊花、冰肌玉骨的水仙花，我都喜欢。而在众多花卉中我对栀子花怀有一种特殊的感情，这缘于我的一段特殊的经历。

那时，我上山下乡在“广阔天地”里接受“再教育”，与农民兄弟（当时称人民公社社员）一起与泥土作“斗争”，每天走在曲折凹凸的田埂上。今天看来绿意盎然、生机勃发的美丽田野在当年我的眼中可不那么富有诗意，真是此一时彼一时。因为我眼睛近视严重，在高低不平的田埂上行走特别费劲。

有一次，走在田埂上一不留神，摔了一跤，扭伤了脚踝，痛得一时站不起来。过了好一会儿，在农民兄弟的帮助下才勉强站立起来，但已经无法继续干活，只好一瘸一拐地走回住地。当时农村缺医少药，我回到住地后只是自己按摩一下，再贴上自备的伤湿止痛膏。傍晚时分，农民兄弟来探视我，看到我伤情没有好转，就说用栀子来敷效果很好。那时，天色已晚。这位农民兄弟打着手电筒到离村子两里地的小山坡上采来栀子，碾成粉末，用一勺剩饭搅拌，调成糊状，摊在破布上，再敷在脚踝伤处。这一民间验方很灵，第二天，我发现脚踝的红肿已经消退，疼痛也大大减轻。到了第三天就基本痊愈。我感动于农民兄弟的热心，惊异于民间验方的灵验，也惊异于栀子的神效。于是，我请农民兄弟带我去小山坡上认识栀子。

原来栀子是一种再普通不过的常绿灌木。在我们村子后面的小山坡上就有许多，虽然说不上是漫山遍野，但也是随地可见。在我走向田野的小路上，它甚至就在路边伸出柔嫩的枝条来抚弄我的衣服。栀子又称水横枝、玉荷花，当地农民称它为黄枝子。树冠圆球形，高1米多。单叶对生或三叶轮生，倒卵状长椭圆形，两面光滑，革质，翠绿有光泽，有短柄。托叶膜质，基部合成一鞘。夏季开花，花朵大，单生于枝端或叶腋，萼六片，广倒披针形，花柱厚，柱头棒状，花色白，极芳香。果实倒卵形或长椭圆形，黄色，纵棱较高，果皮厚。栀子花真是形色香俱佳。怪不得明朝诗人沈石田有诗赞美它:“雪魄冰花凉气清，曲栏深处艳精神。一勾新月风牵影，暗送娇香入画庭。”

栀子不但是一种很受欢迎的观赏植物，而且其花可提取香料，其果可消炎祛热，是一种常用的中药，性味甘平，被中医用于治黄肿黄疸、关节炎和风火牙痛。像这样有观赏价值又有实用价值的植物怎么不让人喜爱?！然而，栀子、栀子花太平常了，平常得让人们视而不见。因此，我把它种在我家的小院子，让它天天与我相见。

总把新桃换旧符

时间老人好神奇，你看不到他，他却日夜兼程，永不停步。记得小时候写信开头总爱写“光阴似箭，日月如梭”，觉得用上这成语就显得较有文采，那是说愁而“不知愁滋味”，对时间的飞逝并没有深切的体验。随着年龄的增长，才真正感受到时间流逝的速度是那样快，在手指间不知不觉就溜过去了。这不，转眼间，“得得得”的马蹄声已渐行渐远，“咩咩咩”的羊叫声正隐约传来。

子在川上曰:“逝者如斯乎。”然而，江水流走的是岁月，却流不走时间留下的印痕。回眸马年，与时间老人一样，我似乎也是步履匆匆，在书页和山水间穿梭行走，永远在路上。一年中手不释卷，以书为伴，乐此不疲。我读书从不“挑食”，古今中外，文理史哲，五花八门，无论是厚实的大部头还是单薄的小册子，到手就翻，拿来就读，还自认为这是“五谷杂粮”，有益健康。我认为“行万里路”与“读万卷书”同等重要，一直把读书看成旅行，把旅行看成读书，读书是在飘香的书页里旅行，旅行是在壮丽的山水间读书，都是在放逐心灵，开阔视野，陶冶情操，都是愉悦身心的乐事，超凡脱俗的雅事。马年外出旅游、采风十多趟，初春时节完成走遍全国 34 个省区市的“壮举”，仲秋时节出了一次国。

漫游网络其实是读书和旅行的延伸和拓展。我的电脑主要用来写作和上网，每天“涂鸦不止”，笔耕不辍，每月都有拙作见诸报端或刊物；同时每天上网，在无涯的书库里读书，在虚拟的世界里旅行。特别值得高兴的是原来在电脑上读书和旅行，现在延伸和拓展到智能手机上了。《唐诗三百首》《现代汉语词典》等常用书籍都从台式电脑迁居到智能手机，翻读、查阅十分方便。还用智能手机玩起微信。马年春节，我向朋友发出平生第一条微信，从此与微信结下不解之缘，因此我把马年称为我的“微信元年”。我的第一条微信发出以后5秒钟就收到回复：“许老师您真时尚。”一般高兴的事最多得意一天，这条微信回复却让我的内心灌进蜜糖，那甜美的滋味从“新年”到“元宵”，足足延续了半个月。是的，时尚是个好东西，不要错过，更不要拒绝。我真切地享受到现代科技带来的轻松快捷和舒适惬意。

20世纪90年代初，电脑还没有普及，已经开始有作家尝试直接用电脑写作，但并不被多数作家所看好，所接受。记得当时媒体在作家中搞了一次调查，发现多数作家反对并拒绝用电脑写作，说这样找不到书写的感觉，进入不了创作的状态。我对这种在键盘上敲敲就能在屏幕上蹦出字来的玩意儿怀有敬畏，很感兴趣，于是“斥巨资”买了一台386的电脑，跟随杨少衡等文友尝试敲击键盘捣鼓文字，成为漳州甚或全国最早一批用电脑写作的作家，尝到电脑写作的无穷乐趣和超高效率。如果现在媒体再搞类似的调查，结果可能就大不一样。面对当下电脑如此普及的情景，当初反对并拒绝用电脑写作的作家如今不知有何感慨。不过，仔细想想，这也不奇怪。当初偌大的中国，十几亿人中有几个看好马化腾，看好马云？我庆幸在杨少衡等文友的怂恿下加入当时还是“少数派”的电脑写作族，没有落伍。

这个世界变化快，这个世界很精彩。昨天有台式电脑，今天有平板电脑，明天不知还会有什么。昨天有传呼机，今天有智能机，明天不知还会有何物。昨天有张效祥、王选，今天有马化腾、马云，明天不知还会有何人。年年岁岁花相似，岁岁年年人不同。中国人喜欢说“新年新气象”，传统过年习俗就有在春节前大扫除，“除尘（陈）布新”，把破旧东西丢弃再换上崭新物品的做法。物品要更新，观念更要更新。要接受新事物，跟上新时代，开拓新境界，创造新生活。

骏马奔腾而去，吉羊稳步而来。羊行走的速度不像马那样快，但似乎走得更为稳健，因此也更显吉祥，因此中国有“三羊开泰”的说法。灿烂的阳光掀开新的岁月，吉祥的云彩映照新的旅程。“爆竹声中一岁除，春风送暖入屠苏。千门万户曈曈日，总把新桃换旧符。”王安石的这首诗写出人们喜新求变的心理。我们要把新桃换旧符，心怀新观念，展示新姿态，和着社会前进的节奏继续前行，在羊年像吉祥的羊一样，步伐更加平稳，身姿也更加优美，行程也会更加顺畅。我这样祝福朋友，祝福亲人，祝福大家，也祝福自己。